DEBORAH O'BRIEN

Ein anderes Wort für Glück

GOLDMANN
Lesen erleben

Buch

Kevin Dwyer ist ein Kauz, das würden alle unterschreiben, die dem stets korrekt gekleideten Finanzangestellten in seinem 47-jährigen Leben begegnet sind. Dass ihn seine Mitmenschen meiden, kommt Kevin nicht ungelegen – Beziehungen verwirren ihn, und seine ganze Leidenschaft gilt: Quizwettbewerben. Hier läuft er dank seiner kolossalen Allgemeinbildung zur Höchstform auf. Schnell zieht seine erfolgreiche Einmann-Show die Aufmerksamkeit der anderen Rateteams auf sich, doch Kevin ignoriert alle Beitrittsangebote – bis er Maggie begegnet. Denn die freundliche Lehrerin sieht etwas in Kevin, was keiner sonst sieht – einen besonderen Menschen mit einem großen Herzen. Und Kevin wiederum stellt fest: Gefühle haben ihre eigene Logik.

Autorin

Deborah O'Brien ist Lehrerin, bildende Künstlerin und Schriftstellerin. Mit ihrem Mann lebt sie abwechselnd in Sydney und auf dem Land – und träumt von einer eigenen kleinen Alpaka-Zucht.

Deborah O'Brien

Ein anderes Wort für Glück

Roman

Aus dem Englischen
von Wibke Kuhn

GOLDMANN

Die Originalausgabe erschien 2015 unter dem Titel
»The Trivia Man« bei Bantam Australia,
an imprint of Random House Australia, Sydney.

Dieses Buch ist auch als E-Book erhältlich

FSC www.fsc.org
MIX
Papier aus verantwortungsvollen Quellen
FSC® C014496

Verlagsgruppe Random House FSC® N001967

1. Auflage
Taschenbuchausgabe Dezember 2016

Neumarkter Str. 28, 81673 München
Umschlaggestaltung: UNO Werbeagentur München
Umschlagillustration: FinePic®, München
Redaktion: Dr. Annika Krummacher
LT · Herstellung: Str.
Satz: DTP Service Apel, Hannover
Druck und Bindung: GGP Media GmbH, Pößneck
Printed in Germany
ISBN: 978-3-442-48485-0
www.goldmann-verlag.de

Besuchen Sie den Goldmann Verlag im Netz

Für Brenton
in Liebe

Ein Quiz ist kein gesellschaftliches Ereignis,
sondern eine todernste Angelegenheit.

Kevin Dwyer

ERSTE WOCHE

Kevin

Kevin Dwyer wusste nicht, wie man sich cool verspätet. Wenn er einen Termin hatte, war er mindestens eine Viertelstunde vorher da. Manchmal sogar eine halbe. Natürlich wusste er, dass er nicht einfach hineinspazieren konnte, wenn er so früh kam, sonst hätten ihn die Leute lästig gefunden und ihn auf einem Sofa oder im Nebenzimmer geparkt, weil sie nicht wussten, was sie mit ihm anfangen sollten.

Dabei war es gar nicht seine Absicht, so viel früher da zu sein – das war einfach nur ein Resultat seiner Planung. Sobald er sich die reine Fahrzeit ausgerechnet hatte, schlug er ein bisschen drauf, für unvorhergesehene Zwischenfälle wie einen Stau oder eine ausgiebige Parkplatzsuche. Der Gedanke, irgendwohin zu spät zu kommen, war ihm weitaus unangenehmer, als zu früh vor Ort zu sein. Und wenn er früh dran war, konnte er sich immer noch in seinem Auto verstecken und über einem seiner Notizbücher brüten. Es konnte schließlich nie schaden, das Gelernte ein bisschen zu wiederholen.

Als Kevin acht wurde, bekam er von seiner Mutter zum ersten Mal Taschengeld. Zuvor hatte sie mit ihrem Mann über die Höhe diskutiert.

»Zehn Cent sind genug«, meinte Michael Dwyer. »Der gibt das doch sowieso bloß für Lutscher aus.«

Hinter dem Rücken ihres Mannes gab Brenda Dwyer Kevin und seiner kleinen Schwester Beth jeweils zwanzig Cent und schickte sie mit weiteren fünfzig zum Laden um die Ecke, damit sie ihr die tägliche Schachtel Zigaretten besorgten.

Kevin wurde nicht gern mit Beth gesehen. Sie war noch im Kindergarten, während er schon in die zweite Klasse ging. Beth lief ihm nicht schnell genug und blieb jedes Mal stehen, wenn sie in einer Einfahrt eine Katze sah. Sie mussten sich also irgendwie einigen. Schließlich ging Kevin mehrere Meter voraus, und wenn sie eine Straße zu überqueren hatten, wartete er am Bordstein auf Beth. Nachdem sie gemeinsam hinübergegangen waren, lief er wieder schneller und ignorierte sie.

Trotz Beths flehentlicher Bitten, zum Süßigkeitenkiosk zu gehen, steuerte Kevin direkt auf den Spielzeug- und Bastelladen zu. Er brauchte eine Weile, bis er gefunden hatte, was er suchte, auf einem verstaubten Regal im hinteren Bereich des Ladens, zwischen einem Stapel Kinderbücher: Das große Buch der faszinierenden Fakten. *Es kostete zwei Dollar. Er hatte es schon monatelang im Auge gehabt und regelmäßig nachgeschaut, ob es ihm nicht jemand anders weggekauft hatte, doch es hatte auf ihn gewartet.*

Mit Hilfe seiner Finger rechnete er nach – es würde fast bis zum Frühjahr dauern, bis er es sich leisten konnte. Würde es ihm in der Zwischenzeit womöglich jemand anders wegschnappen? Der Gedanke erfüllte ihn mit Grauen, und er beschloss, ein paar kleine Sonderaufgaben für seinen Vater zu übernehmen, um so das fehlende Geld zusammenzubekommen. Er hätte alles getan, um dieses Buch nach Hause zu tragen und immer griffbereit neben seinem Bett liegen zu haben.

Während Beth sehnsüchtig seufzend vor einem voll möblierten Puppenhaus stand, blätterte Kevin das Buch durch, bis er ein ganzes Kapitel über Meteorologie fand, mit Farbbildern von Tornados und komplizierten Diagrammen, die die Wolkenbildung beschrieben. Er liebte alles, was mit Wetter zu tun hatte: Wind-

geschwindigkeit, Höchst-, Tiefst- und Durchschnittstemperaturen, Luftdruck, sogar verschiedene Stufen von Frost. Dabei hatte er niemals Frost erlebt, denn er lebte in einer Küstenstadt mit gemäßigtem Klima und an einem Fluss, der dem Wechsel der Gezeiten ausgesetzt war. Trotzdem klang es immer sehr ernst, wenn in der Wettervorhersage eine Warnung an die Schafzüchter erging.

Kevin verfolgte jeden Abend die Nachrichten auf Kanal 2 – nicht die langweiligen Sachen, nur die letzten fünf Minuten, wenn der Meteorologe auf seine Karte deutete und mit feierlichem Ernst die Hochs, Tiefs, Ausläufer und Kaltfronten vorführte. Kevin hielt die Informationen sowie die Vorhersage für den nächsten Tag immer in einem leinengebundenen Buch fest, das seine Mutter ihm gekauft hatte. In einer gesonderten Spalte notierte er den Tageswert seines eigenen Regenmessers und besondere Beobachtungen wie örtliche Hagelschauer oder hie und da einen Regenbogen. Wenn um halb acht die Nachrichten vorbei waren, glich er die Prognose des Vortages mit den tatsächlichen Werten ab. Es machte ihm Sorgen, wie oft der Wetterdienst sich irrte. Die Meteorologie sollte doch eine Wissenschaft sein, kein Ratespiel.

Am Dienstagabend brach Kevin seinen eigenen Pünktlichkeitsrekord und kam vierzig Minuten zu früh am Clifton Heights Sports Club an. Der Club war in einem riesigen zweistöckigen Backsteingebäude mit Flachdach aus den sechziger Jahren untergebracht. Soviel Kevin wusste, war dieser Architekturstil so öde, dass man ihm nie einen Namen gegeben hatte. Das Gebäude stand auf einer Klippe über dem Meer, was irgendwie bedrohlich wirkte. Von seinem Standpunkt auf dem halb leeren Parkplatz lauschte Kevin der Brandung. Das unaufhörliche Tosen der Wellen, die mit der Regelmäßigkeit eines Herzschlags auf den Strand prallten, hatte etwas seltsam Tröstliches. Nach einer Weile holte er eines seiner Notizbücher heraus und arbeitete es durch, prägte sich die Fakten noch einmal ein, wiederholte Listen, Namen und Daten. Da wurde seine Konzentration vom durchdringenden Klingeln seines Handys durchbrochen. Es war seine Schwester Elizabeth, die er immer noch Beth nannte, obwohl alle anderen sie entweder mit Lizzie oder mit ihrem vollen Namen ansprachen.

»Ich ruf bloß an wegen Patricks Geburtstagsfeier«, sagte Elizabeth.

»Ich hab deine Einladung bekommen, Beth. Und ich hab dir heute per Mail geantwortet.«

»Ich weiß. Deswegen ruf ich auch gar nicht an. Ich dachte nur, es interessiert dich vielleicht, dass wir dieses Jahr eine richtig große Party machen.«

War die Party letztes Jahr denn noch nicht groß genug gewesen? Es waren mindestens fünfzig Gäste gewesen, die Hälfte davon Erwachsene.

»Es werden eine Menge Leute kommen, die du nicht kennst«, fuhr sie fort. »Wenn du also lieber zu Hause bleiben willst, hätten wir vollstes Verständnis.«

»Patricks achten Geburtstag will ich mir auf gar keinen Fall entgehen lassen.«

Es entstand eine kurze Pause. »Okay. Ich wollte bloß Bescheid gesagt haben. Ach ja, hast du dich eigentlich schon um die Sache mit deinen Quizabenden gekümmert? Das ist inzwischen ja wirklich aus dem Ruder gelaufen bei dir.«

Mit den Quizabenden meinte Elizabeth die drei Wettbewerbe pro Woche, an denen er letztes Jahr teilgenommen hatte. Sie hatte behauptet, es sei eine Sucht wie das Rauchen, und sie hatte ihm damit in den Ohren gelegen, dass er das Ganze einschränken solle, weil die Leute ihn sonst für einen komischen Kauz halten würden.

»Ich fang heute Abend einen neuen Wettbewerb an.«

»Einen vierten! Das ist doch Wahnsinn.«

»Nein, die anderen drei hab ich gestrichen.«

»Na, das freut mich zu hören. Und trittst du diesmal einem Team bei? Auf die Dauer ist es doch seltsam, wenn man immer nur als One-Man-Show daherkommt. Du brauchst den Kontakt mit anderen Leuten, Kevin.«

»Diese Quizabende sind Wettbewerbe und kein gesellschaftliches Ereignis.«

»Du nimmst das viel zu ernst. Du solltest dir ein paar andere Hobbys suchen. Tennis, Golf, Tanzen. Vielleicht würdest du auf die Art sogar mal eine Frau kennenlernen.«

»Ich muss aufhören, Beth, ich krieg gerade einen anderen Anruf rein.«

In der Eile fiel ihm das Handy aus der Hand, und er musste es aus dem Fußraum seines Autos herausfischen. Ach, warum wollte es Beth einfach nicht den Kopf, dass er glücklich war, so wie er eben war?

Elizabeth

Früher beobachtete Elizabeth Dwyer von ihrem Schlafzimmerfenster aus ihren Bruder, wie er seinen Niederschlagsmesser im Gemüsegarten prüfte. Wusste er denn nichts Besseres mit seiner Zeit anzufangen? Es war so ein abstruses Hobby. Die Brüder ihrer Freundinnen spielten Cowboy und Indianer oder kickten ihren Fußball durch den Hof, doch Kevin trug immer nur Zahlen in Spalten ein. Manchmal konnte Elizabeth sich nicht verkneifen, nach draußen zu schleichen, wenn er an seinem Schreibtisch saß, und das Wasser nach einem Regenschauer auszukippen beziehungsweise den Niederschlagsmesser aufzufüllen, wenn trockenes Wetter herrschte. Doch Kevin erwischte sie nie. Vielmehr notierte er die Messergebnisse in seinem abgegriffenen alten Notizbuch, wie einer dieser verrückten Professoren im Film, und zerbrach sich den Kopf über seine seltsamen Beobachtungen.

Warum gefiel es ihr so, Kevins Hobby zu sabotieren? Weil er ihr so furchtbar peinlich war. Sie wünschte sich, sie wäre ein Einzelkind. Es war ihr wahnsinnig unangenehm, wenn wieder mal eine Schulfreundin herausfand, dass ausgerechnet Kevin ihr Bruder war. Und wenn in der Aula sein Name aufgerufen wurde, weil er einen Mathepreis bekam, rutschte sie auf ihrem Stuhl nach unten und versuchte, sich unsichtbar zu machen. Er trug seine bekloppte Brille mit dem Pflaster auf der einen Seite, sein oberster Hemdknopf war zugeknöpft, und die Strümpfe hatte er sich bis zu den Knien hochgezogen.

»Kevin Dwyer? Ist der mit dir verwandt?«, fragte der Junge neben ihr, als Kevins Name laut aufgerufen wurde.

Und so wie Petrus einst Jesus verraten hatte, leugnete auch sie: »Nein, ich kenn ihn nicht.«

Sie konnte es gar nicht erwarten, dass Kevin auf die Highschool wechselte und sie die Grundschule für sich hatte.

Natürlich wechselte Elizabeth zwei Jahre später ebenfalls in die Highschool. Die Schule hatte fast tausend Schüler, und sie war sicher, dass Kevin in der Menge untergehen würde. Aber gleich an ihrem allerersten Tag sah sie ihn allein über den Schulhof wandern, mit fest gebundener Krawatte und stramm in die Hose gestecktem Hemd wie ein kleiner Streber.

Also legte sich Elizabeth eine neue Strategie zu. Die Wahrheit zugeben und den Spott in die richtige Richtung lenken. Natürlich hänselte sie ihn nicht selbst, denn dann würde man sie unweigerlich erwischen und ihre Eltern zum Gespräch bestellen. Sie musste unauffällig und schlau vorgehen, so dass man die Sache nicht zu ihr zurückverfolgen konnte.

In ihrer dritten Woche an der Highschool hatten Elizabeth und ihre Freundinnen die glorreiche Idee, Kevin eine Valentinskarte zu schicken. Sie entdeckten ein besonders großes und kitschiges Exemplar im Zeitungsladen, herzförmig und mit einer Abbildung von zwei sich küssenden Engelchen, und teilten sich die Kosten zu viert. Nachdem ihnen klar geworden war, dass Kevin Elizabeths Handschrift erkennen würde, meldete sich Shelley freiwillig, um den Text auf die Karte zu schreiben.

Lieber Kevin,
ich find Dich total süß.
Alles Liebe und Küsschen
von Du–weißt-schon-wem

Elizabeth warf die Karte in den Briefkasten, als sie von der Schule nach Hause kam, doch ein paar Tage lang passierte gar nichts. Schließlich hielt sie es nicht mehr aus.

»Du, Kevin, ich hab eine Valentinskarte auf deinem Schreibtisch gesehen«, sagte sie. Während er mal wieder seinen Niederschlagsmesser ablas, hatte sie in seinem Zimmer nach der Karte Ausschau gehalten. »Hast du eine heimliche Verehrerin?«

»Was hattest du in meinem Zimmer zu suchen?«, rief er so wütend, dass Elizabeth schlagartig Angst vor ihm bekam.

»Es gibt keinen Grund, deswegen so laut zu werden«, mischte sich ihr Vater ein, ohne von seiner Zeitung aufzublicken.

»Lass gefälligst meinen Krempel in Ruhe, Beth«, sagte Kevin und stürmte aus dem Zimmer.

»Krieg dich wieder ein!«, schrie sie ihm hinterher. »Ich hab nur einen Stift gesucht.«

Ein paar Wochen später zogen die Mädchen Teil zwei ihres Plans durch. An einem Freitagnachmittag klingelte im Hause Dwyer das Telefon, und Elizabeth, die den Anruf schon erwartet hatte, rannte zum Apparat.

»Kevin, für dich«, rief sie. »Ich glaube, das könnte deine Verehrerin sein.«

Dann ging sie in den Wintergarten, wo sie vorsichtig den Hörer des Zweittelefons abhob und lauschte.

»Kevin Dwyer am Apparat.«

»Hi, Kevin. Hättest du Lust, morgen mit mir an den Strand zu gehen?«

Shelley hatte die atemlose Marilyn-Monroe-Stimme besser drauf als jede andere.

Es kam eine lange Pause, gefolgt von einem: »Okay.«

Elizabeth war sich ganz sicher, im Hintergrund Gekicher zu hören. Kevin musste doch eigentlich merken, was hier los war.

»Dann treffen wir uns um zehn am Bahnhof«, sagte die Stimme am anderen Ende.

»Wer spricht denn da?«

»Ach, Kevin, du bist so süß – tust echt so, als wüsstest du nicht, wer hier ist. Bis morgen dann. Ciao.«

Als Kevin am nächsten Morgen in Bermudabadehose und T-Shirt das Haus verließ, hatte er eine Sporttasche mit Handtuch und Sonnencreme dabei. Elizabeth musste in ihr Zimmer gehen, um sich nach ihrem Lachanfall wieder zu beruhigen. Doch als er am Nachmittag verärgert und gereizt zurückkam, befürchtete sie, dass er hinter ihren Schwindel gekommen war. Oder demnächst dahinterkommen würde. Die Dinge hatten eine gewisse Eigendynamik entwickelt, und sie hatte sie nicht mehr in der Hand.

»Ich will da nicht mehr mitmachen«, erklärte sie ihren Freundinnen.

»Aber es war doch deine eigene Idee.«

»Am Anfang war es ja auch lustig, aber irgendwie läuft es gerade aus dem Ruder.«

Trotzdem lauschte sie, als die Mädchen ihren nächsten Schachzug ausbaldowerten. Sie wollten sich bei Kevin entschuldigen, dass niemand am Bahnhof erschienen war. Stundenlang überlegten sie sich eine gute Ausrede und einigten sich schließlich auf einen zahnärztlichen Notfall. Dann fügten sie hinzu:

> Wenn Du mir verzeihst, würde ich mich gern am Dienstag mit Dir treffen. Um halb sechs am Bennett Park neben der Rutsche.

Shelley schrieb den Zettel, schob ihn in einen Umschlag und steckte ihn in den Briefkasten. Am Dienstagnachmittag beobachtete Elizabeth, wie Kevin aus der Hintertür ihres Eternitplatten-Häuschens schlüpfte. Es wehte ein frischer Südwind, und einen kurzen Augenblick tat er ihr leid, wie er da in die Kälte hinausmarschierte, um sich mit seiner Phantomverehrerin zu treffen.

Quizabend

Um 19.23 Uhr beschloss Kevin, dass er jetzt lange genug gewartet hatte. Er legte sein Notizbuch ins Handschuhfach, schloss das Auto ab und steuerte auf die Flügeltüren zu, über denen ein Neonschild mit der Aufschrift »Cliffies« prangte. Der Veranstaltungssaal befand sich im ersten Stock, hinter endlosen Reihen von Spielautomaten. An einem Tisch auf der Bühne saß ein großer Mann mit lockigem grauem Haar, das ihm fast bis auf die Schultern reichte. Er trug einen Smoking mit schmalem, glitzerndem Revers. Neben ihm lehnte eine Tafel mit dem Hinweis: »Hier Anmeldung für den Quizabend«. Neben ihm saß eine weißhaarige Frau, die mindestens einen Kopf kleiner war und leuchtend roten Lippenstift zu einem sehr knappen Kleid trug. Sie hätte ebenso gut vierzig wie sechzig sein können.

Wie sich herausstellte, ließ der Mann sich gern »der Professor« nennen, und obwohl er Kevin vage bekannt vorkam, konnte er ihn erst nicht einordnen. Der Professor stellte die weißhaarige Dame als seine Frau »Miss Kitty« vor.

»Fünfzig Dollar Anmeldegebühr pro Team«, sagte der Professor. »Und die Preise werden am Ende der zwölfwöchigen Staffel ausgezahlt – wie bei einem Sportwettkampf.«

Kevin nickte und reichte ihm das Geld.

»Wie heißt Ihr Team?«, erkundigte sich der Professor.

»One-Man-Show.« Den Namen hatte Kevin auch schon bei anderen Sendungen benutzt. Er war sein eigenes Team, so war es immer gewesen. Er war eine Einheit, auf die Art gab es keine Egos zu beschwichtigen, keine Äußerungen zu decodieren, keinen albernen Smalltalk, der ihn abgelenkt hätte.

»Also nur Sie?«

»Ja.«

»Ich hatte noch nie mit einem Ein-Mann-Team zu tun«, erklärte der Professor. »Andererseits verstößt es nicht gegen die Regeln. Es gibt eine Obergrenze von acht Personen, aber wir haben noch nie eine Untergrenze gezogen. Allerdings dürfen Sie dann nicht krank werden, außer Sie können einen Vertreter finden.«

»Ich werde nie krank«, sagte Kevin.

Kitty gab seinen Namen in einen Computer ein, und im nächsten Moment erschien er in der linken Spalte einer Tabelle, die auf einen großen Bildschirm projiziert wurde.

»Sie sind Tisch acht«, verkündete sie.

Tisch acht war gar nicht schlecht – ziemlich weit vorne, aber seitlich, mit einer Wand im Rücken und nahe am Notausgang. Kevin fühlte sich doppelt sicher: niemand hinter ihm und ein Fluchtweg in greifbarer Nähe. Er bestellte sich bei einem Kellner einen Lemon, Lime & Bitters, und während er wartete, baute er eine Pyramide aus Untersetzern. Obwohl die Uhr schon fünf vor acht zeigte, waren die Tische fast leer, und die Leute standen noch immer an der Bar zusammen. Als der Professor das Mikrofon ergriff und anfing, Witze zu erzählen, kam Kevin zu dem Schluss, dass sein Kommen ein Fehler gewesen war. Niemand schien diese Veranstaltung ernst zu nehmen, nicht einmal der Veranstalter. Als Kevin schon dachte, es könnte schlimmer nicht mehr werden, griff Miss Kitty zum Mikrofon und sang mit Kleinmädchenstimme »I Feel Pretty«. Das schien für die anderen Quizteilnehmer das Zeichen zu sein, um ihre Plätze einzunehmen.

Auf einmal wurde Kevin klar, warum ihm der Professor so bekannt vorkam. Eine jugendliche Version dieses Mannes mit kürzerem, dunklerem Haar hatte in den Achtzigern die Fernsehsendung *World's Biggest Quiz* moderiert, die Kevin jede Woche gesehen hatte. Obwohl ihm der Name prätentiös und die Mätzchen des jovialen Showmasters albern vorgekommen waren, hatte ihm das Quiz an sich gefallen. Und er hatte die meisten Fragen noch vor den Teilnehmern beantworten können. Eines Tages hatte ihn seine Mutter überredet, sich bei der Sendung zu bewerben. Sie erschienen zum genannten Datum in einer großen Halle voller potenzieller Teilnehmer. Beim Auswahlprozess ließ der Professor (der sich damals Frank Fortune nannte) Fragen auf die Menge niederprasseln. Der erste Bewerber, der die korrekte Antwort auf eine Frage gab, wurde für ein Einzelgespräch (die nächste Stufe des Auswahlprozesses) in einen anderen Raum geführt.

Als Kevin in der Menge saß, war er so nervös, dass er nicht klar denken konnte. Dann kam die Frage, bei der er sich absolut sicher war: »Welches ist die älteste Form australischer Säugetiere?«

Er reckte die Hand in die Luft und rief: »Das Steropodon.«

»Falsch!«, erwiderte Frank Fortune brüsk und rief die anderen Bewerber auf, die sich gemeldet hatten, bis er die Antwort bekam, die er hören wollte: »Das Schnabeltier.«

Kevin flüsterte seiner Mutter zu: »Aber das waren keine modernen Schnabeltiere. Die korrekte Bezeichnung lautet Steropodon.« Während der restlichen Zeit hob er die Hand überhaupt nicht mehr. Rückblickend hatte Frank Fortune ihm wahrscheinlich sogar einen Gefallen getan – Kevin hätte nämlich nie den Mut aufgebracht, bei einer Fernsehshow mitzumachen.

Während Kevin an seinem LLB nippte, beugte sich der

Mann am Nebentisch vor und fragte: »Haben die anderen Mitglieder Ihres Teams Sie sitzen lassen?«

Kevin hätte Kommentare zu seinem Status als Ein-Mann-Team eigentlich gewohnt sein müssen, doch er wurde gleich wieder verlegen, als wäre er ein seltsamer Kauz.

»Ich bin alleine da«, antwortete er.

»Oh«, sagte der Mann und wandte sich wieder seinem Tisch zu.

Der Professor erzählte Witze wie damals bei seiner Fernsehshow. Sie schienen nicht besonders komisch zu sein, aber im Grunde hatte Kevin noch nie gut unterscheiden können, ob etwas komisch war oder nicht. Deswegen hatte er sich angewöhnt, die Reaktionen anderer Leute zu beobachten und sie nachzuahmen. In diesem Fall gab es auch nur vereinzeltes Kichern im Publikum, also rang er sich nicht mal ein Lächeln ab.

Auf einmal schaltete der Professor von Witzbold zu Schulmeister um, erklärte die Regeln, zum Beispiel, dass alle ihre Handys ausschalten mussten und außerhalb der Pausen nicht den Raum verlassen durften. Kevin hatte das alles schon öfter gehört, lauschte aber trotzdem aufmerksam. Wie wenn man sich ins Flugzeug setzte und sich anhörte, wie man sich im Notfall zu verhalten hatte, auch wenn man das alles längst auswendig wusste. Es war doch klüger, sein Leben nicht durch allzu große Lässigkeit aufs Spiel zu setzen.

Der Professor schloss seine Ermahnungen in ernstem Ton:

»Ich lasse zwar eine gewisse Toleranz bei der Rechtschreibung walten, aber ansonsten akzeptiere ich nur die Antwort, die auf meiner Karte steht. Unter keinen Umständen werde ich irgendwelche Einwände oder Diskussionen dulden.«

Da Kevin ihn aus seinen Frank-Fortune-Zeiten kannte, war er nicht überrascht über diese autoritäre Ansage. Dann begann die erste Runde.

»*Wer hat in dem australischen Film* Storm Boy *von 1976 den Mr. Percival gespielt?*«, fragte der Professor in seiner besten Showmasterstimme.

Kevin konnte es nicht fassen. Eine Fangfrage. Welcher ernstzunehmende Quizwettbewerb nahm denn solche Fragen auf? Sollte das womöglich den ganzen Abend so weitergehen? Auf seinen Antwortbogen schrieb er in Blockschrift »Pelikan« und fügte noch ein Ausrufezeichen hinzu. Wenn das der Tenor der Fragen war, würde er nächste Woche nicht wiederkommen.

Doch die nächste war schon besser.

Wie heißen die offiziellen Landessprachen von Ruanda?

Kevin schrieb »Englisch und Französisch«, obwohl er sich nicht sicher war, ob es vielleicht noch eine einheimische Sprache gab.

Nur eine andere schwierige Frage in dieser Runde gab es noch: *In welchem Jahr wurden die ersten Olympischen Winterspiele abgehalten?*

Wenn sie doch nach dem Ort gefragt hätten. Das war in den französischen Alpen gewesen, in Chamonix. Aber wann genau? Er wusste, dass es in den Zwanzigern gewesen war. Früher wurden die Winterspiele ja im selben Jahr abgehalten wie die Sommerspiele. Aber war es 1920, 1924 oder 1928 gewesen? Er wusste es wirklich nicht, also tippte er auf 1924.

Danach konnte er jede Frage beantworten, abgesehen von der, bei der ein Ausschnitt aus einem Rapsong vorgespielt wurde und man den Künstler nennen sollte. Aktuelle Musik war Kevins Schwachstelle.

Am Ende der zweiten Runde war Miss Kitty mit der Auswertung der Antwortbögen der ersten Runde fertig, und der Professor griff zum Mikrofon.

»Die erste Frage haben alle richtig beantwortet, außer

einem Team.« Er machte eine Kunstpause. »Da war man der Meinung, dass Mr. Percival von Chips Rafferty gespielt wurde.«

Schallendes Gelächter füllte den Saal.

»Ich werde dem Team die Blamage ersparen, ihre Identität zu enthüllen«, sagte er und schaute zu Tisch zehn. Dort saß eine Gruppe, die aus drei Frauen und einem bulligen Mann bestand, der aussah wie ein ehemaliger Footballspieler.

Dann hörte Kevin aufmerksam zu, wie der Professor den Rest der Antworten verlas. Verdammt, es gab doch noch eine dritte Sprache – Ruandisch –, aber dafür hatte er bei den Olympischen Winterspielen richtig geraten. Der Punktestand erschien auf dem Bildschirm. Er war Erster.

In der Pause fand ein Karaoke-Wettbewerb statt, also machte er sich lieber rar. Er war gerade auf dem Weg zur Herrentoilette, um sich dort zu verstecken, als ihm eine große Frau mit langen dunklen Haaren auf die Schulter tippte.

»Entschuldigen Sie – sind Sie die One-Man-Show?« Wie sie das so sagte, hörte es sich ziemlich albern an. Trotzdem nickte er.

»Ich bin eine von den Amazonen«, erklärte sie.

Einen Augenblick war er verblüfft, weil er an die mythischen Kriegerinnen der Antike dachte, doch dann wurde ihm klar, dass es der Name ihres Teams sein musste.

»Wir haben beschlossen, dass wir Ihnen einen Vorschlag machen wollen. Wir haben keine Chance in diesem Wettbewerb, wenn wir nicht jemanden von Ihrem Kaliber im Team haben.«

Die Amazone stand so nah vor ihm, dass er kaum atmen konnte.

»Jetzt fragen Sie sich natürlich, was hab ich davon?«, fuhr sie fort.

Kevin fragte sich überhaupt nichts. Er versuchte, das rasende Pochen in seinem Brustkorb zu beruhigen.

»Wir bieten Ihnen die Gelegenheit, der einzige Mann in einem Team von fünf Frauen zu sein.« Sie lachte leichthin, als wäre das der Traum eines jeden Mannes. Sie konnte ja nicht ahnen, dass genau das Kevins schlimmster Alptraum war.

Er wich zurück, um wieder etwas Raum zu gewinnen, und antwortete: »Sehr nett von Ihnen, dass Sie mich einladen, aber ich … ich bin lieber allein.«

Sie schaute ihm einen Augenblick in die Augen, dann sagte sie: »Na gut, wie Sie wollen«, und steuerte auf die Tür der Damentoilette zu. Als sie verschwunden war, stieg ihm der Geruch ihres Parfüms immer noch so massiv in die Nase, dass er überlegte, ob die Luft wohl entflammbar wäre.

Die nächsten fünfzehn Minuten verbrachte er in der Toilettenkabine, bevor er sich wieder hinaustraute. Doch er musste feststellen, dass das Karaoke immer noch in vollem Gange war. Also kehrte er zur Herrentoilette zurück, ging aber nicht hinein. Die Leute könnten sich sonst noch wundern, wenn er zu lange dort herumhing. Also spazierte er einen Flur entlang, der zu einem Treppenhaus führte. Am Fuß der Treppe entdeckte er etwas, was ihm in Zukunft bestimmt noch gute Dienste leisten würde. Dann warf er einen Blick auf seine Armbanduhr. Inzwischen war der Karaoke-Wettbewerb sicher vorbei.

Am Ende des Abends, als der Professor den Gewinner verkündete, witzelte er: »Wir müssen der One-Man-Show ein Handicap verpassen, sonst hat die Konkurrenz ja gar keine Chance.«

Als Kevin errötete, hörte er eine Frauenstimme neben seinem Ohr. Eine Sekunde wurde ihm ganz eng in der Brust. Das war doch nicht etwa die Amazone? Aber als er sich umdrehte, stand eine blonde Frau neben ihm, die zwanzig oder dreißig sein mochte – so etwas konnte Kevin nie richtig einschätzen. Diesmal roch er Knoblauch. Aus irgendeinem Grund fand er das nicht so aufdringlich wie Parfüm.

»Ich bin von den Üblichen Verdächtigen«, sagte sie. »Ich hab mir gedacht, vielleicht wollen Sie sich ja unserem Team anschließen?«

Er hatte sie schon bemerkt: Tisch zwei – vier Männer und zwei Frauen. Sie waren auf dem zweiten Platz gelandet.

»Mit Ihnen an Bord wären wir unschlagbar.«

Da Kevin keinen Ton sagte, fuhr sie fort: »Sie müssen sich doch einsam fühlen, wenn Sie den ganzen Abend allein hier rumsitzen.« Ihr knapp geschnittenes schwarzes Kleid schmiegte sich so eng an ihren Körper, dass sie auch als Sirene hätte durchgehen können, die ihn in den sicheren Tod locken wollte.

»One is the loneliest number«, flüsterte sie und wartete auf sein Ja.

»Harry Nilsson, 1968.« Das waren die ersten Worte, die Kevin zu ihr sagte. »1969 von John Farnham gecovert.«

»Sehen Sie – deswegen brauchen wir Sie. Sie sind ein Superhirn. Ein absolutes Genie.«

Kevin stand jäh auf. »Vielen Dank für das Angebot. Aber ich bin kein Teamplayer.«

ZWEITE WOCHE

Maggie

Carole Clarke hatte Maggie Taylor mindestens ein Jahr bearbeiten müssen, bis sie endlich zu ihrem dienstäglichen Quizabend mitkam. Carole war die Sekretärin am Brookford College, der Schule, an der Maggie Latein und Französisch unterrichtete. Ihr Fachbereich wurde mit dem Akronym ASAE – Andere Sprachen als Englisch – zusammengefasst.

»Das würde dir bestimmt gefallen, Maggie. Und es wäre mal eine gute Chance, rauszukommen und Leute kennenzulernen.«

Mit Leuten meinte Carole Männer. Sie versuchte ständig, Maggie zu verkuppeln, ein Unterfangen, das der Rest ihres Freundeskreises längst aufgegeben hatte.

»Mir geht es bestens«, sagte Maggie. »Außerdem hab ich meinen Buchclub.«

»Aber das sind doch alles Frauen. Du brauchst helle Köpfe und eine gemischte Gesellschaft.«

Maggie war diplomatisch genug, sich die Bemerkung zu verkneifen, dass der Clifton Heights Sports Club kaum der Ort war, an den sie gehen würde, wenn sie denn Männer hätte kennenlernen wollen – denn sie wollte ja gar nicht. Ihr Leben hatte einen angenehmen Rhythmus gefunden, ganz ungetrübt von männlicher Gegenwart. Außerdem war sie vierundfünfzig Jahre alt, fast schon eine Seniorin.

»Wenn du immer nur in deinem Haus herumhockst, wirst du noch zur Einsiedlerin, Maggie.«

»Ich hab doch Rufus.« Rufus war ihr dreifarbiger Shetland Sheepdog. »Außerdem bin ich vier Tage die Woche hier an der Schule. Das ist alles andere als Einsiedelei.«

»Dass du tagsüber deine Zeit mit irgendwelchen Jugendlichen verbringst, zählt aber nicht. Das kann jeden verrückt machen. Und ich spreche da aus Erfahrung.«

Wenn es die Aufgabe der Schule war, an Eltern statt zu handeln, dann war Carole der Archetypus der Mutterfigur. Sie rieb Tintenflecken aus Hemden, gab Binden und Tampons aus, besänftigte strapazierte Nerven und hörte sich die Probleme der Schüler an. Nur in seltenen Fällen bot sie ihren Rat an. Lieber war sie nur ein Resonanzkörper. Hinter ihrem Empfangstresen im Sekretariat zeugte das Schwarze Brett mit den zahllosen Dankeschönkarten von ihrer Beliebtheit.

»Maggie, wir brauchen dich«, fuhr Carole fort. »Letzte Woche sind wir Fünfte geworden. Unser schlechtestes Resultat aller Zeiten. Edward ist richtig fertig.«

Wenn jemand zu Maggie sagte, dass sie gebraucht werde, war sie für gewöhnlich sofort bereit, ihre Hilfe anzubieten. Aber da war eben auch noch Caroles Mann Edward. Und den fand Maggie ebenso nervig wie einschüchternd. Er war Arzt, praktizierte aber nicht. Direkt nach seinem Praktikum und einem Intermezzo in einem Londoner Krankenhaus war er in den Staatsdienst gegangen und hatte sich auf Epidemien und Krankheiten spezialisiert, die in bestimmten Gegenden geballt auftraten. Manchmal, wenn eine exotische Grippe ausbrach oder eine bakterielle Meningitis aufflammte, erschien Edward im Fernsehen, um dem Gesundheitswesen ein Gesicht zu verleihen. Und obwohl er Nadelstreifenanzug und Fliege trug wie die teuren Privatärzte in der Harley Street, fand Maggie, dass überhaupt nichts Beruhigendes von ihm ausging. Vielmehr wischte er die Fragen der Journalisten so hochmütig vom Tisch, dass sie sich manchmal fragte, ob er etwas zu verbergen hatte. Oder war er einfach nur der Meinung, dass Laien die Komplexität medizinischer Fragen ohnehin nicht erfassen konnten?

»Ich glaube nicht, dass ich eine besondere Hilfe für euch wäre, Carole.«

»Du bist eine Filmkennerin, Maggie. Und Filme sind unsere Schwachstelle, vor allem die alten. Unser Patzer mit Mr. Percival war absolut peinlich.«

»Du meinst den Pelikan aus *Storm Boy*?«

»Ja. Wir haben ja nicht geahnt, dass sich hinter Mr. Percival ein Vogel verbirgt. Deshalb haben wir vermutet, er wurde von John Meillon oder Chips Rafferty gespielt.«

Maggie könnte sich ein Grinsen nicht verkneifen. »Dann lagt ihr doch gar nicht so weit daneben. Diese beiden Schauspieler waren in so gut wie jedem australischen Film aus dieser Zeit mit dabei.«

»Verstehst du jetzt, warum wir dich brauchen, Maggie?«

»Aber hast du mir nicht mal erzählt, dass Musik eure Achillesferse ist?«

»Stimmt, aber dafür haben wir jetzt Mei Zhen. Ich kann mir nicht vorstellen, dass jemand mehr über dieses Thema weiß als sie. Na ja, sie ist ja auch Leiterin des Fachbereichs Musik an unserer Schule. Ihre Begleitung Ash unterrichtet Sport an der Amberside Highschool. Beide sind richtig gut bei modernen Sachen wie Hip-Hop und so.«

Maggie merkte, wie sie weich wurde. Es wäre sicher nicht verkehrt, einen Abend pro Woche rauszukommen, aber dann musste sie dafür sorgen, dass sie nicht neben Edward zu sitzen kam.

»Wie wär's, wenn ich für eine Woche dazukomme und wir einfach mal schauen, wie es klappt? Sind temporäre Teilnehmer denn überhaupt zugelassen?«

»Solange wir ein Kernteam haben, ist das okay.«

»Das heißt dann aber wirklich nicht, dass ich mich längerfristig verpflichte, Carole.«

»Das versteh ich doch, Maggie. Aber du wirst bestimmt Blut lecken, wenn du erst mal angefangen hast.«

Maggie lächelte nur. Das bezweifelte sie sehr.

Maggie Taylor wurde oft gefragt, ob sie verheiratet sei. Als wäre es das ultimative Lebensziel, verheiratet zu sein, das Nirwana, das jeder mindestens einmal im Leben erreichen sollte. Allerdings hatte Maggie lange Zeit ebenso empfunden, damals, als sie noch mit Josh zusammen war. Sie hatte von einer wunderbaren Hochzeit geträumt, hatte verzückt Brautkleider angesehen und hatte schon im Geiste den Text für ihre Hochzeitseinladung verfasst:

Mr. und Mrs. R. Taylor geben sich die Ehre,
Sie zur Hochzeit ihrer einzigen Tochter Margaret Anne
mit Joshua John, Sohn von Mr. und Mrs. A Houghton,
einzuladen. Die Trauung findet statt in der St. John's Church
in Clifton Heights.

Zur Hochzeit war es allerdings nie gekommen. Das war im Grunde das Thema ihrer Beziehung gewesen. Nie wurde ein Termin für eine Hochzeitsfeier festgelegt, nein, er wurde nicht einmal in Aussicht gestellt. Jedenfalls nicht von seiner Seite.

Sie hatten sich kennengelernt, als Maggie am Anfang ihres Studiums stand. Josh hatte zu diesem Zeitpunkt bereits seinen Bachelor in Soziologie gemacht und absolvierte sein Aufbaujahr für ein Honours Degree. In der Mittagszeit sah sie ihn immer mit seinen Kommilitonen in der Cafeteria. Sie waren eine auffällige

Clique mit ihrer zigarettenrauchenden Raffinesse und dem ständigen Gelächter. Als er eines Tages an ihren Tisch kam und sie ins Kino einlud – völlig aus heiterem Himmel –, war sie erschrocken. Sie sah nun wirklich nicht umwerfend aus. Sie hatte einfach nur ein angenehmes Gesicht, lange dunkle Haare und eine schlanke Figur, die sie von der mütterlichen Seite der Familie geerbt hatte. Was sah ein Prinz wie Josh Houghton in einem Mädchen wie ihr?

Nachdem sie zwei Wochen miteinander ausgegangen waren, betrachtete es einer von Joshs Freunden als seine Pflicht, Maggie zu eröffnen, dass Josh mit einem Mädchen verlobt war, mit der er seit Schulzeiten zusammen war. Diese Verlobte hielt sich gerade in Amerika auf – sie machte eine dreimonatige Reise mit ihren Freundinnen, die sie kurz vor dem Heiratsantrag gebucht hatte. Maggie war zwar bestürzt, fand aber letztlich, wenn die Verlobte so dumm war, jemand wie Josh Houghton unbeaufsichtigt zu lassen, dann durfte sie sich nicht beschweren, wenn in ihrer Abwesenheit jemand anders sein Herz eroberte. Zwölf ganze Wochen. Das war genug Zeit für ein Mädchen, ihn für sich zu gewinnen. Ihre Mutter hatte immer gesagt: »Wenn eine Frau sich einen Mann erst mal fest einbildet, ist es nur noch eine Frage der Zeit.« Bei Maggies Mutter hatte es auch so funktioniert.

Maggie und Josh sahen sich jeden Tag und gingen jeden Abend aus. Sie vergötterte ihn. Wie viele andere Frauen. Es war nicht zu übersehen, wie sie sich alle in den Pubs und Restaurants, die sie zusammen besuchten, zu ihm hingezogen fühlten. Immerhin musste man ihm zugutehalten, dass er seine Verehrerinnen keinesfalls ermutigte und immer mit Maggie nach Hause ging.

An dem Tag, an dem seine Verlobte aus Amerika zurückkam, machte er mit Maggie Schluss. Nicht, dass er es ihr mitgeteilt hätte. Aber als sie nichts mehr von ihm hörte – er rief kein einziges Mal an –, wusste sie, dass es vorbei war. Sie weinte tagelang. Wenn sie nicht weinte, schlief sie. In ihren Träumen waren sie immer noch ein Paar. Manchmal küsste er sie, aber sobald seine Lippen die ihren berührten, erwachte sie und sehnte sich danach, dass der Traum weiterging. Was er natürlich nie tat.

Ein, zwei Monate später, als sie langsam wieder zu funktionieren begann, fand sie einen cremefarbenen Umschlag aus geprägtem Papier in der Post. Darin steckte eine passende Karte mit gewellter Silberkante. Die Anrede lautete »Liebe Maggie«, aber der übliche Zusatz »mit Begleitung« fehlte. Sie war so wütend, dass sie die Einladung fast in Fetzen riss. Dass er tatsächlich die Dreistigkeit besaß, sie zu seiner Hochzeit einzuladen! Und dann auch noch allein! Meinte er etwa, sie könnte niemanden finden, den sie mitbringen konnte?

Ihre Mutter riet ihr, trotzdem hinzugehen.

»Dann hast du ihn dir endgültig aus dem Kopf geschlagen, Margaret. Außerdem lernst du ja auf dem Empfang vielleicht jemanden kennen.«

»Ich geh da nicht hin, Mum. Ich werd mir irgendeine Ausrede einfallen lassen.«

»Das ist aber schlechtes Benehmen.«

»Ist mir egal. Es war von vornherein eine Unverschämtheit von ihm, mich überhaupt einzuladen, und noch schlimmer, die Einladung nicht mal auf eine mögliche Begleitung auszudehnen.«

Schließlich gab sie nach und nahm die Einladung an. Als Hochzeitsgeschenk kaufte sie eine orangefarbene Glasvase. Es war der hässlichste Gegenstand, den sie im ganzen Laden finden konnte. Auf die Karte schrieb sie: »Vertraue darauf, dass Du immer so glücklich sein wirst wie heute.« Als sie den Satz noch einmal durchlas, klang er in ihren Ohren wie ein verkappter Fluch. Dann schob sie die Karte in den Umschlag und befestigte ihn mit Klebeband am Paket.

Als die Braut die Kirche betrat, war Maggie verblüfft, ein von Akne gezeichnetes Gesicht zu sehen. Es waren keine kleinen Pickelchen, sondern richtige entzündete Knoten, die sich auch mit dickem Make-up nicht verbergen ließen. So viel zum Thema Hochzeitsfotos. Später, als Maggie während des Empfangs kurz auf die Toilette ging, hörte sie auf der anderen Seite der Tür eine vertraute Stimme – es war Joshs Mutter, die sich mit einer anderen Frau unterhielt.

»Zu dumm, dass die arme Sharyn an ihrem Hochzeitstag so einen Pickelschub bekommen hat«, sagte Mrs. Houghton.

»Ja, sie tut mir auch sehr leid.«

»Wahrscheinlich aus Nervosität, oder was meinst du, Valma?«

Maggie wusste sofort, dass die andere Frau die Brautmutter war.

»Nein, das liegt an der Pille. Sie verträgt sie einfach nicht.«

Geschieht ihr recht, dachte Maggie, die beschlossen hatte, auf der Toilette sitzen zu bleiben, bis die beiden gegangen waren. Einen Augenblick überlegte sie, ob sie den Gedanken am Ende laut ausgesprochen hatte, doch da ging die Unterhaltung auch schon weiter.

»Ich hab Gerüchte gehört, dass Josh an der Uni ein anderes Mädchen gehabt haben soll«, fuhr Valma fort. »Während unsere Sharyn im Ausland war.«

»Das ist doch lächerlich. Josh hat bloß eine Studentin im ersten Semester als Tutor betreut. Er hat mir erzählt, dass sie nicht besonders helle war, die brauchte eine Menge Unterstützung. Er hat sie sogar zur Hochzeit eingeladen. Das hätte er doch nie getan, wenn zwischen den beiden wirklich was gelaufen wäre.«

»Nein, wahrscheinlich nicht. Ich bin froh, dass wir das klären konnten. Wer ist sie eigentlich?«

»Das mausgraue Mädchen mit dem lila Kleid und dem Kunstpelzmantel.«

»Ach, die, ich weiß schon. Die am Restetisch sitzt. Da hat Sharyn alle Leute hingesetzt, die nirgendwo richtig dazu passen oder chronische Einzelgänger sind.«

Maggie hörte, wie sich die Tür hinter den beiden Frauen schloss, aber sie konnte nicht aufstehen, geschweige denn ihre Kabinentür öffnen, denn sie zitterte am ganzen Körper vor Wut.

Es vergingen über zehn Jahre, bis sie Josh wiedersah. Da war sie bereits Lehrerin, und er war der Referent bei einer Fortbildung über die Motivation von Schülern durch den Einsatz sozialer Netzwerke. Dr. Joshua Houghton, BA (Honours Degree), MA, Dozent für Soziologie. Der Name traf sie wie ein Fausthieb in den Bauch während einer Blinddarmentzündung, doch nachdem sie sich gesammelt hatte, fand sie, dass es feige wäre, nun nicht mehr teilzunehmen. Es konnte ja sogar hilfreich sein. Als Fremdsprachenlehrerin in einer Vorstadtschule konnte Maggie Motivationstipps gut gebrauchen. Während sie für Französisch als internationale Sprache noch gute Argumente hatte, sah es mit Latein schon ganz anders aus. Wie oft hatte sie dessen Existenz auf dem Lehrplan schon gegen Eltern verteidigen müssen, die sie gereizt darauf hinwiesen, wie überflüssig eine tote Sprache war? Trotzdem war sie sich gar nicht so sicher, ob sie sich ausgerechnet von Dr. Josh Houghton Ratschläge anhören wollte, nicht mal professionelle.

Zunächst nahm sie an, dass er sie in dem großen Hörsaal gar nicht bemerkt hatte, aber bei der morgendlichen Teepause entschuldigte er sich bei den Lehrerinnen, mit denen er zusammenstand, und ging quer durch den Raum auf sie zu.

»Maggie, wie schön, dich zu sehen. Du hast dich überhaupt nicht verändert.«

Immer noch dasselbe mausgraue Mädchen, dachte sie. Laut sagte sie: »Du aber auch nicht.«

»Was für Fächer unterrichtest du?«

»Fremdsprachen.«

»Ach ja, genau, stimmt ja.«

»Und du, Josh? Wolltest du nicht Sozialkundelehrer werden?«

»Ich hab dann doch direkt meinen Master gemacht. Und dann bin ich irgendwie im akademischen Betrieb hängen geblieben.«

Maggie runzelte die Stirn.

»Ich weiß, was du jetzt denkst, Maggie. Da hat er gerade einen Vortrag über die Motivation von Schülern an der Highschool gehalten, dabei hat er selbst nie an einer Schule unterrichtet. Aber ein Arzt muss ja auch nicht Krebs gehabt haben, um Krebspatienten zu behandeln, stimmt's?«

Während Maggie noch damit beschäftigt war, seine schiefe Analogie aufzudröseln, fragte er: »Hast du geheiratet?«

Seine Augen schossen so schnell von ihrer linken Hand zurück zu ihrem Gesicht, dass ihr der Blick leicht hätte entgehen können.

»Nein. Wie geht's Sharyn?«

»Die hab ich schon länger nicht mehr gesehen. Wir haben uns letztes Jahr scheiden lassen.«

»Tut mir leid.« Der Fluch hatte also seine Wirkung getan.

»Irgendwie hat sich dann doch rausgestellt, dass wir nicht so besonders viel gemeinsam hatten.«

»Kinder?«

»Nein, Gott sei Dank nicht. Kinder hätten alles nur noch komplizierter gemacht. Du, hör mal, ich muss hier noch ein bisschen die Runde machen, und heute Nachmittag hab ich an der Uni noch eine Vorlesung. Aber wie wär's, wenn wir heute Abend was trinken gehen würden? Im Noonan's, um sechs?«

Obwohl sie angestrengt überlegte, wollte ihrem Gehirn auf die Schnelle keine Ausrede einfallen. »Können wir auch halb sieben sagen?«, war das Einzige, was sie zustande brachte.

»Kein Problem. Also, ich muss weiter. Bis heute Abend dann.«

Maggie sah ihm nach, wie er den Raum durchquerte, mit dem

Selbstbewusstsein eines Menschen, der weiß, wie besonders er ist. Der Gesalbte. Ein Prinz unter den Männern. Sie wünschte, sie hätte auch nur einen Bruchteil dieses Selbstbewusstseins gehabt.

Maggie war nie fähig gewesen, dem Charme von Josh Houghton zu widerstehen, daran hatte sich nichts geändert, obwohl ihr gesunder Menschenverstand ihr einflüsterte, dass sie denselben Fehler nicht noch mal machen sollte. Doch die Optimistin in ihr war ganz sicher, dass es diesmal anders laufen würde. Erstens gab es kein Hindernis – er war ungebunden. Und zweitens würde sie sich unentbehrlich machen. Damals an der Uni hatte sie sich einfach nicht genug Mühe gegeben.

Quizabend

Caroles Bemerkung, dass sie ja vielleicht sogar jemanden kennenlernen könnte, hatte Maggie an die Zeiten erinnert, in denen ihre Mutter sie drängte, auszugehen und Leute zu treffen, wo sie doch im Grunde nur zu Hause bleiben, vorm Fernseher sitzen und alte Filme anschauen wollte.

Sie vereinbarten einen Treffpunkt direkt am Club, einem hässlichen Gebäude aus den sechziger Jahren mit einer umwerfenden Aussicht aufs Meer. Am Dienstagabend um halb acht trat Maggie durch die Glasflügeltüren ins Foyer mit dem kobaltblauen Teppich, wo Edward sie in die Liste eintrug und Mei Zhen ihr Ash vorstellte. Wie sich herausstellte, war Ash kein Mann, sondern ihre Lebensgefährtin Ashleigh. Dann gingen sie alle zusammen in den Veranstaltungssaal, der im ersten Stock lag. Sie hatten Tisch zehn, direkt vor der Bühne. Auf einem gefalteten Zettel stand: »Reserviert für Teddy and the Dreamers«.

»Setz dich hierhin, Maggie«, sagte Edward und deutete auf den Stuhl rechts neben seinem Platz. Sie hatte eigentlich gehofft, sich zwischen Carole und Mei Zhen quetschen zu können.

»Deswegen heißen wir Teddy and the Dreamers«, flüsterte Ash Maggie zu, während sie auf die andere Seite des Tisches ging. »Er hält sich für den Chef hier.«

»Du hast zweifellos den Vorsitz hier am Tisch«, bemerkte Maggie im Konversationston.

»Dieser Tisch hat uns letztes Jahr Glück gebracht«, erwiderte Edward.

»Da sind wir Zweite geworden«, erklärte Carole.

»Und haben einen Grill aus rostfreiem Stahl im Wert von tausend Dollar gewonnen«, fügte Mei Zhen hinzu.

»Nicht gerade ein Preis, den man untereinander aufteilen kann«, sagte Carole.

»Deswegen haben wir ihn im Internet verkauft«, bemerkte Ash.

»Aber wir nehmen ja nicht wegen der Preise teil«, sagte Edward. »Es geht ums Prestige.«

Trotzdem schien er sehnsüchtig auf die Preise zu blicken, die auf der Bühne arrangiert waren: ein riesiger Plasmabildschirm, eine Sammlung von kleineren Elektrogeräten und ein hübsches Service aus Porzellan.

»Der Preis, den wir dieses Jahr gewinnen wollen, ist der einzige, der nicht hier auf der Bühne steht«, verkündete Carole. »Nämlich ein Wochenende für sechs Personen in einem Resort im Hunter Valley. Wär das nicht lustig, Maggie? Da könntest du zum Beispiel eine Freundin mitnehmen.«

Während Maggie noch nach einer Antwort suchte, kam ein Mann mittleren Alters auf die Bühne und ergriff das Mikrofon. Er sah aus, als wäre er direkt den fünfziger Jahren entstiegen.

»Herzlich willkommen im wundervollen Clifton Heights Sports Club zur zweiten Woche der Herbst/Winter-Staffel unseres Quizwettbewerbs – mit den tollsten Preisen und den schlauesten Teilnehmern des ganzen Landes!«

Ein Beifallruf aus dem Publikum.

»Ich bin der Professor, und diese bezaubernde Dame ist meine Frau, Miss Kitty.«

Miss Kitty? Maggie musste in sich hineinlächeln. War das nicht die Barbesitzerin und Puffmutter in *Rauchende Colts*?

»Ich möchte Ihnen eine kleine Geschichte erzählen. Kommt ein Mann in eine Bar …«

Oh nein, stöhnte Maggie innerlich. Sag jetzt nicht, dass der Professor anfängt, Witze zu erzählen.

»Er sieht so traurig aus, dass der Barkeeper ihn fragt, was er denn habe. ›Ich komm gerade von einem Quizwettbewerb‹, antwortet der Mann. ›Sind Sie gut?‹, fragt der Barkeeper. ›Ich habe ein fotografisches Gedächtnis‹, erwidert der Mann. ›Warum sind Sie dann so traurig?‹, fragt der Barkeeper.« Der Professor legte eine Pause ein, bevor er die Pointe brachte: »›Ich hab vergessen, den Film einzulegen.‹«

Vereinzeltes Gelächter.

»Der war für all diejenigen unter Ihnen, die sich noch an die Zeit vor der Einführung der digitalen Technik erinnern können.«

Maggie wand sich innerlich. Das fing wirklich nicht so berauschend an.

»Es wird schon noch besser«, versicherte ihr Carole.

Ich will es hoffen, dachte Maggie.

Nach der ersten Runde kam eine »Wer bin ich?«-Frage.

»Die brauchen wir«, sagte Edward. Sie hingen immer noch auf dem fünften Platz. »Das ist eine ganz simple Angelegenheit, für die gibt's zwei Punkte«, erklärte er an Maggie gewandt.

»Aber wenn die Antwort falsch ist, verliert man zwei Punkte«, fügte Carole hinzu.

»*Ich wurde 1937 in London geboren*«, begann der Professor die Frage zu verlesen, »*und wuchs in einer Theaterfamilie auf.*«

Maggie glaubte sofort, die richtige Antwort zu kennen. Entweder Vanessa Redgrave oder Edward Fox. Doch sie wartete ab. Sie wollte sich weder blamieren noch zwei Punkte riskieren.

»*Als ich fünfzehn war, wurde ich von der Schule verwiesen*«, fuhr der Professor fort.

Edward Fox konnte es nicht sein, oder? Nein, der war definitiv eher der Strebertyp als ein Rebell. Maggie wollte schon die Hand heben und »Vanessa Redgrave« sagen, da sah sie am Tisch gegenüber eine andere Hand hochschießen. Es war ein blonder Mann mit Hornbrille, der ganz allein saß. Wo war der Rest seines Teams?

»Jackie Collins«, antwortete er mit seltsam monotoner Stimme.

Er musste direkt von der Arbeit hergekommen sein, denn er trug immer noch Anzug und Krawatte.

»Richtig«, sagte der Professor. »Das macht zwei Bonuspunkte für die One-Man-Show, womit er mit einem Vorsprung von insgesamt …« Er warf einen prüfenden Blick auf die Anzeigetafel. »… sechs Punkten in Führung liegt.«

Edward wandte sich an Maggie. »Ich dachte, auf so was würdest du die Antwort wissen.«

Maggie spürte, wie sich ihr die Brust zusammenschnürte. Sie hatte auf einen netten, stressfreien Abend gehofft, aber das hier war überhaupt kein Spaß. Sie würde nächste Woche ganz bestimmt nicht wieder mitkommen.

»Lass sie in Ruhe, Edward«, sagte Ash. »Du hast es schließlich auch nicht gewusst.«

»Die One-Man-Show steht im Mittelpunkt der Aufmerksamkeit, oder?«, bemerkte Carole in der Pause. »Habt ihr gesehen, wie die anderen Teams ihn umwerben?«

»Wie ein Fußballverein, der um einen Topspieler buhlt«, sagte Edward. »Was die ihm wohl anbieten? Bargeld? Den größten Anteil am Preisgeld? Vielleicht ja auch Sex. Das ist immer ein überzeugendes Argument.«

Maggie warf Edward einen raschen Blick zu. Das hatte er doch jetzt hoffentlich nicht ernst gemeint.

»Warum sprechen wir ihn nicht auch an?«, schlug Edward vor. »Vielleicht können wir ihn ja in unser Team locken.«

»Ich finde, wir sollten ihn in Ruhe lassen«, erwiderte Carole. »Er kommt doch sehr gut allein zurecht.«

»Aber stellt euch mal vor, was das für ein Coup wäre, wenn wir ihn überreden könnten, zu uns zu kommen. Dann könnten wir die Üblichen Verdächtigen pulverisieren.«

»Das ist nicht gesagt«, mischte sich Mei Zhen ins Gespräch ein. »Um bei deinem Fußballbeispiel zu bleiben, Edward – ein Club kann vielleicht einen Topspieler kaufen, aber damit ist der Erfolg noch nicht unbedingt garantiert.«

»Stimmt«, sagte Ash. »Ist doch schon oft vorgekommen, dass so ein importierter Star die Erwartungen dann gar nicht erfüllen konnte.«

»Aber manchmal verbessern sie durch ihre bloße Anwesenheit die Leistung des gesamten Teams«, meinte Maggie.

»Wenn das so ist«, sagte Edward, »warum gehst du dann nicht zu ihm und fragst? Kann doch nicht schaden.«

»Wenn du so scharf drauf bist, warum machst du's dann nicht selbst, Edward?«, fragte Ash provozierend.

»Weil das Angebot attraktiver wäre, wenn es von einer Frau kommt.«

Ash starrte ihn an. »Du bist so ein sexistischer Wichser.«

Nach der vierten Runde kündigte der Professor eine weitere Pause an. Eine halbe Stunde. Obwohl es harmlos klang, erfuhr Maggie, dass das genaue Gegenteil der Fall war.

»Zeit für unseren Karaoke-Wettbewerb«, rief der Professor von der Bühne. »Jedes Team ist einmal dran, in der Reihenfolge der Tischnummern.«

»Von irgendwelchen blöden Karaoke-Wettbewerben hast du mir aber nichts gesagt«, flüsterte Maggie Carole zu.

»Ach, das ist doch bloß zum Spaß«, antwortete Carole. »Die Frau des Professors entscheidet, welches Team am besten war, und die kriegen dann einen Extrapreis.«

Maggie entschuldigte sich und ging auf die Damentoilette. Sie musste Schlange stehen, aber als eine Kabine frei wurde, klappte sie den Deckel herunter, wischte ihn noch einmal mit Toilettenpapier ab und setzte sich auf das kalte Plastik. Dreißig Minuten waren ganz schön lang, um sich in der Toilette zu verstecken, aber sie hatte nicht vor, wieder hinauszugehen, bevor der Karaoke-Wettbewerb vorbei war. Hätte sie das gewusst, dann hätte sie sich ein Buch mitgenommen. Stattdessen zog sie ihr Handy heraus, schaute den Wetterbericht an, schickte SMS an ihre Freunde aus dem Buchclub und las kurz die Nachrichten.

Nach zehn Minuten wurde sie von lautem Klopfen an der Toilettentür aufgeschreckt. Oh Gott. Carole hatte sie also gefunden. Aber es war gar nicht Carole, sondern nur eine Frau, die ganz dringend mal musste.

»Dauert es noch lange?«, fragte die Frau auf der anderen Seite der Tür mit flehentlicher Stimme. Maggie stellte sich eine ganze Reihe von Frauen vor, die sich in den Toilettenkabinen eingesperrt hatten, um sich vor dem Karaoke zu drücken, während davor eine ganze Schlange zähneknirschend darauf wartete, ihre Blase entleeren zu können.

»Nein, ich bin gleich fertig«, rief sie, stand auf und spülte.

Als sie die Tür aufmachte, drängte die Frau herein, kaum, dass Maggie die Kabine verlassen hatte. Maggie verbrachte so viel Zeit mit dem Waschen und Trocknen ihrer Hände, dass es eines Chirurgen vor der OP würdig gewesen wäre. Langsam kämmte sie sich die Haare und zog noch einmal ihren Lippenstift nach. Blieben immer noch fünfzehn Minuten. Vielleicht waren Teddy and the Dreamers mittlerweile mit ihrer Vorstellung fertig.

Maggie schlüpfte aus der Damentoilette und wollte gerade zurück in den Saal gehen, da sah sie die One-Man-Show aus der Herrentoilette treten. Doch er ging nicht zurück an seinen Tisch. Vielmehr steuerte er auf einen schlecht beleuchteten Flur zu. Maggie folgte ihm spontan in sicherem Abstand wie in einem Detektivfilm. Als er das Ende des Ganges erreicht hatte, lief er eine Treppe hinunter, doch als Maggie am Treppenhaus war und übers Geländer hinunterspähte, war er nirgends mehr zu sehen. Sie ging bis nach unten und gelangte in ein kleines Geviert mit grauen Betonwänden. Neben einer Tür entdeckte sie ein Schild mit der Aufschrift »Notausgang«.

Musste die One-Man-Show früher gehen? Hatte er noch etwas anderes vor? Oder wollte er ganz aus dem Wettbewerb ausscheiden? Vielleicht langweilten ihn die Einfaltspinsel in den anderen Teams. Sie öffnete die Tür, ohne zu wissen, was sie erwartete, und stand auf einmal auf der Rückseite des Clubgebäudes. Über dem Ausgang leuchtete fahl ein Sicherheitslicht. Ein niedriges, mit Ziegelsteinen eingefasstes Beet mit einer Art Hecke stieß an die Hauswand. Auf dem Rand der niedrigen Mauer saß die One-Man-Show.

Als er sie erblickte, zuckte er ganz leicht zusammen, als wäre er bei etwas Ungehörigem ertappt worden.

»Hallo. Drücken Sie sich auch vorm Karaoke?«, brach sie das Schweigen. Sie musterte ihn verstohlen. Er schien etwas über vierzig zu sein, nicht groß, aber auch nicht klein.

Er gab keine Antwort.

»Na, zum heimlichen Rauchen sind Sie offenbar nicht rausgegangen«, fuhr Maggie wacker fort.

Wieder keine Antwort.

»Ich bin Maggie«, sagte sie und streckte ihm die Hand hin.

»Kevin«, sagte er, und nach einer kurzen Pause ergriff er ihre Hand. Sein Händedruck war kurz und schlaff, ihre Finger berührten sich kaum.

»Das ist heute das erste Mal für mich«, sagte sie, um im nächsten Moment rot zu werden, weil ihr Ausspruch auf den zweiten Blick doch etwas Zweideutiges hatte. Wenn Edward hier gewesen wäre, hätte er garantiert einen Kommentar dazu abgegeben.

»Ich hab auch erst letzte Woche angefangen.«

»Das hab ich gar nicht gemerkt. Sie kommen mir vor wie ein Profi«, sagte sie und setzte sich ebenfalls auf die Ziegelmauer.

»Bei anderen Wettbewerben hab ich schon mitgemacht.«

»Warum sind Sie hierhergekommen?«

»Das ist eine lange Geschichte.«

Sie wartete auf weitere Ausführungen, aber sie kamen nicht. Stattdessen warf er einen Blick auf seine Uhr.

»Zwölf Minuten«, sagte er.

Sein Ton legte nahe, dass ihre Gesellschaft ihn langweilte.

»Ich wollte Sie nicht stören. Ich glaube, ich geh wieder rein.«

»Dann müssen Sie aber mitsingen.«

»Ist das noch nicht vorbei, meinen Sie?«

»Teddy and the Dreamers sind Tisch zehn. Die kommen als Letzte dran.«

»Oh. Na, dann bleib ich wohl doch noch ein bisschen.« Woher wusste er, in welchem Team sie war, ganz zu schweigen von ihrer Tischnummer? In dem Saal mussten doch an die achtzig Personen sitzen. »Und, was machen Sie so im richtigen Leben, Kevin?«, erkundigte sie sich beiläufig.

»Ich arbeite als gerichtlich bestellter Steuersachverständiger.«

»Wie der Kerl, der Al Capone zur Strecke gebracht hat?«

Er wandte ihr im Halbdunkel den Kopf zu. »Ja, so ähnlich.«

»Hat den im Film nicht Charles Martin Smith gespielt? Seinen echten Namen weiß ich gar nicht, glaub ich.«

»Frank J. Wilson. Er hat fürs US-Finanzamt gearbeitet. In Wirklichkeit gehörte er allerdings gar nicht zum Team von Eliot Ness.«

»Dann haben sie ihn für den Film also einfach dazugedichtet. Kein Wunder, dass sie die Figur dann Oscar Wallace genannt haben. Wissen Sie, ich fand den Gedanken, eine Geldspur zu verfolgen, schon immer faszinierend. Sie müssen Ihren Job doch lieben.«

»Hmm.«

»Ich befürchte, im Vergleich dazu ist meine Arbeit richtig öde.«

»Ach ja?«, sagte er.

Es war eine seltsame Unterhaltung. Kevin reagierte überhaupt nicht so, wie sie es erwartete. Aber sie beschloss, einfach so weiterzureden, als hätte er ganz normal reagiert.

»Ich bin Lehrerin für Latein und Französisch. Carole aus meinem Team ist zugleich meine Kollegin. Sie ist mit Teddy verheiratet. In Wirklichkeit heißt er Edward, aber er fand, Teddy klinge süßer. Teddy and the Dreamers. Sie wissen schon, wie Freddie and the Dreamers. Aber vielleicht sind Sie zu jung, um sich an die noch zu erinnern.«

»Nein, ich kann mich schon erinnern. Freddie Garrity. Geboren 1936 in Manchester. Gestorben 2006. Er war Milchmann, bevor er Popstar wurde. ›I'm telling you now‹ war sein großer Hit.«

»Kein Wunder, dass Sie Quizwettbewerbe gewinnen. Aber ich wette, summen können Sie das Lied nicht.«

»Ich summe nie. Und singen tue ich auch nicht.«

Jetzt musste Maggie mit einem »Ach ja?« antworten.

Wieder folgte eine Schweigepause, die Maggie erst brach, als sie es nicht mehr aushielt.

»Und was mögen Sie sonst noch gerne, wenn Sie nicht gerade den Buchhalter spielen?«

»Quizabende.«

»Natürlich. Aber was sonst noch?«

»Ich hab Notizbücher.«

»Ja?« Sie schaute ihn auffordernd an.

»Ich sammle Informationen, katalogisiere sie, stelle Listen zusammen.«

»Das hab ich als Kind auch immer gemacht. Ich weiß noch, dass ich eine Liste von Mädchennamen hatte, die mit A anfangen, und dann noch eine mit Fernsehdetektiven. Sie wissen schon – Columbo, Kojak, Rockford.« Während des Sprechens erinnerte sie sich an immer mehr. »Ich hatte sogar eine Liste mit französischen Schauspielern und Schauspielerinnen. Dafür hab ich Jahre gebraucht. Und einmal, als wir nach Queensland in den Urlaub fuhren, hab ich den Namen jeder Stadt aufgeschrieben, an der wir vorbeigekommen sind, und die Flüsse dazu auch gleich. Wissen Sie, wie viele Breakfast Creeks es gibt?«

»Ja, das weiß ich. Und Dinnertime Creeks auch.«

Maggie sah ihn an, um sich zu vergewissern, ob er sie nicht auf den Arm nahm, doch sein Gesicht lag im Schatten.

»Ich liebe Listen«, fuhr sie fort. »Obwohl das heutzutage ja die Computer übernommen haben. Ein Knopfdruck, und schon ist alles da. Wenn man sich zum Beispiel Wikipedia anschaut – die haben sogar Listen von Leuten, die im selben Jahr geboren sind. Man klickt einfach unten auf der Seite, und schon sind sie da.«

»Aber es fühlt sich einfach nicht so gut an, wie wenn man die Informationen selbst sammelt und aufschreibt.«

»Nein, das stimmt.«

Er warf erneut einen Blick auf seine Armbanduhr. »Fünf Minuten noch. Wir sollten mal wieder rein.«

»Ja, ich glaube auch«, sagte sie. »Sie dürfen die erste Frage der fünften Runde ja nicht verpassen. Ist ja nicht so, dass Ihre anderen Teammitglieder für Sie einspringen könnten.« Dann fiel ihr wieder ein, dass sie ihn doch einladen sollte, sich Teddy and the Dreamers anzuschließen. Fragen kostete ja nichts. »Haben Sie eigentlich schon mal erwogen, sich einem anderen Team anzuschließen?«

»Nicht so wirklich.«

»Ich komme mir blöd vor, Sie zu fragen, aber hätten Sie nicht Lust, bei uns mitzumachen?«

Er schwieg so lange, dass sie schon Angst hatte, ihn beleidigt zu haben.

»War nur so ein Gedanke«, fuhr sie eilig fort. »Ich versteh schon, warum Sie nicht wollen. Sie gewinnen sowieso. Und wir … wir sind nicht mal unter den Top Drei.«

Er gab immer noch keine Antwort.

»Also dann, Kevin, war nett, mit Ihnen zu plaudern. Vielleicht sehen wir uns nächstes Mal wieder. Jetzt, wo ich den Notausgang kenne, muss ich mich ja nicht mehr in der Toilette verstecken.«

»Das hab ich letzte Woche gemacht«, sagte er.

Und sie meinte, ein leises Lächeln in seinem Gesicht zu entdecken.

DRITTE WOCHE

Patrick

Solange der achtjährige Patrick Dwyer-Monaghan zurückdenken konnte, hatte seine Mutter grüne Geburtstagspartys für ihn veranstaltet, zu denen alle Cousins und Großcousins kamen, Tanten, Onkel, seine Großeltern, die Jugendfreundinnen seiner Mutter, die Tennismannschaft seines Vaters und jedes Kind aus Patricks Grundschulklasse. Nicht nur die netten Kinder, sondern auch die, die ihm das Leben zur Hölle machten.

Schon in der Zeit, bevor Patrick sich erinnern konnte, hatte es solche Geburtstagsfeiern gegeben. Die Beweise fanden sich im Familienalbum – Bilder von Patrick als Baby, umgeben von grünen Ballons und Papierkleeblättern, dann Patrick als Kleinkind mit Koboldpuppen und einem glitzernden smaragdgrünen Hut auf dem Kopf. Alles nur, weil er am 17. März Geburtstag hatte, dem St. Patrick's Day. Dabei hasste er das ganze grüne Zeug und die Aufmerksamkeit. Wenn seine Mutter feiern wollte, warum konnten sie nicht einfach Pizza essen gehen? Nur die Familie – Mama, Papa, Oma und Opa und Onkel Kevin – und nicht diese Riesenschar, die sie immer einlud. Einmal hatte er sogar gefragt, ob er nicht aussuchen dürfte, welche Kinder er einladen wollte, aber sie hatte darauf bestanden, dass seine ganze Klasse kam.

»Du möchtest doch nicht, dass sich jemand ausgeschlossen fühlt, oder, Patrick?«

Er blieb ihr die Antwort schuldig. Sie fand ihn schon seltsam genug, da musste er nicht auch noch verraten, was er für Probleme in der Schule hatte.

Patrick hatte seinen Geburtstag nicht immer gehasst. Das war erst seit drei Jahren so. Ein paar Wochen nach seiner Einschulung gab ihm seine Mutter zwanzig apfelgrüne Umschläge mit, auf denen jeweils die Namen seiner Klassenkameraden standen. Patrick war wahnsinnig aufgeregt und verteilte die Kuverts, während sich seine Schulkameraden zur Morgenversammlung aufstellten. Er dachte an die Worte seiner Mutter und überprüfte sorgfältig, ob auch jedes Kind seine Einladung bekommen hatte. Das Problem war nur, dass er nicht lesen konnte, und das galt auch für die anderen Kinder seiner Vorschulklasse.

Am nächsten Tag, als ihn seine Mutter von der Schule abholte, sagte sie: »Ich hab ein Hühnchen mit dir zu rupfen, Patrick. Heute haben mich den ganzen Tag Eltern angerufen, die sich beschwert haben, dass sie die falsche Einladung bekommen haben. Du solltest sie doch nicht selbst verteilen, sondern sie deinem Lehrer geben, damit er sie verteilt.«

»Das hast du mir aber nicht gesagt, Mum.«

»So was sollte ich dir doch nicht extra sagen müssen. Das sagt einem doch der gesunde Menschenverstand.«

Seine Mutter sprach oft vom gesunden Menschenverstand. Wer davon nicht genug mitbekommen hatte, konnte im Leben nur scheitern.

An seinem sechsten Geburtstag verbrachte Patrick den Großteil seiner Party vor einem Computerspiel, zusammen mit seinem Onkel. Bis seine Mutter die beiden entdeckte und tüchtig ausschimpfte.

»Ich hab dich überall gesucht, Patrick. Welches Geburtstagskind verpasst denn seine eigene Party? Deine Gäste warten unten auf dich.«

Zu Onkel Kevin sagte sie: »Du hast einen schlechten Einfluss auf Patrick. Mit so was ermutigst du ihn ja noch zu unsozialem Verhalten. Ich will nicht, dass er mal so endet wie du.«

An seinem siebten Geburtstag beging Patrick wieder einen Fehler. Vielleicht wäre er unentdeckt geblieben, wenn seine Mutter nicht direkt neben ihm gestanden hätte. Sie hatten an der Haustür Posten bezogen, um die ankommenden Gäste zu begrüßen. Patrick ließ sich von jedem Kind gratulieren, nahm sein Geschenk entgegen und bedankte sich. Das Ganze hätte eigentlich so automatisch kommen müssen wie die Responsorien in der Kirche. Doch als ein kleines Mädchen mit einem Riesenpäckchen vor ihm stand und »Alles Gute zum Geburtstag, Patrick« sagte, antwortete er reflexartig »Alles Gute zum Geburtstag«. Er wusste selbst nicht, warum er das gesagt hatte – die Worte waren ihm einfach so über die Lippen gekommen.

»Ich hab doch gar nicht Geburtstag«, erwiderte das Mädchen.

Bei erster Gelegenheit nahm seine Mutter ihn beiseite. »Ich hab deine Unhöflichkeit satt, Patrick. Ich hab mir eine Menge Mühe gemacht mit dieser Party, und dann blamierst du mich so.«

Patrick wusste nicht, was er sagen sollte. Er hatte es doch nicht mit Absicht gemacht. Warum verstand seine Mutter das nicht?

Elizabeth

Elizabeth Dwyer-Monaghan machte keine halben Sachen, schon gar nicht, wenn es um Patricks Geburtstagspartys ging. Er war ihr kleines Wunderwerk, das Kind, das sie empfangen hatte, nachdem ihr Mann und sie es ein Jahrzehnt lang vergeblich versucht hatten. In diesen dunklen Jahren konnten die Ärzte einfach nicht herausfinden, woran es lag. Eine Weile sprachen sie von Elizabeths ungünstig liegender Gebärmutter und Stephens durchschnittlicher Spermienzahl, doch dann wurden diese Faktoren ausgeschlossen. Irgendwann erklärte man ihre Unfruchtbarkeit für idiopathisch. Nach drei vergeblichen IVF-Versuchen gab sie den Versuch auf, mit medizinischer Hilfe schwanger zu werden. Der Arzt meinte, es gebe eben solche Paare, die nie Kinder bekamen, egal, was sie anstellten.

»Vielleicht sollten Sie mal über eine Adoption nachdenken«, sagte er.

Zu diesem Zeitpunkt war Elizabeth siebenunddreißig und Stephen fünfundvierzig. Stephen konnte mit der Diagnose besser umgehen als Elizabeth.

»Wenn wir Kinder hätten, würden sie uns nur einschränken«, sagte er.

Doch sie wusste, dass er selbst nicht daran glaubte.

Wenig später bemerkte Elizabeth, dass ihre Blutung ausblieb. Der Schwangerschaftstest, den sie zu Hause machte, brachte kein klares Ergebnis – nur eine hauchdünne Linie war zu sehen, die sie sich vielleicht auch nur einbildete. Also ging sie zum Arzt und ließ ihr Blut untersuchen. Ergebnis: unklare Schwangerschaft.

»Wie kann man unklar schwanger sein?«, fragte sie ihn.

»Sie haben Schwangerschaftshormone im Blut, aber nicht genug, um eindeutig eine Schwangerschaft anzuzeigen.«

»Aber der Hormonspiegel wird weiter steigen, oder?«

»Nicht unbedingt. Also machen Sie sich vorerst keine allzu großen Hoffnungen. Wir machen am Montag noch einen Bluttest.«

Es war das schlimmste Wochenende ihres Lebens. Jedes Mal, wenn sie das kleinste Zwicken im Bauch spürte, glaubte sie, dass sie jetzt ihre Blutung bekommen würde. Am Montagmorgen war der zweite Test. Und am Dienstag rief ihr Arzt an:

»Glückwunsch, Mrs. Monaghan. Ihre hCG-Werte haben sich verdoppelt.«

Es war die perfekte Schwangerschaft. Keine Morgenübelkeit, keine Schmerzen, keine Blutdruckprobleme, keine schweren Beine. Ihr chronisches Ekzem verschwand, ihr Teint glühte, und sie fühlte einen inneren Frieden, wie sie ihn noch nie gekannt hatte. Zwei Tage vor ihrem Entbindungstermin bekam sie Wehen. Der Schmerz war nicht so schlimm, wie sie es sich vorgestellt hatte. Sie brauchte nicht mal eine Epiduralanästhesie. Vier Stunden später brachte sie ihr Baby auf die Welt. Es war ein kleiner, makelloser Junge von gut drei Kilo.

Die Schwestern fanden, dass er wunderschön aussah. Wie ein kleiner Engel. An seinem goldenen Haar und seinen kindlichen Zügen hatte sich bis heute nichts geändert.

Dieses Jahr hatte Elizabeth sich selbst übertroffen. Es gab einen Zylinder für jeden Jungen und fluoreszierende Perücken für jedes Mädchen. Sie hatte online sogar Tischdecken mit Kleeblattaufdruck und passende Servietten aufgetrieben. Wenig später war der auf Böcken aufgebaute Tisch überladen mit Lammkoteletts in Pestokruste, Spinatravioli, Schüsseln mit grüner Götterspeise, einer Etagere voller Cupcakes mit winzigen Marzipankleeblättern und zu guter Letzt der Höhepunkt: ein Schokoladenkuchen mit grüner Glasur, mit einer Girlande aus fröhlichen Kobolden, die um einen Regenbogen tanzten.

Der Clown war gekommen und unterhielt die Kinder. Anschließend fand im Zelt eine Zaubervorstellung statt. Der Zauberer sah ziemlich tatterig aus, aber eine andere Mutter hatte ihn empfohlen. Am Ende des Gartens war eine Hüpfburg aufgebaut – eine Kinderparty ohne Hüpfburg war undenkbar, zumindest in Mosswood. Unter der Pergola hatte Stephen eine

Bar sowie Tische und Stühle für die Erwachsenen aufgebaut, die jetzt schon Champagner und Kiwicocktails schlürften.

Elizabeth hatte das Essen zwar selbst zubereitet, doch zum Aufwärmen und Servieren hatte sie Kellner angeheuert. Sie wollte sich gern ungezwungen unter ihre Gäste mischen und jederzeit nachprüfen können, ob Patrick nicht wieder in sein Zimmer verschwunden war.

Kevin

Es war keine leichte Entscheidung gewesen, was er Patrick zum Geburtstag kaufen sollte. Im Hobbyladen gab es so viele verschiedene Möglichkeiten. Es war ein altmodisches Geschäft, das sich in einer der Arkaden in der Stadt versteckte. Am Ende fiel Kevins Wahl auf eine Wetterstation. Er wusste, das würde Patrick gefallen. Als er zum Parkplatz zurückging, warf Kevin einen Blick auf seine Uhr. Noch eine Dreiviertelstunde. Noch jede Menge Zeit. Aber er hatte nicht mit der Parade zum St. Patrick's Day gerechnet, die den Zugang zur George Street abschnitt, weshalb er einen Umweg machen musste. Als er schließlich bei Beths weitläufigem Jahrhundertwende-Haus im Vorort Mosswood ankam, war die Straße schon völlig zugeparkt. Er war zwanzig Minuten zu spät dran. Während er durch das Bogentor schritt, durch das man in den Vorgarten gelangte, merkte er, dass seine Achseln ganz nass waren.

Die Erwachsenen hatten sich auf der Terrasse hinterm Haus versammelt, doch Kevin hielt Ausschau nach den Kindern. Durch die Öffnung in einer Zeltwand konnte er sehen, dass eine Zaubervorstellung lief. Er wollte gerade darauf zusteuern, als Stephen ihn entdeckte.

»Hey, Kev. Komm, nimm dir ein Bier.«

Kevin schob sich das Paket mit der Wetterstation unter den Arm und ging zur Terrasse.

»Hier, mein Freund, setz dich, ich bring dir eine Dose«, sagte Stephen und deutete auf einen Tisch, der komplett mit Frauen besetzt war. Sie machten ihm einen Platz frei, was Kevin innerlich widerstrebte. Frauen machten ihm Angst, vor allem solche zwischen sechzehn und fünfundsechzig. Die, die mit ihrem Stuhl zur Seite gerückt war, trug ihr glänzendes schwarzes Haar in einem Haarschnitt wie die Beatles 1964. So viel hatte er aus den Augenwinkeln erkennen können, aber er wagte nicht, sie direkt anzuschauen, denn ihm war auch ein Ausschnitt aufgefallen. Glamouröse Frauen in enger Kleidung machten ihm mehr Angst als alles andere.

»Hier, bitte, mein Lieber«, sagte Stephen und drückte ihm ein Bier in die Hand. »Du erinnerst dich doch noch an Danielle Davis, oder? Eine Freundin von Lizzie, die damals mit ihr in der Bank gearbeitet hat.«

Kevin konnte sich überhaupt nicht an sie erinnern.

»Wir haben uns auf der Hochzeit von Lizzie und Stephen kennengelernt«, half sie nach.

Obwohl er wusste, dass er eine kluge Antwort hätte geben müssen, war sein Kopf wie leergefegt. Also sagte er bloß: »Ja. Klar.« Dann dämmerte ihm, dass er hätte sagen müssen: »Du hast dich überhaupt nicht verändert, Danielle.«

»Und was treibst du mittlerweile, Kevin?«

Ihm war klar, dass er ihr in die Augen hätte schauen müssen – wenn man das nicht tat, hielten einen die Leute gern für verschlagen. Doch als er es versuchte, schienen ihre Brüste sich drohend von unten ins Blickfeld zu schieben.

»Ich bin forensischer Steuersachverständiger.«

»Wow. Wie diese Typen vom CSI. Wie hältst du das bloß aus

mit diesen ganzen Leichen? Wird dir da nicht schlecht? Oder gewöhnt man sich daran?«

»Ich bin Buchhalter, kein Rechtsmediziner.«

»Ach so? Ich dachte, forensische Arbeit hätte immer mit Autopsien zu tun.«

»Nein, ich hab es nur mit mutmaßlichen Steuerhinterziehern zu tun.«

»Du arbeitest fürs Finanzamt?«, fragte sie, und ihre Stimme schwankte. Das war Kevin gewohnt – das Wort »Finanzamt« löste immer heftige Reaktionen aus. Jetzt starrten ihn auch die anderen Frauen an wie alarmierte Erdmännchen.

»Ich beschäftige mich nur mit Einzelpersonen, die ein extrem hohes Einkommen haben.«

»Na, da fall ich ja schon mal raus«, meinte eine aus dem Grüppchen und wandte sich wieder ihren Frauengesprächen zu.

»Ich auch«, meinte Danielle. »Ich wette, du hast schon ganz berühmte Leute unter die Lupe genommen. Wer war das noch? Du weißt schon, dieser eine, der irgendwo in Übersee Millionen versteckt haben sollte. Hast du den gekriegt?«

Sie wartete atemlos darauf, dass Kevin Namen und Details lieferte.

»Ich darf mich nicht zu den einzelnen Fällen äußern.«

»Verstehe.« Sie senkte die Stimme. »Amtsgeheimnis.«

»So was in der Art.«

Das Gespräch schien zu versickern, da sagte sie rasch: »Dieser Patrick ist wirklich ein wahnsinnig süßer Junge, oder?«

»Ja, er ist ein guter Kerl.«

»Er kommt ganz nach dir«, meinte sie. »Mit dem blonden Haar und den blauen Augen.«

Kevin hatte das unangenehme Gefühl, dass Danielle mit ihm flirtete. Andererseits kannte er sich mit Frauen nicht aus.

Es war auch gut möglich, dass sie ihn durch den Kakao zogen. Und hinterher mit ihren Freundinnen darüber kicherten. »Dieser Kevin Dwyer ist doch so ein Trottel. Der hat tatsächlich gedacht, ich würde mich für ihn interessieren.«

Also ließ er sich vorsichtshalber gar nicht erst drauf ein, sondern wechselte das Thema. »Du warst also eine Kollegin von Beth.«

»Beth? Ach so, Lizzie meinst du. Ja, nach meinem Schulabschluss. Aber ich arbeite schon seit Jahren nicht mehr in der Bank. Ich bin jetzt bei einer Werbeagentur. Assistentin der Geschäftsführung.«

Als sie sich vorbeugte, um von ihrem Drink zu nippen, erhaschte er einen Blick auf ihre Brüste und schaute schnell wieder weg.

»Arbeitest du in der Stadt, Kevin?«

»Ja, in der East Street.«

»Unser Büro ist in der Bridge Street – da sind wir ja fast Nachbarn. Wir müssen unbedingt mal was trinken gehen.«

Bevor Kevin Luft holen konnte, fuhr sie fort: »Nächsten Montagabend hab ich schon was vor, aber wie wär's mit Dienstag?«

»Dienstagabend hab ich immer einen festen Termin.«

»Dann am Mittwoch?«

In diesem Moment trat Elizabeth auf die Terrasse. »Das Mittagessen ist aufgetragen«, sagte sie. »Erst die Erwachsenen, dann die Kinder.«

Kevin hatte überhaupt nicht gemerkt, dass die Kellner inzwischen das Essen auf den Tisch gestellt hatten.

Patrick

Als die anderen Gäste gingen, blieb Onkel Kevin noch, um Patrick beim Öffnen seiner Geschenke zu helfen. In der Zwischenzeit räumten seine Eltern auf.

»Denk dran, dir die ganzen Geschenke aufzuschreiben, und von wem du sie jeweils gekriegt hast«, sagte Patricks Mutter, als sie einmal kurz den Kopf ins Wohnzimmer streckte. »Für die Dankeskarten.«

Als sie weg war, sagte Patrick: »Ich hab mich persönlich bei jedem Gast bedankt, Onkel Kevin. Reicht das denn nicht?« Er hasste die Dankeskarten fast so sehr wie die Partys selbst.

»Stell die Anordnungen deiner Mutter niemals in Frage, Patrick. Sie kennt sich mit solchen Sachen aus und wir nicht.«

Während sich auf der einen Seite das Geschenkpapier auf dem Boden türmte, stapelten sich auf der anderen Seite Actionspielzeug und Computerspiele.

»Ein paar von den Spielen hab ich schon, aber die verschenk ich einfach weiter«, erklärte Patrick seinem Onkel.

Als Onkel Kevin ihn neugierig ansah, fügte er hinzu: »Das macht Mum immer, wenn sie was kriegt, was sie nicht haben will. Sie führt eine Liste, damit sie es nicht demjenigen zurückschenkt, von dem sie es bekommen hat.«

»Wirklich?«

Als Patrick das Päckchen mit der Wetterstation aufmachte, schenkte er seinem Onkel ein breites Lächeln.

»So eine wünsch ich mir schon seit Ewigkeiten!«

»Ich hab dir auch ein Notizbuch mitgebracht«, sagte Kevin und deutete auf ein altmodisches in Leder gebundenes Buch im DIN A4-Format. »Da kannst du deine Messungen eintragen.«

»Wie deine Notizbücher, Onkel Kevin.«

»Genau. Du bist jetzt alt genug für dein eigenes Notizbuch. Die großen Meteorologen, Fahrenheit, Celsius und Dalton, haben ihre Beobachtungen alle in solche Bücher eingetragen. Man könnte die Informationen auch in einen Computer eingeben, aber das wäre nicht ganz dasselbe.«

»Können wir die Wetterstation gleich zusammenbauen?«

»Warum nicht? Dazu brauchst du aber einen kleinen Schraubenzieher.«

»Ich frag schnell Dad.«

Patrick rannte zur Küche, blieb aber vor der halb angelehnten Tür jäh stehen. Zwischen dem Klappern und Klirren schmutziger Teller und Gläser konnte er eine Erwachsenenunterhaltung belauschen. Der Ton legte nahe, dass es sich um eine »Leichenschau« seiner Mutter handelte – so nannte es sein Vater immer, wenn sie jedes Detail des Tages akribisch durchging, als würde sie Spuren an einem Tatort sichern. Patrick lehnte sich vor und lauschte.

»Und warum hast du Kevin eigentlich neben Danni gesetzt, Stephen? Die muss sich ja zu Tode gelangweilt haben.«

»Es ist einfach passiert, Lizzie. Aber es sah eigentlich so aus, als wäre er ihr ganz sympathisch gewesen.«

»Ich wüsste nicht, warum.«

»Er ist doch gar nicht so schlimm, wie du ihn immer hinstellst. Und ich glaube, er könnte sogar Dannis Typ sein. Erinnerst du dich noch an den Kerl, mit dem sie zusammengewohnt hat? Der hatte auch blondes Haar und eine Brille, oder?«

»Das sind aber auch die einzigen Parallelen. Justin war eine Persönlichkeit. Kevin ist so fad wie der Milchreis deiner Mutter.«

»Aber Justin hat sich letztlich als Weiberheld herausgestellt, oder? Haben sie sich nicht deswegen getrennt? Vielleicht sucht Danni zur Abwechslung ja mal jemand Ruhiges und Zuverlässiges. Oder vielleicht …« Ein herzliches Kichern. »Vielleicht meint sie, dass sich hinter Kevins Brille ein Superheld versteckt. Wie Peter Parker.«

»Wer ist Peter Parker?«

Patrick musste lächeln. Er kannte die Antwort auf diese Frage.

»Spiderman natürlich«, hörte er seinen Vater antworten. »Du musst zugeben, schlecht aussehen tut er nicht.«

»Wer, Spiderman?«

»Nein, Kevin. Und für jemanden, der keinen Sport treibt, ist er auch ganz gut in Form. Ich hab sogar gesehen, wie die Frauen am Tisch ihn einmal gründlich von oben bis unten gemustert haben.«

»Wahrscheinlich weil er irgendwas Bizarres zu ihnen gesagt hat. Ich wette, deswegen ist Danni auch so früh gegangen.«

»Das hatte nichts mit Kevin zu tun. Danni hat mir erzählt, dass sie schnell nach Hause gehen und sich umziehen muss – sie wollte noch mit einer Freundin ins Kino.«

»Aber sie hat sich nicht mal verabschiedet.«

»Du warst drinnen, sie hat dich nicht gesehen. Also hat sie mich gebeten, dir auszurichten, dass sie sich für die tolle Party bedankt. Ich hab's bloß vergessen.«

»Ach.«

Man hörte das Klirren von Gläsern, die aus der Spülmaschine geholt wurden. Dann sagte seine Mutter: »Patrick hat sich auch nicht besonders eifrig unter die Gäste gemischt, oder?«

»Er ist eben nicht so extrovertiert, Lizzie. Aber es kann nicht jeder so kontaktfreudig sein wie du. Du bist die geborene Gastgeberin. Du machst das alles immer so toll.«

Es folgte eine kurze Pause, und Patrick war davon überzeugt, dass sie sich gerade umarmten und küssten. Er drehte sich um und ging zurück ins Wohnzimmer, wo sein Onkel auf ihn wartete.

»Vielleicht sollten wir doch erst die restlichen Päckchen aufmachen, Onkel Kevin. Die Wetterstation können wir ja auch noch später zusammenbauen.«

Kevin

Am Dienstagabend war Kevin schon früh am Sports Club. Eine halbe Stunde zu früh. Er wollte den Professor bitten, die One-Man-Show zu streichen und ihn stattdessen beim Team von Teddy and the Dreamers einzutragen. Im Laufe der Jahre hatten viele andere Teams versucht, ihn zu sich zu locken, aber er hatte sich immer gesträubt. Bis jetzt. Er hätte gar nicht sagen können, warum er seine Meinung geändert hatte. Vielleicht wegen Maggies Kommentar über gerichtlich bestellte Steuersachverständige. Man stelle sich vor – sie hatte seinen Job faszinierend gefunden. Da war sie die Allererste. Aber wahrscheinlich lag es eher daran, dass seine Schwester eine bessere Meinung von ihm haben würde, wenn er sich einem Team anschloss. Vielleicht wären damit sogar ihre ewigen Sticheleien über sein unsoziales Verhalten vom Tisch.

Als Kevin auf Tisch zehn zuging, hoffte er, dass Maggie als Erste kommen würde. Für eine Frau war sie sehr zugänglich gewesen. Dieser Teddy hingegen wirkte ziemlich furchteinflößend. Er erinnerte Kevin an die Stürmer im Footballteam, die ihn in seinen Schuljahren bei den Spielen immer in Grund und Boden rannten.

An Kevins Highschool war Sport Pflichtfach gewesen. Da gab es keine Entschuldigung, wenn man nicht gerade ein gebrochenes Bein hatte. Oder Morbus Osgood-Schlatter. Diese Krankheit hatte ihm geholfen, im fünften und sechsten Schuljahr den Sportstunden aus dem Weg zu gehen und am Freitagnachmittag stattdessen in der Bibliothek zu helfen. Als er in die siebte Klasse kam, erklärte der Arzt, dass sich das Problem jetzt gebessert habe – die Krankheit sei von selbst abgeheilt, wie er sagte. Kevin konnte wieder ganz normal Sport treiben. Doch Kevin fand Sport überhaupt nicht normal. Es war eine perverse Tätigkeit, die ihm Gelegenheit gab, sich zu blamieren, und den anderen die Möglichkeit, sich über ihn lustig zu machen. Er konnte den Schulabschluss kaum erwarten, denn dann musste er nie wieder Sport machen.

Im Sommer war es immer am schlimmsten, denn da musste er Cricket spielen. Kevin war grundsätzlich schlecht. Selbst unter Mitschülern, denen jedes Geschick fürs Cricketspiel fehlte, war er der schlechteste. Er konnte keinen Ball gerade werfen, und er konnte nicht fangen. Wenn ein Ball auf ihn zuflog, machte er die Augen zu und betete, dass ein anderer Spieler hinrennen und ihn fangen würde. Als Werfer hatte er genau ein Mal gespielt und dann nie wieder. Nachdem er fünf Bälle in den Sand gesetzt hatte, schlug der Schlagmann der gegnerischen Mannschaft den sechsten Ball über den Zaun.

Einmal, als Kevin in der Feldmannschaft war, schlug der Schlagmann der anderen einen Ball direkt auf ihn.

»Fang ihn!«, schrien alle.

Doch er kniff die Augen zu und wartete darauf, dass jemand anders es für ihn tat. Dann traf ihn der Ball mit voller Wucht an der Schulter. Er hob ihn auf und warf ihn dem nächsten Spieler zu, der zufällig zu seinem eigenen Team gehörte. Selbstverständlich ging der Ball daneben. Aber der Schiedsrichter schickte Kevin vom Feld mit den Worten: »Du musst lernen, dein Temperament zu zügeln.«

Im Winter spielte er Rugby. Das war auch Pflicht. Obwohl einem das noch schlimmer als Cricket hätte vorkommen können, fand er Rugby bei Weitem nicht so schlimm. Der Trainer stellte ihn auf dem Flügel auf, so dass der Ball ihn nur selten erreichte, und er konnte Gedränge und Zweikämpfen aus dem Weg gehen. Wenn der Ball dann doch mal in seine Richtung kam und es ihm gelang, ihn zu fangen, musste er nur noch rennen. Und rennen konnte Kevin ziemlich gut. Auf dem Spielfeld musste er quasi um sein Leben rennen, weil ihn sonst zwei oder drei Stürmer zu Boden gerissen hätten. Einmal musste er so schnell rennen, dass er es mit dem Ball hinter die gegnerische Torlinie schaffte und einen Punkt erzielte. Für einen ganz kurzen Augenblick war er ein Held. Niemand konnte es glauben.

Quizabend

Kevin setzte sich an Tisch zehn, mitten im Saal. Ihm war der Platz im Grunde viel zu exponiert. Vielleicht hätte er doch an Tisch acht bleiben sollen. Warum hatte er überhaupt den Wunsch gehabt, sich einem anderen Team anzuschließen? Noch war Zeit, er konnte den Professor ansprechen, bevor Teddy and the Dreamers eintrafen, konnte seinen alten Tisch zurückverlangen und sich wieder auf seine One-Man-Show zurückziehen. Da entdeckte er Maggie, die lächelnd und winkend auf ihn zukam.

»Hallo, Kevin«, sagte sie. »Ich freu mich, dass du dich uns angeschlossen hast. Die anderen werden begeistert sein. Sie kommen auch gleich – die sind noch im Bistro und essen schnell zu Ende. Ich war bis eben in der Schule, heute war Elternabend. Aber ich hab unterwegs ein Sandwich gegessen.«

Das fand er so bequem an Maggie – er musste gar keine Konversation treiben. Das erledigte sie für ihn.

»Möchtest du was trinken?«, fragte sie.

»Ja. Aber ich kann mir auch selbst was holen.« Dann erinnerte er sich an seine guten Manieren. »Hättest du auch gern was?«

»Nur ein Glas Wasser, bitte. Eigentlich könnten wir einen Krug Wasser und Gläser für den ganzen Tisch holen.«

Sie gingen an die Bar, und er bestellte sich einen LLB. Als er das Portemonnaie zückte, entdeckte Maggie darin das Passfoto von Patrick.

»Dein Sohn sieht dir total ähnlich«, bemerkte sie lächelnd.

»Das ist mein Neffe.«

»Na, er ist auf jeden Fall ganz entzückend.«

Sie gingen an den Tisch zurück. Inzwischen waren auch die anderen Mitglieder von Teddy and the Dreamers eingetroffen. Maggie stellte Kevin den anderen vor. Neben Teddy gab es noch zwei freie Plätze, und Kevin war erleichtert, als Maggie sich auf den Stuhl direkt neben dem bulligen Ex-Footballspieler setzte und ihm den anderen überließ.

Die erste Runde ließ sich schlecht an, mit einer von diesen zweideutigen Fragen, die man lieber als Thema für eine Erörterung stellen sollte, aber nicht als Frage bei einem Quiz: *Was ist das längste Bauwerk von Menschenhand in ganz Australien?*

Bevor Kevin sich zur kontroversen Natur dieser Frage äußern konnte, sagte Edward: »Das ist definitiv der Dingo-Zaun. Schreib auf, Maggie.«

Maggie schien die offizielle Schreiberin des Teams zu sein.

»Was meinst du, Kevin?«, fragte sie.

Die Teammitglieder wandten sich zu ihm und erwarteten eine Antwort. Mit kaum hörbarer Stimme sagte er: »Ich hätte gedacht, das muss der Highway One sein.«

»Das ist kein Bauwerk«, meinte Edward.

»Doch, ich glaube schon«, meinte Ash.

»Ein Bauwerk ist alles, was sich über den Boden erhebt«, meinte Edward.

»Na ja, eine Straße verläuft jetzt ja auch nicht unbedingt unter der Erde, Edward«, konterte Ash.

»Das kommt immer auf die Definition an, oder?«, sagte Mei Zhen. »Das ist genau so, wie wenn man fragt, was das größte Organ im menschlichen Körper ist. Man könnte widersprechen, dass die Haut kein Organ ist, aber technisch gesehen ist sie es eben doch. Das weißt du selbst, Edward, du als Arzt.«

»Ich bin doch kein Scheißdermatologe.«

»Das größte Organ im menschlichen Körper ist die Leber«, flüsterte Kevin Maggie ins Ohr. »Wenn sie äußere und innere Organe meint, hätte sie sagen müssen ›das größte Organ des menschlichen Körpers‹.«

»Da hast du ganz recht, Kevin, aber konzentrieren wir uns doch auf die Frage, um die es hier geht«, sagte Maggie, doch sie klang dabei nicht unfreundlich.

»Wie lang ist denn dieser Dingo-Zaun?«, wollte Carole wissen.

»Woher zum Teufel soll ich das wissen?«, sagte Edward.

»Ungefähr 5000 Kilometer«, sagte Kevin leise.

»Na, und wie lang ist die Autobahn?«, fragte ihn Mei Zhen.

»Über 14.000 Kilometer. Sie geht mitten durchs ganze Land.«

»Mir ist grade noch was anderes eingefallen«, sagte Maggie. »Wie wär's denn mit den ganzen Öl- und Gaspipelines?«

»Vergiss die Pipelines«, sagte Edward. »Du machst die Dinge nur unnötig kompliziert.«

»Stimmen wir doch ab«, schlug Mei Zhen vor. »Wer ist für den Highway?«

Kevin hob die Hand, Maggie schloss sich ihm an, und Mei Zhen und Ash ebenfalls.

»Vier gegen zwei«, stellte Ash fest.

Edwards Gesicht hatte eine puterrote Farbe angenommen, die Kevin befremdlich fand.

»Ihr irrt euch«, murmelte Edward.

»Warum schreiben wir nicht beide Antworten hin, Maggie?«, schlug Carole vor. »Die Frage ist schließlich kontrovers.«

»Würde uns das nicht schaden?«, entgegnete Ash. »Wenn eine der beiden Antworten falsch ist, werden sie uns den Punkt nicht geben.«

»Was meinst du, Maggie?«, fragte Mei Zhen.

»Vielleicht sollten wir beide Antworten hinschreiben, wie Carole gemeint hat.«

»Gib mir das Blatt«, sagte Ash, lehnte sich vor und nahm es Maggie aus der Hand.

Als Ash ihr das Blatt zurückgab, konnte Kevin nur eine Antwort darauf lesen.

In der Pause lagen Teddy and the Dreamers immer noch auf dem fünften Platz, aber sie hatten den Abstand zu den vier führenden Teams verringert. Bevor der Karaoke-Wettbewerb begann, schlüpfte Kevin hinaus, erst zur Männertoilette und dann ganz nach draußen. Wenig später erschien auch Maggie.

»Ich glaube, Edward hat gemerkt, was wir vorhaben«, sagte sie, als sie sich neben ihn auf die niedrige Mauer setzte. »Andererseits ist er wahrscheinlich viel zu sehr damit beschäftigt zu schmollen, weil wir uns so gegen ihn verbündet haben.«

»Wir haben uns nicht gegen ihn verbündet. Es war einfach die korrekte Antwort.«

»So würde er das nicht sehen.«

Kevin schwieg. Die Nuancen menschlichen Verhaltens hatte er noch nie so richtig verstanden. Immer wurde alles durch Hintergedanken und Empfindungen verdunkelt, mit denen er einfach überfordert war. Eigentlich sollte die Antwort hier doch ganz klar sein. Sollte man sich nicht freuen, wenn das eigene Team besser war als die anderen?

»Er lässt sich nicht gern bloßstellen«, erklärte Maggie.

»Hätten wir zulassen sollen, dass er die falsche Antwort gibt?«

»Nein, das hab ich nicht gesagt. Es wird ihm nicht schaden, wenn er auch mal ein bisschen herausgefordert wird. Aber ich bin froh, dass Ash die Abstimmung vorgeschlagen hat und nicht ich.«

»Meinst du, er gibt mir die Schuld, weil ich die andere Antwort überhaupt ins Spiel gebracht habe?« Kevin gefiel der Gedanke nicht, dass ein Footballstürmer gleich zu Anfang des Spiels einen Groll gegen ihn entwickelte.

»Er ist wahrscheinlich nur ein bisschen gereizt, weil jetzt noch ein anderer Mann im Team ist. Bis jetzt war er der König der Löwen, der über seinen Löwinnenharem herrscht.«

Die Situation war Kevin unangenehm. Seine Rolle als Eindringling gefiel ihm überhaupt nicht.

»Du bereust doch nicht deine Entscheidung, unserem Team beizutreten, oder?«, fragte Maggie.

»Ich bin mir noch nicht ganz sicher.«

Maggie lachte. »Mach dir keine Sorgen wegen Teddy. Der beruhigt sich schon wieder. Außerdem hat der Professor gesagt, dass unser Team als einziges die richtige Antwort gegeben hat.«

Ein paar Minuten saßen sie schweigend nebeneinander auf der Mauer.

»Wie alt ist dein Neffe?«, fragte Maggie.

»Er ist grade acht geworden.«

»Ein nettes Alter. Aber wart nur ab, bis die Hormone loslegen.«

Kevin schauderte. Aus irgendeinem Grund fand er das Wort »Hormone« abstoßend. »Hast du Kinder?«, fragte er, um das Thema zu wechseln.

»Nein«, antwortete sie. »Was meinst du, ist das Karaoke schon vorbei?«

»Ich würde sicherheitshalber noch fünf Minuten warten.«

Kevin war froh, Maggie als Puffer zwischen Edward und sich zu wissen. Es war, als würde man beim Footballspielen Schienbeinschoner tragen. Und sie verstand sein Sicherheitsbedürfnis. Bei ihrer ersten Begegnung hatte er überlegt, ob sie nur wieder eine von diesen Frauen war, die sich mit ihm einen Spaß erlaubte und Dinge sagte, die sie gar nicht so meinte. Aber Maggie kam ihm anders vor, und obwohl sie Fremdsprachen unterrichtete, sprach sie eine Sprache, die ihm keine Mühe bereitete. Sie interpretierte sogar Edwards Verhalten auf eine Art, die er nachvollziehen konnte, und für einen Augenblick bekam Kevin eine vage Ahnung davon, wie es wäre, wenn er einen Führer hätte, der ihn durch ein fremdes Land leitete.

VIERTE WOCHE

Maggie

Maggie bewahrte ihre Erinnerungsstücke in Kartons auf, die ganze Regale in ihrer Garage füllten. Alte Schulhefte, Zeugnisse, Geburtstagskarten, die bis in ihre Kinderzeit zurückreichten, und schachtelweise Fotos. Gerade hatte sie sich die Fotos vorgenommen, insbesondere die Schachtel mit der Beschriftung »Uni«. Sie musste ein gutes Bild für den Wettbewerb »Erkennst du den Lehrer?« heraussuchen, den ihre Schüler aus der Oberstufe veranstalteten, um Geld für wohltätige Zwecke zu sammeln.

»Miss, Sie haben doch bestimmt ein paar schöne Retrobilder aus den Sechzigern, oder?«, hatte der Junge gefragt, der das Ganze organisierte.

»So alt bin ich nun auch wieder nicht!«, hatte sie empört geantwortet.

In einem angegilbten Umschlag entdeckte sie ein Bild aus ihrem ersten Studienjahr. Da war Josh Houghton, groß und gutaussehend, mit einem lässig um den Hals drapierten Wollschal, und Maggie, schmerzlich jung, die sich das lange braune Haar zu einem hohen Pferdeschwanz gebunden hatte. Diese Sorte Foto war genau das Richtige für den Wettbewerb. Nur war dummerweise Josh mit auf dem Bild. Sie konnte sich nur zu gut vorstellen, was für Fragen sie damit lostreten würde.

»Wer ist denn der Typ, Miss?«

»Ist das Ihr Mann?«

»Die ist doch gar nicht verheiratet, du Pfosten.«

Maggie griff zur Schere und schnitt das Foto in der Mitte durch. Jetzt war es perfekt. Sie überlegte, ob sie die andere Hälfte wegschmeißen sollte, doch sie konnte sich nicht dazu durchringen. Stattdessen schob sie sie in den Umschlag zurück.

Anschließend scannte sie ihr eigenes Bild und druckte es auf Fotopapier aus. Originale sollte man besser nicht aus der Hand geben. Dann machte sie etwas, was ihr noch nie zuvor in den Sinn gekommen war. Sie schrieb »Joshua Houghton« in die Suchmaschine und drückte auf »Enter«.

Auf die Flut von Einträgen, die daraufhin erschien, war sie nicht vorbereitet gewesen.

Du liebe Güte. Der Mann war richtig berühmt.

Sie klickte auf den ersten Eintrag.

Kevin

Kevin musterte die Visitenkarte, die Danielle ihm gegeben hatte. Er hatte nicht vor, sie anzurufen. Sie hatte ihren Vorschlag ja nicht ernst gemeint, das war einfach nur so dahingesagt. Er konnte sich nicht mal erinnern, wann er sich zum letzten Mal mit einer Frau verabredet hatte. Das musste Jahre zurückliegen. Aber er war sowieso viel zu beschäftigt, mit einem Riesenfall im Job und dem neuen Quizwettbewerb. Unter solchen Umständen blieb keine Zeit für frivole Dinge wie Barbesuche nach der Arbeit – in dieser Zeit stellte er lieber wertvolle Nachforschungen an. Außerdem lagen sie immer noch auf dem fünften Platz. Wenn sie nicht aufpassten, schossen ihnen die Üblichen Verdächtigen noch ganz davon.

Am Mittwoch bekam er eine SMS von Danielle.

Heute 17.30 im Kelly's?
Zeit? Danni ☺

Danielle mit dem glänzenden Haar und den üppigen Brüsten schüchterte ihn viel zu sehr ein. Er überlegte sich eine Antwort und tippte sie ins Handy.

Liebe Danielle,
danke für die nette Einladung. Leider habe ich schon was vor.
Mit freundlichen Grüßen
Kevin

Fünf Minuten später kam eine neue SMS.

Wie wärs mit Freitag?
Muss länger arbeiten, wär 6 ok für dich?
CU Danni ☺

Während Kevin noch überlegte, klingelte sein Handy.

»Kevin Dwyer.«

»Hallo Kevin, hier ist Danni.«

Ihm wurde leicht schwindlig, als er ihre hingehauchte Stimme hörte.

»Oh. Hallo Danni.«

Ein Kollege am Nebentisch schaute von seinem Computer auf.

»Passt dir Freitag, Kevin?«, wollte Danni wissen.

Der Anruf überrumpelte ihn völlig. Per SMS war das viel einfacher – da hatte er jede Menge Zeit, sich eine Strategie zu überlegen. Und da war er auch keiner verführerischen Stimme ausgesetzt.

»Bist du noch dran, Kevin?«

»Ja.«

»Gut, dann sehen wir uns also am Freitag im Kelly's?«

»Okay.«

»Ich freu mich schon, dich besser kennenzulernen.«

Er hatte keinen Schimmer, was er auf diese Bemerkung antworten sollte, also sagte er: »Ich mich auch.«

Er hörte sie leise atmen, dann kam ein: »Cool. Bis Freitag dann. Ciao.«

Kevins Hände zitterten. Danni war Beths Freundin. Und sie benutzte Ausdrücke wie »cool«. So was konnte nicht gut ausgehen.

Maggie

Alle Achtung, Josh Houghton hatte tatsächlich etwas aus sich gemacht. Nach einer glänzenden akademischen Karriere leitete er jetzt Seminare zum Thema »Die besten Tipps zur Rettung Ihrer Beziehung«. Wer hätte gedacht, dass der Mann, der so gut im Beenden von Beziehungen war, sich in einen Experten für ihre Rettung verwandelt hatte? Doch die Beweise waren auf dem Bildschirm zu lesen. Ob man nun ein Problem mit seinem pubertierenden Kind, mit dem Partner oder mit den Kollegen hatte – Josh schien immer ein passendes Seminar anbieten zu können und dazu noch eine ganze Palette passender Produkte: Bücher, CDs, DVDs, Tagebücher und T-Shirts, zu beziehen über seine Dr. Josh-Website.

Maggie musterte das Porträt auf seiner Homepage. Abgesehen von dem ergrauenden Haar und dem farblich passenden Bart sah er so aus wie früher. Und obwohl auch er schon Ende fünfzig sein musste, war kaum eine Falte auf seinem leicht gebräunten Gesicht zu sehen. In einem Kästchen neben dem Foto stand: »Dr. Josh hilft Ihnen, Ihre Beziehung wiederaufzubauen«. Als sie auf das Kästchen klickte, begann ein Werbeclip, der über die entsprechenden Produkte informierte. Seine Stimme war auch noch dieselbe. Sie hatte vergessen, wie melodisch sie gewesen war. Aber als die Kamera heranzoomte, musste sie wegschauen, denn es fühlte sich an, als wäre er hier im Zimmer und würde sie direkt ansprechen.

Sie versuchte zu ignorieren, dass er diesen Monat noch ein Seminar im CBD-Hotel abhalten würde. Es wäre lächerlich, wenn sie dort aufkreuzen würde. Sie hatte Josh Houghton vor fünfzehn Jahren hinter sich gelassen.

Trotzdem ging sie zum Menüpunkt »Buchung«, man konnte ja schließlich mal gucken. Hundertzwanzig Dollar für ein zweistündiges Seminar inklusive Erfrischungsgetränke – das war nicht schlecht. Das Thema hieß: »Bauen Sie eine Verbindung zu Ihrem pubertierenden Kind auf«. Als Lehrerin, die Teenager unterrichtete, konnte sie das vielleicht sogar von der Steuer absetzen. Gerade als sie überlegte, ob sie das Buchungsformular ausfüllen sollte, erwachte Rufus aus seinem Nickerchen und stupste mit der feuchten Nase ihren Fuß an. Sie schloss die Buchungsseite auf dem Bildschirm und wandte sich ihrem Hund zu.

»Keine Sorge, Rufus, ich mach keine Dummheiten. Und du willst jetzt dein Abendessen, schätz ich mal.«

Kevin

Am Freitagnachmittag blieb Kevin an seinem Schreibtisch sitzen, als alle anderen schon gegangen waren. Er speicherte Mails, löschte andere, sortierte seine Ordner und schob alte Akten, die nicht mehr benötigt wurden, in den Schredder.

Währenddessen liefen die Putzfrauen schon mit ihren Staubsaugern durchs Büro. Um zehn vor sechs fuhr er seinen Computer herunter, griff sich seine Aktentasche und ging die Treppe hinunter. Ein Wachmann machte ihm den Hauptausgang auf.

Er brauchte nur fünf Minuten bis zum Kelly's, nicht zehn, wie er veranschlagt hatte. Somit war er zu früh dran, wenn auch nicht so früh, dass es peinlich gewesen wäre. Immer noch besser als zu spät kommen. Kevin war einmal hier gewesen, als ein Kollege seinen Abschied feierte, doch normalerweise ging er nicht zu irgendwelchen Feiern nach Dienstschluss, nur zu den obligatorischen, und selbst da ging er so früh wie möglich nach Hause, und zwar sobald sein Vorgesetzter seine Anwesenheit zur Kenntnis genommen hatte. Wie ein Schuljunge, der sich nach der Anwesenheitskontrolle davonstiehlt.

Kevin ging an die Bar und bestellte sich ein LLB. Rechts und links von ihm waren leitende Angestellte – Männer und Frauen in dunklen Anzügen mit Weingläsern in der Hand – in ihre Unterhaltungen vertieft. Mit seinem schwarzen Anzug und dem weißen Hemd hätte er einer von ihnen sein können, aber es war nur die Verkleidung, in die er schlüpfte, um auszusehen wie andere Leute. Er gehörte nicht hierher.

Zehn nach sechs. Von Danielle keine Spur. Den ganzen Tag hatte er ihr eine SMS schreiben und absagen wollen. Aber dafür hätte er eine Ausrede gebraucht, und Kevin war nicht gut im Ausdenken von Ausreden. Da musste man sich eine Geschichte zusammenbasteln und sie überzeugend erzählen, und das konnte er einfach nicht. Trotzdem kannte er genug Leute, die so was die ganze Zeit machten. Jahrelang hatte er die Leute beim Wort genommen: »Tut mir leid, ich hab mir voll den Virus eingefangen« oder: »Mein Bruder ist grad aus Neuseeland zurückgekommen«. Später hörte er dann, dass sie weggefahren waren oder überhaupt keinen Bruder hatten.

In der Tat fand er es schwer, anderen Leuten zu vertrauen, wenn sie ihm irgendetwas erzählten. Wie oft sagte jemand: »Ich ruf dich an«, wenn er doch überhaupt nicht die Absicht hatte. Oder »Schön, dich zu sehen«, wenn er meinte: »Du bist der letzte Mensch auf Erden, den ich gerade sehen möchte.« Es war eine Sprache der Lügen und Subtexte, die er einfach nicht entschlüsseln konnte.

Und dann kamen zu den Worten ja auch noch die Gestik und die Mimik. Ein Lächeln hieß nicht unbedingt Zustimmung. Ein Seufzer konnte so gut wie alles bedeuten. Und obwohl ein Stirnrunzeln so aussehen konnte, als sei der Betreffende nicht ganz glücklich, konnte es auch etwas völlig anderes signalisieren. Kevin war sogar so weit gegangen, sich ein Buch über Körpersprache zu kaufen, weil er meinte, darin die Antworten zu finden. Doch da war immer noch die Variable namens »Kontext«, die ihm verschlossen blieb. Also legte er das Buch nach dem zweiten Kapitel wieder weg.

Er warf einen Blick auf seine Armbanduhr. Viertel nach sechs. Sie würde nicht mehr kommen. Seine ganzen Überlegungen zu guten Ausreden waren völlig überflüssig gewesen. Er verspürte Erleichterung, aber auch einen kleinen Stich Enttäuschung. Ihre lebhafte Art und ihre üppigen Brüste hatten schon etwas sehr Attraktives gehabt. Aber was sollte eine Frau wie sie schon in einem Mann wie ihm sehen? Langsam kam er zu der Überzeugung, dass sie ihn zum Narren gehalten hatte. Schon als Teenager hatte er gelernt, was es heißt, versetzt zu werden. Das Bild eines schlaksigen Fünfzehnjährigen in Surfershorts, der auf das Erscheinen eines geheimnisvollen Mädchens wartete, war ihm heute noch präsent.

Er hatte anderthalb Stunden gewartet, bis ihm klar wurde, dass sie nicht kommen würde. Nicht ein einziges Mal kam es ihm in den

Sinn, dass er auch allein an den Strand gehen könnte. Wozu auch? Dann kam er zu dem Schluss, dass er Zeit oder Ort falsch verstanden haben musste. Vielleicht hatte sie eine andere Haltestelle gesagt oder einen anderen Tag. Es gab ein öffentliches Telefon, aber das half ihm auch nicht weiter, denn er hatte keine Nummer von ihr und nicht einmal ihren Namen.

Es war erst ein Uhr. Zu früh zum Heimgehen – seine Mutter hätte Fragen gestellt. Wenn man einen Strandausflug machte, blieb man den ganzen Tag weg, nicht nur ein paar Stunden. Also verbrachte er den Nachmittag in der Bibliothek, stellte seine Badetasche unter den Tisch und las Bücher aus Abschnitt 500.

Als er gegen fünf nach Hause kam, saß Elizabeth in der Küche.

»Na, wie war's am Strand?«, fragte sie.

Kevin explodierte. »Das geht dich einen Dreck an.«

Seine Mutter schickte ihn auf sein Zimmer, nicht ohne vorher zu verlangen, dass er sich bei Beth entschuldigte. Seine Ausbrüche dauerten immer nur wenige Sekunden, und dann schämte er sich sofort. Beth war ja nicht schuld, dass seine Verabredung in die Binsen gegangen war. Er sagte ihr, dass es ihm leidtue, und verbrachte den Abend in seinem Zimmer, schnitt Gezeitentabellen aus dem Kalender aus und klebte sie in sein Notizbuch. Die Gezeiten waren sein neuestes Hobby. Uhrzeit und Höhe ließen sich auf Jahre hinaus exakt voraussagen. Abgesehen von einem Wirbelsturm hier und einer Sturmflut da, die die Dinge kurzfristig änderten, konnte man sich auf die Gezeiten verlassen.

In Kevins letztem Schuljahr war er von einer Karriere als Meteorologe abgekommen und hatte beschlossen, Ozeanologe zu werden, mit dem Schwerpunkt Gezeiten und Strömungen. Sein Wohnort in der Nähe des Meeres war ideal für seine Untersuchungen. Das Wasser war hier nicht so tief, es gab keine richtig hohen Wellen und keinen endlosen Horizont, doch es war trotzdem interessant.

Das Wattenmeer in der Bucht zeigte, dass sich das Wasser jeden Tag zweimal um fünfzig Meter zurückzog. Er musste nur seine Straße bis zu Ende gehen, dann dem Pfad zum Fluss folgen und den ständigen Gezeitenwechsel beobachten. Normalerweise hatte er für Veränderungen wenig übrig, aber Ebbe und Flut besaßen eine Regelmäßigkeit, ein Muster und eine Vorhersagbarkeit, die ihn beruhigten.

Indem er sich an den Gezeitentabellen orientierte, die der Wetterdienst bereitstellte, und die Zeiten entsprechend anpasste, konnte er eine Tabelle für den von ihm beobachteten Abschnitt des Gewässers erstellen. An den meisten Nachmittagen beobachtete er den Fluss und machte sich Notizen. Seine Mutter wusste, wo er war, aber alle anderen gingen davon aus, dass er in der Gemeindebibliothek saß. Er korrigierte sie nicht. Und seine Mutter übrigens auch nicht.

Eines Nachmittags fand Kevin jemand anders auf seinem Stammplatz vor – einen ortsansässigen Angler, der seinen Stuhl hier aufgestellt hatte und ganz so aussah, als wollte er hier eine Weile bleiben. Bevor Kevin wieder verschwinden konnte, sagte der Mann: »Ich hab gehört, das ist hier eine gute Stelle, wenn man Adlerfische fangen möchte.«

»Ich kenn mich nicht so aus mit Angeln«, erwiderte Kevin.

Der Mann warf einen Blick auf das Notizbuch unter Kevins Arm. »Bist du ein Künstler?«

»Nein, ich mache eine Gezeitentabelle.«

Der Mann schien sich dafür zu interessieren, also erzählte Kevin ihm von seinen Untersuchungen. Hinterher saßen sie gemütlich schweigend nebeneinander, während der Angler vergeblich darauf wartete, dass der schwer zu fangende Adlerfisch an seiner Angel knabberte, und Kevin Rechnungen in seinem Notizbuch anstellte. Als die Sonne fast untergegangen war und nur noch ein rosaroter Streifen am Horizont hing, packte der Angler seine

Sachen zusammen, und Kevin klemmte sich sein Buch unter den Arm. Dann gingen die beiden den Pfad hoch und lenkten ihre Schritte nach Hause zum Abendessen, der eine hierhin, der andere dorthin.

Als die Familie Dwyer abends um den Esstisch versammelt war, verkündete Kevin seine beruflichen Pläne.

Seine Schwester reagierte als Erste: »Dann wirst du so was wie Captain Nemo in Dreißigtausend Meilen unter dem Meer. *Das mussten wir in der Schule lesen. Volle Zeitverschwendung!«*

»Zwanzigtausend, nicht dreißigtausend«, korrigierte Kevin.

»Ist mir doch egal«, gab Beth zurück.

»Mobilis in mobili«, *murmelte Kevin leise.*

»Wirfst du mir grade Schimpfwörter an den Kopf, Kevin Dwyer?«, fragte Beth.

»Mobilis in mobili«, *wiederholte er. »Das ist das lateinische Motto der Nautilus, Captain Nemos U-Boot. Das bedeutet Bewegung in der Bewegung.«*

»Der Typ war jedenfalls völlig verrückt. Du wärst also perfekt geeignet für diesen Job.«

»Lass deinen Bruder in Ruhe«, sagte Brenda Dwyer. »An dem Beruf gibt es überhaupt nichts auszusetzen.«

»Aber das hat doch keine Zukunft, Brenda«, meinte ihr Mann. »Wie will man denn mit Ebbe und Flut schon groß Geld verdienen? Kevin braucht einen Job mit Perspektive, was Sicheres. So wie Buchhaltung.« Michael Dwyer war selbst Buchhalter. »Die Leute werden immer gutes Geld dafür bezahlen, wenn ihnen jemand die Bücher führt und dafür sorgt, dass sie möglichst wenig Steuern und Abgaben zahlen müssen.«

»Aber besonders aufregend ist es auch nicht, Michael. Im Vergleich zu Ebbe und Flut und der Anziehungskraft des Mondes.«

»Die Arbeit mit Zahlen kann einem große Befriedigung verschaffen.«

»Aber wenn ihm diese Gezeitenwissenschaft nun mal so zusagt, dann sollten wir das nicht gleich von der Hand weisen.«

»Kein Wunder, dass der Junge so ein Sonderling ist, Brenda, wenn du ihn noch bestärkst in seinen absurden Ideen. Die Tatsachen sind doch ganz simpel. Er ist gut in Mathematik und kann sorgfältige Aufzeichnungen führen. Ich hab sogar schon darüber nachgedacht, ob er nach der Uni nicht mein Partner werden sollte: Dwyer und Sohn.«

»Was meinst du dazu, Kevin?«, fragte seine Mutter.

»Der Junge sollte sich geehrt fühlen, wenn ich ihn in mein Geschäft mit aufnehmen will«, sagte sein Vater.

Kevin wusste nicht, was er sagen sollte, also schwieg er.

Am nächsten Tag tat Kevin etwas, was er sein Lebtag noch nicht getan hatte – er schwänzte die Schule. In Schuluniform und mit seiner Tasche auf dem Rücken verließ er zur gewohnten Zeit das Haus, doch statt zur Bushaltestelle zu gehen, wandte er sich in die entgegengesetzte Richtung, ging bis ans Ende der Straße und kletterte den steilen Pfad zum Fluss hinunter. Zu beiden Seiten standen Banksien und Eukalyptusbäume, dazwischen wucherten Heidelbeeren und Wandelröschen. Unten öffnete sich der Pfad zu einem kleinen Strand, der nur bei Ebbe sichtbar war. Dort lagen Girlanden aus Seetang auf dem Sand zwischen weggeworfenen Plastikflaschen, bernsteinfarbenen Glasscherben und Chipstüten. Er suchte sich einen Platz auf einem niedrigen Felsen, der mit einem Pelz aus grünen Algen überzogen war … oder war es Moos? Oder gar eine Flechte? Normalerweise hätte er sich eine Notiz gemacht, um später in der Encyclopaedia Britannica *den Unterschied nachzuschlagen. Aber heute war es ihm egal. Hinter dem Strand glitzerte das Wattenmeer in der Sonne. Wenn man genau hinschaute, konnte man die Umrisse der Gestelle einer Austernaquakultur erkennen, die seit Jahren nicht mehr genutzt wurden.*

Als kleiner Junge hatte Kevin versucht, das Wattenmeer zu überqueren, aber er war in die glitschige Oberfläche eingesunken, die an seinen Füßen gesaugt hatte wie Treibsand. Übers Watt zu laufen war ein Kunststück, das man beherrschen musste, und er beherrschte es nicht. Beth hingegen konnte hinüberlaufen, als wäre sie gewichtslos, und hinterließ kaum einen Fußabdruck. »Bleib doch stecken«, rief sie ihm vom anderen Ufer zu, während er hilflos dastand, bis zu den Knien im braunen Schlick.

Lange beobachtete Kevin die Vögel am Fluss mit ihren Stelzenbeinen und den Schwimmhäuten und sah zu, wie sie ihre Schnäbel auf der Suche nach Nahrung in den Schlamm bohrten. Winzige Krabben erschienen, die in der nächsten Sekunde schon wieder verschwunden waren. Ein Pelikan kam herabgeschossen, gefolgt von einer Schar Enten. Sie blieben nur ein paar Minuten, dann flogen sie weiter.

Während er so dasaß und an nichts anderes dachte als an den Fluss und das Watt, merkte Kevin plötzlich, dass die Flut eingesetzt hatte. Das Wasser lief langsam wieder herein und begann, alles zu bedecken. Wenn es der Ozean gewesen wäre und nicht ein Fluss, wären die Wellen kühn an den Strand gebrandet wie Soldaten bei einer Küsteninvasion. Das hier sah eher aus wie eine Tarnkappenmission.

Gegen Mittag hatte die Flut ihr unspektakuläres Vorrücken beendet, und Kevin zog sich auf die niedrige Steinmauer am Ufer zurück, um nicht nass zu werden. Er holte sein Pausenbrot hervor, ein Erdnussbutter-Sandwich mit Salat, das seine Mutter ihm zusammen mit einem Stück Regenbogenkuchen und einer Banane eingepackt hatte. Dazu trank er eine ganze Flasche Orangenlimo. Anschließend beobachtete er, wie die Flut sich hypnotisch langsam wieder zurückzog. Um halb fünf war das ganze Watt erneut sichtbar. Er ging den Pfad entlang, der zur Straße führte. Als er zu Hause ankam, wartete seine Mutter schon mit Tee und belegten Broten.

»Wie war dein Tag?«, fragte sie, wie sie es immer tat.

»Ich war am Fluss und hab zugeschaut, wie die Flut kommt und geht«, erwiderte er.

Sie schwieg einen Augenblick, dann sagte sie: »Dann schreib ich dir wohl lieber eine Entschuldigung für deinen Lehrer.«

Am nächsten Morgen, als er gerade losgehen wollte, drückte sie ihm einen unverschlossenen Umschlag in die Hand. Er machte ihn im Schulbus auf.

Sehr geehrte Damen und Herren,
bitte entschuldigen Sie Kevins gestrige Abwesenheit. Er hatte wichtige Angelegenheiten zu erledigen.

Hochachtungsvoll
Mrs. B. Dwyer

Maggie

Am Freitagabend tat Maggie immer dasselbe: nichts, was mit der Schule zu tun hatte. Stattdessen öffnete sie eine Flasche Weißwein, machte sich Bruschette und sah sich mit dem schlafenden Rufus zu ihren Füßen einen Film an. Nichts liebte sie mehr, als sich in ihrem Häuschen einzuigeln. Es war ihre Zuflucht, ihr sicherer Hafen, ihr Unterschlupf.

Sie hatte sich das Haus gekauft, nachdem sie zwei Jahre als Lehrerin gearbeitet hatte. Den Grundstock hatte sie sich von ihrem Gehalt zusammengespart. Der Kauf war durch die Tatsache erschwert, dass sie eine alleinstehende junge Frau war, wenn auch eine mit einem sicheren Job und 25 Prozent Eigenkapital. Die Bank wollte ihr keinen Kredit geben, weil sie meinten, sie würde ja doch einen Mann kennenlernen, Kinder kriegen und ihren finanziellen Verpflichtungen nicht mehr nachkommen können. Da bot ihr Vater sich als Bürge für den Kredit an, und Maggie zahlte fortan Monat für Monat brav ihre Raten. Auf Anraten ihres Vaters leistete sie jedes Mal eine kleine Sonderzahlung. Nach acht Jahren hatte sie den gesamten Kredit zurückgezahlt, jede Menge Zinsen gespart und war alleinige Eigentümerin ihres Hauses. Die Bank schickte ihr die Urkunde, legte allerdings keinen Brief mit einer Entschuldigung bei, dass man zunächst bezweifelt hatte, ob sie die Verpflichtung überhaupt erfüllen konnte.

Danach machte Maggie sich ans Renovieren ihres Domizils. Sie entfernte die billigen gestreiften Fünfzigerjahreteppiche, unter denen wunderschöne alte Dielen zum Vorschein kamen. Dann reparierte sie die Bleiglasfenster, baute die Kamine wieder ein, die von den vorherigen Besitzern herausgerissen worden waren, und ersetzte die modernen Armaturen im Badezimmer durch Reproduktionen im Stil der Jahrhundertwende. Außen gab es weniger zu tun. Die Klinkerfassade war immer noch in gutem Zustand, die Terracottadachziegel so gut wie neu, abgesehen von einem leichten Flechtenbewuchs an der Südseite, und die eleganten Mosaikfliesen auf der Veranda waren größtenteils heil. Die Veranda selbst hatte jedoch die ursprünglichen Laubsägearbeiten eingebüßt, was massiv ins Auge fiel, weil die Häuschen der Nachbarschaft ihre Dekoration beibehalten hatten. Also bat sie einen Tischler am Ort, das Design zu kopieren und wieder eine Laubsägearbeit anzubringen.

Sobald die großen Arbeiten erledigt waren, fragte sie ihren Freund Doug, den Kunstlehrer an ihrer Schule, ob er nicht ihr Häuschen innen einrichten wolle. Maggie hatte immer ein Faible für neutrale Farbtöne gehabt – konservatives Beige und Creme.

»Beige ist so langweilig, meine Liebe«, erklärte ihr Doug.

»Warum versuchen wir nicht mal was Aufregendes wie Gelb und Lila?«

»Lila!«, rief sie und musste an das mauvefarbene Kleid denken, das sie zu Joshs Hochzeit getragen hatte.

Doug zog eine Farbkarte aus der Tasche, um ihr zu zeigen, was er meinte. »Gelb und Lila sind eigentlich Komplementärfarben, aber zusammen funktionieren sie erstaunlich gut. Denk einfach an die Kombination von Sonnenblumen und Schwertlilien.«

»Das klingt wirklich nicht schlecht«, gab sie zu. »Aber ich hab keine Lust, dass das dann hinterher so quietschbunt aussieht wie die Häuser in diesen Renovierungsfernsehshows.«

Schließlich gab sie nach und erlaubte ihm, seine Farbvorstellungen in der offenen Küche, dem Esszimmer und dem Wintergarten umzusetzen. Zu ihrer Erleichterung wählte er Weiß als Farbe für die Decken und die Holzteile. Das Gelb stellte sich als weicher butterähnlicher Ton heraus, der die Wände schimmern ließ. Und das gefürchtete Lila erschien auch nicht zu flächig, sondern in Form von lila-weiß-gestreiften Vorhängen. Dann zauberte er Accessoires und Kissen in den beiden Farbtönen hervor, die er kunstvoll arrangierte. Maggie musste zugeben, dass es einfach perfekt aussah. Der Gesamteindruck war bis heute geblieben.

Jetzt lag Maggie auf dem Sofa, nippte an ihrem Wein und streichelte Rufus mit ihrem nackten Fuß über den Rücken. Ihr Notebook stand ganz unschuldig in Reichweite auf dem Wohnzimmertisch. Maggie beugte sich vor und tippte langsam die Adresse von Joshs Website ein. Da war er wieder, mit seinem unveränderten Gesicht und dem grauen Bart, und lächelte sie vom Bildschirm an. Sie ging zur Seite mit den Seminaren, las das Buchungsformular aber nur durch, ohne es auszufüllen.

Selbst wenn sie ihre persönlichen Angaben hineinschrieb –

es würde erst ernst werden, wenn sie auf »Senden« drückte. Bei »Name« schrieb sie »M. Taylor«. Das war anonym genug. Die Felder mit Geburtsdatum und Anschrift ließ sie aus, doch sie gab ihre Handynummer und ihr Wunschdatum ein. Dann dachte sie sich: Komm, was soll's? Es konnte nicht schaden, wenn sie mitmachte und sich anhörte, was er zu erzählen hatte. Vielleicht lernte sie ja sogar etwas, was sie bei ihren Schülern anwenden konnte.

Am Ende des schicksalhaften Tages traf sich Maggie mit Josh bei Noonan's auf einen Drink. Innerhalb einer Woche war er von seiner schäbigen Wohnung über einem Laden in Brickton in ihr luftiges Jahrhundertwende-Häuschen in Harksfield gezogen. Sie lebten noch nicht lange dort, da bewarb sich Josh auf eine Stelle als Associate Professor an einer kleineren Uni auf dem Land. Nach dem Vorstellungsgespräch plagten ihn die Selbstzweifel, doch Maggie stärkte ihm den Rücken und versicherte ihm, dass er Erfolg haben würde. Und tatsächlich schien Josh Houghton in seinem Leben alles in den Schoß zu fallen. Als er die Stelle bekam, nahm Maggie Kontakt mit dem Kultusministerium auf, um sich nach Glenview versetzen zu lassen, doch es gab in der Gegend keine Highschool, an der Französisch angeboten wurde, von Latein ganz zu schweigen. Die Bildungsbürokraten fragten sie, ob sie nicht Japanisch unterrichten könne. »Nein«, antwortete sie, »ich kann kein Japanisch.« »Na ja, könnten Sie es denn nicht lernen?«, lautete die Antwort. »Könnten Sie es denn?«, konterte sie. Also reichte sie ihre Kündigung ein, kümmerte sich um ihre zusätzlichen Einzahlungen in die gesetzliche Rentenversicherung und übergab ihr Haus einem Makler – allerdings nur zum Vermieten, nicht zum Verkauf.

Sie nahmen Maggies Möbel und Joshs mageren Besitz mit – seine Kleider, Bücher, Platten und CDs. Wie Maggie erwartet hatte, passte er aufs Land, als hätte er schon immer dort gelebt. Sie sah sich unterdessen nach einem Job um. Unterrichten kam nicht in Frage, wenn sie nicht als Springerin arbeiten und nur Vertretungsstunden geben wollte. Eines Tages lief sie durch die Einkaufsstraße von Glenview, als sie im Schaufenster eines Ladens ein Schild sah: »Geschäftsführer gesucht.« Wenn sie eine Klasse mit dreißig rüpeligen Teenagern im Griff hatte, dann sollte es ihr doch auch möglich sein, einen Laden zu führen. Sie ging hinein und sprach die Frau mittleren Alters an, die hinter dem Verkaufstresen stand. Wie sich herausstellte, war es die Besitzerin, die das Tagesgeschäft gern jemand anderem übergeben wollte.

Die Kleidung gefiel Maggie nicht besonders – matronenhafte Blümchenmuster und pastellfarbene Hosenanzüge. Das Schaufenster war noch schlimmer, da standen altmodische Schaufensterpuppen aus Gips mit abgebrochenen Fingern, übermäßig verbiegbaren Gliedmaßen und verrutschten Perücken. Aber immerhin war es etwas, womit sie sich beschäftigen konnte, statt zu Hause zu sitzen und Frühstücksfernsehen und Nachmittagssoaps zu gucken. Die Besitzerin war so eingenommen von Maggies lässiger Art und ihrem schicken schwarzen Hosenanzug, dass sie ihr einen sechswöchigen Probevertrag anbot.

Am Ende dieser Zeit hatte Maggie neue Ware gekauft, um auch studentische Kundschaft anzulocken, und dazu schicke Accessoires wie Schmuck und Schals. Als zwölf Monate vergangen waren, prangte an der Fassade eine gestreifte Markise, und das Schaufenster wurde zweimal pro Woche umdekoriert. Außerdem hatte sich der Umsatz verdoppelt.

Inzwischen hatten Maggie und Josh sich in einem Klinkerhaus aus den sechziger Jahren eingemietet, nicht weit vom Campus der Uni Glenview. Es war das schlichteste Haus, das sie je gesehen hatte – nicht mal ihre schönen Möbel konnten es aufwerten. Sie vermisste ihr Jahrhundertwendehaus mit seinen Bleiglasfenstern und der mosaikgefliesten Veranda. Sie sehnte sich nach hohen

Wänden, Stuck und Zierleisten. Sie beschwerte sich aber nie. Schließlich lebte sie mit dem Mann zusammen, den sie liebte.

Sie fanden viele Freunde unter Joshs Kollegen an der Uni. Niemand wusste, dass die junge Frau, die Nola's Boutique führte, einmal etwas anderes gemacht hatte, als Kleider zu verkaufen. Sie hatten keine Ahnung, dass sie fließend Französisch sprach und einen Einserabschluss in Latein hatte. Sie war nur Joshs Lebensgefährtin, die immer gut angezogen war, weil sie ein Bekleidungsgeschäft führte. Doch das war Maggie egal. Na ja, fast jedenfalls. Der Professor, der Joshs Fakultät leitete, behandelte sie manchmal wie ein dummes Gänschen, aber sie reagierte humorvoll und elegant. Es war die Sache nicht wert, wenn sie Joshs Karriere ruinierte, indem sie unhöflich zu seinem Chef war – auch wenn er es verdient hätte.

Als der Professor in Ruhestand ging, gab es mehrere Kandidaten für seinen Lehrstuhl, doch was die Nachfolge betraf, konnte es keinen Zweifel geben, zumindest nicht nach Maggies Meinung. Josh war der geborene Anführer. Ein wohlwollender Diktator, der so charmant war, dass er sich die Gefolgstreue sowohl seiner Untergebenen als auch seiner Rivalen sichern konnte. In ihrem zweiten Jahr auf dem Land wurde er der jüngste Professor der Universität, und Maggie wurde zweiunddreißig. In ihren Träumen hatte sie in diesem Alter immer eine Familie gegründet. Doch als sie das Thema Josh gegenüber anschnitt, sagte er, dass er noch nicht bereit sei. Also ließ sie es ruhen, aber es glomm weiter in ihr wie ein Torffeuer.

In der Zwischenzeit war sie die perfekte Hausfrau geworden, die ihm in diesem langweiligen Backsteindomizil eine gemütliche Zuflucht geschaffen hatte und seine Freunde und ihre Gattinnen mit dreigängigen Menüs bewirtete, die sie nach einem harten Arbeitstag im Laden aus dem Hut zauberte. Obwohl sie oft so müde war, dass sie am liebsten nur noch eingeschlafen wäre, spielte sie nachts noch die Konkubine für ihren Prinzen und befriedigte jedes seiner Bedürfnisse.

Manchmal kam ihr das Leben vor wie ein Traum. Wer hätte gedacht, dass die graue Maus Maggie Taylor am Ende mit Josh Houghton zusammenleben würde – dem klügsten, lustigsten, bestaussehenden Mann, den sie je getroffen hatte? Auch dass er ihr gegenüber das Wort »Ehe« nie erwähnte, konnte sie gut akzeptieren, um mit ihm zusammen zu sein. Und so ging ihr Leben weiter, bis zu dem Tag, an dem Maggie ihren achtunddreißigsten Geburtstag feierte. Sie hatte es aufgegeben, das Kinderthema aufs Tapet zu bringen, und sie hatte akzeptiert, dass er nicht heiraten wollte. Er sagte, das habe er einmal gemacht, und das reiche ihm. Außerdem, so fügte er immer hinzu, wie sollte denn das, was sie jetzt schon hatten, noch besser werden können?

Am Morgen ihres Geburtstags traf Maggie eine spontane Entscheidung. Sie hörte auf, die Pille zu nehmen. In den nächsten Monaten vermied sie jeden Gedanken an die Folgen ihrer gewagten Entscheidung – es fiel ihr leicht, Dinge auszublenden, über die sie nicht näher nachdenken wollte. Doch die Monate vergingen, und es kam kein Baby. Vielleicht sollte sie einfach nicht Mutter werden. Vielleicht war es ja besser so. Nach einer Weile vergaß sie das mit dem Schwangerwerden.

Und ein, zwei Monate vor ihrem Vierzigsten fiel ihr auf, dass sie schon eine Weile ihre Blutung nicht mehr bekommen hatte. Sie wusste nicht genau, wie lange, aber es mussten mindestens acht Wochen gewesen sein. Angesichts ihres näher rückenden Geburtstages überlegte sie, ob es am Ende eine verfrühte Menopause war. Sie ging zum Arzt, er machte einen Test und rief sie wenig später an, um ihr die Neuigkeit mitzuteilen. Sie war in der zehnten Woche schwanger. Maggie konnte ihre Euphorie kaum zügeln. Nachdem sie schon davon ausgegangen war, unfruchtbar zu sein, erwartete sie jetzt also ein Kind. Spontan rief sie im schicksten Restaurant der

Stadt an und reservierte einen Tisch fürs Abendessen. Dann rief sie Josh in der Uni an und erklärte, dass sie ihn heute Abend zum Essen einladen wollte.

»Prima«, sagte er. »Ich wollte sowieso etwas mit dir besprechen.«

Sie hielt den Atem an. Er wollte ihr einen Heiratsantrag machen. Ein verfrühtes Geschenk zu ihrem vierzigsten Geburtstag. Das Timing war perfekt. Ein Heiratsantrag und dann ein Baby. Vielleicht konnten sie ja noch vor der Geburt heiraten. Sie schloss den Laden für eine Stunde und rannte zum Friseur, um ihr langes Haar waschen und föhnen zu lassen. Dann nutzte sie ihren Rabatt und kaufte sich das schwarze Kleid aus Ausbrennersamt, um das sie begehrlich herumgeschlichen war, seit es vom Großhändler angeliefert worden war.

Am Abend trank Josh Bier und Maggie Orangensaft. Sie überlegte, ob er den Grund ahnte, warum sie keinen Alkohol trank, doch es schien ihm gar nicht aufzufallen. Sie war davon überzeugt, dass er die Frage nach dem Hauptgang aufbringen würde – so machten sie das in den Filmen immer –, und sie sollte recht behalten. Sowie die Teller abgeräumt waren, griff er über den Tisch nach ihrer Hand.

»Mags, ich muss dich was Wichtiges fragen.«

Ihr Puls begann so zu rasen, dass sie schon Angst hatte, es könnte ihrem Baby schaden.

»Ich hab gemerkt, dass du nicht ganz glücklich damit bist, wie wir leben. Du hast dich nie beklagt, aber in meinem Herzen weiß ich es. Das stimmt doch, oder?«

Es war eine seltsame Art, einen Heiratsantrag zu beginnen, doch sie nickte.

»Ich habe lange darüber nachgedacht, wie wir die Dinge verbessern können«, fuhr er fort.

Liegt das denn nicht auf der Hand?, dachte Maggie. Bitte mich doch einfach, deine Frau zu werden.

»Und ich glaube, dass du dich gefangen fühlst. Gefangen in dieser Beziehung und in dieser Stadt.«

Sie schluckte. Das klang jetzt überhaupt nicht mehr nach einem Heiratsantrag.

»Und ich glaube, es wäre egoistisch von mir, dich festzuhalten. Es ist Zeit für dich, dass du die Flügel ausbreitest und dir ein eigenes Leben aufbaust.«

Hatte er die Zeile aus einem Lied geklaut? Das war ja wohl das übelste aller Klischees. Erklärte Josh Houghton ihr gerade, dass sie sich aus seinem Leben verabschieden sollte? Und ließ es so klingen, als würde er in ihrem Interesse handeln? Feuerte er auf diese Art auch Personal an der Uni, wenn ihre Stellen gestrichen wurden? Der Ärger wallte in ihr auf und drohte überzukochen, schwarz und giftig. Doch sie riss sich zusammen und sagte ruhig und leise: »Was genau willst du mir eigentlich gerade sagen, Josh?«

»Ich glaube, dass unsere Beziehung sich totgelaufen hat, Mags. Ich kann dir nicht geben, was du dir wirklich wünschst. Nämlich eine Ehe und Kinder.«

»Aber willst du nicht auch irgendwann mal Kinder?«

»Nenn mich egoistisch, aber ich finde, Kinder sind einem nur im Weg.«

Kevin

Es war halb sieben, und Danielle war immer noch nicht aufgetaucht. Er hatte seinen LLB ausgetrunken und überlegte, ob er sich noch ein Bier bestellen sollte. Schließlich musste er jetzt nicht mehr auf der Hut sein. Aber sein Grundsatz lautete: Niemals mehr als ein Drink. Er mochte die Nebenwirkungen von

Alkohol nicht. Man sah die Dinge nur noch verschwommen, die Hemmschwelle sank, die Konturen verloren ihre Schärfe, Netzwerke, die er über Jahre hinweg aufgebaut hatte, konnten sich mit jedem Schluck weiter auflösen. Und gleich um die Ecke winkte die Anarchie. Das eine Mal, als er wirklich betrunken gewesen war, hatte sein ganzes Leben verändert.

Da spürte er einen leichten Druck am Arm, drehte sich um und sah Danielle. Ihr Haar glänzte mehr denn je zuvor, und ihr tief ausgeschnittenes Kleid enthüllte einen Ausschnitt, der noch großzügiger aussah, als er ihn in Erinnerung hatte.

»Hi, Kevin.« Sie küsste ihn auf die Wange, als wären sie alte Freunde. Er merkte, wie ihm die Röte ins Gesicht stieg.

»Tut mir leid, dass ich so spät dran bin. Das Meeting hat länger gedauert. Ich hatte dir auch eine SMS geschickt.«

Kevin warf einen Blick auf sein Handy. Da war die SMS, verziert mit einem Smiley. »Kein Problem«, sagte er. Noch immer spürte er die nasse Spur von ihren Lippen auf seinen Wangen.

»Was möchtest du trinken?«, fragte er.

»Einen Mojito, bitte.«

Kevin musste sich vorbeugen, um sie zu verstehen. Als ob es nicht schon ohne Hintergrundgeräusche schwierig genug gewesen wäre, Smalltalk zu treiben.

»Einen Mohikaner und einen LLB«, bestellte er beim Barkeeper. Und an Danielle gewandt, sagte er: »Schönes Outfit.« Nachdem er es gesagt hatte, horchte er auf das Echo seiner eigenen Worte. Hatte er »Outfit« oder »Ausschnitt« gesagt?

Als er hörte »Danke, hab ich neulich erst gekauft«, seufzte er innerlich vor Erleichterung.

»Und, hast du diese Woche wieder irgendwelche Promis beim Steuernhinterziehen erwischt, Kevin?«

»Nein, aber wir nehmen gerade einen richtigen Promi in die Zange.«

»Du darfst mir wahrscheinlich nicht verraten, wer das ist, oder?«

»In ein paar Monaten kannst du's wahrscheinlich in der Zeitung lesen.« Dann fiel ihm ein, dass er Danielle nach ihrem eigenen Job fragen sollte.

»Wie war denn deine Woche so?«

Sie ließ eine Geschichte mit einem schwierigen Kunden vom Stapel, aber das meiste davon ging in der lauten Musik unter, die aus den Lautsprechern über der Bar plärrte.

»Gehen wir doch irgendwohin, wo es leiser ist«, schlug er vor, als er das Gefühl hatte, dass die Geschichte zu Ende war.

»Gut. Dann können wir uns besser kennenlernen.«

Er fand einen leeren Tisch im Nebenzimmer, in dem sich die Gäste zwar auch laut unterhielten, aber immerhin spielte hier keine Musik. Er zog ihr einen Stuhl heraus, wartete, bis sie sich hingesetzt hatte, dann setzte er sich auch und rückte dabei seine Brille zurecht.

»Hast du schon mal daran gedacht, auf Kontaktlinsen umzusteigen?«, fragte sie.

Er wusste nicht, was er sagen sollte. Er besaß Kontaktlinsen, trug sie aber nur selten. Seine Brille gehörte zu ihm wie ein Talisman. Er fühlte sich sicher mit ihr.

Sie griff über den Tisch und nahm ihm die Brille ab. »Wusste ich's doch. Du hast wunderschöne Augen.«

Jetzt sah er das Zimmer nur noch verschwommen. Ihm wurde leicht schwindelig. »Ich brauche bitte meine Brille«, sagte er.

»Tut mir leid.« Sie drückte sie ihm wieder in die Hand.

»Tja, ich glaube, dann müssen wir wohl mal«, sagte Kevin, als er sah, dass sie beide ihre Gläser ausgetrunken hatten. »Ich begleite dich noch bis zur U-Bahn.«

Sie begann zu lachen. »Du bist echt ein Spaßvogel, Kevin. Na, sag schon, wo gehen wir zum Abendessen hin?«

Sie aßen in einem kleinen französischen Lokal, das nur einen Block vom Kelly's entfernt war. Sie plapperte über alles Mögliche, und er hatte wenig zu erzählen, aber das war ihm gerade recht.

»Ich mag deinen trockenen Humor, Kevin«, sagte sie. »Zum Beispiel vorhin, als du den Mohikaner bestellt hast. Sogar der Kellner musste lachen.«

Was war denn so lustig an Mohikanern? Ein Indianerstamm, den James Fenimore Cooper unsterblich gemacht hatte. Hieß der Drink denn nicht so? Oder lag es an etwas anderem? Sobald er zu Hause war, würde er das im Internet nachschauen.

»Du erinnerst mich an Clark Kent, wenn er gerade nicht Superman ist«, fuhr Danni fort. »Du tust so, als wärst du ein ganz sanfter Mensch, dabei bist du unter deinem Anzug ein ganz anderer.«

Kevin schluckte und konzentrierte sich auf sein Dessert. Er war erleichtert, als der Kellner die Rechnung brachte.

Hinterher gingen sie zur Bahn, wo er sie zu Gleis 1 begleitete. Als ihr Zug einfuhr, wandte sie sich zu ihm und küsste ihn. Ihre Zungenspitze spielte in der Öffnung zwischen seinen Lippen. In dem Moment, als aus dem Lautsprecher: »Bitte zurückbleiben, Türen schließen!« erklang, sprang sie in den Zug. Die Türen glitten zu, die Bahn fuhr mit einem Ruck an und verschwand in den dunklen Tunnel. Kevin ging durch die Unterführung zu dem Gleis, von dem sein eigener Zug abfuhr. Er hätte problemlos denselben nehmen können, in den Danni gestiegen war, und dann am Hauptbahnhof umsteigen. Das hätte ihm weitere zehn Minuten mit ihr geschenkt, aber er war im Grunde sehr erleichtert, wieder allein zu sein.

Quizabend

Maggie

Sie hatten das erste Viertel hinter sich gebracht – und nun wurde es allmählich ernst. Wie der Trainer einer Footballmannschaft hielt Edward anfeuernde Reden, erinnerte sein Team daran, dass sie am heutigen Abend endlich den Sprung in die Top Drei schaffen mussten, wenn sie überhaupt noch mal den Anschluss kriegen wollten.

Dann kündigte der Professor an, dass der Abend mit einer Frage aus dem Bereich Naturwissenschaft und Technik eröffnet werden würde. Jedes Team, das die volle Punktzahl erzielte, würde zwei Bonuspunkte bekommen.

»Oh nein«, sagte Maggie. »Mit Naturwissenschaften kann ich gar nicht.«

»Ich auch nicht«, sagte Carole.

Die erste Frage lautete: *Welcher Teil des Körpers ist beim Lady-Windermere-Syndrom betroffen?*

Jeder an Tisch zehn drehte sich erwartungsvoll zu Edward.

»Das weiß ich nicht«, sagte er ungeduldig. »Ich bin im Staatsdienst und kein Experte für Syndrome, die nach literarischen Charakteren benannt worden sind.«

Da wandten sich alle zu Kevin.

»Von Medizinfragen wird mir immer ganz flau«, sagte er.

»Dann denken wir doch mal logisch«, sagte Maggie. »Wofür ist Lady Windermere bekannt?«

»Für ihren Fächer«, erwiderte Carole. »Aber was sollte das mit der Krankheit zu tun haben?«

»Vielleicht hatte sie Hitzewallungen«, schlug Mei Zhen vor, »und musste sich kühle Luft zufächeln.«

»Menopause ist keine Krankheit«, sagte Maggie brüsker als beabsichtigt. »Und ein Syndrom auch nicht. Das ist ein natürliches Stadium im Leben einer Frau.«

»Na, du musst es ja wissen«, murmelte Edward.

Maggie schaute ihn finster an.

»Vielleicht hatte sie ja Husten und versuchte, ihn hinter ihrem Fächer zu verbergen«, schlug Ash vor.

»Könnte also was mit dem Brustkorb zu tun haben«, stellte Mei Zhen fest. »Was meinst du, Kevin?«

»Das ist eine vernünftige Möglichkeit.«

»Dann wären also alle glücklich, wenn ich ›Lunge‹ hinschreibe?«, fragte Maggie.

»Besser als eine Leerstelle«, meinte Carole.

Die nächste Frage lautete: *Wie nennt man ein Gebiet auf der Erdoberfläche, in dem sich tektonische Platten bei ihrer Bewegung übereinanderschieben?*

»Das weiß ich«, sagte Maggie, schrieb die Antwort hin und zeigte sie den anderen. Sie hatte gelernt, dass es ratsam war, die Antwort nicht laut zu sagen, für den Fall, dass die anderen Teams lauschten.

»Diese Wissenschaftler haben schon einen ganz bestimmten Sinn für Humor, oder?«, bemerkte Mei Zhen, als sie die Antwort las.

»Ich hätte nicht gedacht, dass sie einen so gewagten Ausdruck benutzen«, fügte Ash hinzu.

Kevin bekam das Blatt als Letzter, schaute einen Moment drauf, dann griff er zu seinem Stift, strich Maggies Antwort aus und schrieb etwas anderes hin.

»Was machst du denn da, Kevin?«, fragte Maggie. »Ich weiß, dass ich recht habe.«

Sie schnappte sich das Blatt mit den Antworten. Doch als sie das Wort »Subduktionszone« las, wurde sie rot. Ihre eigene, gar zu eilig hingekritzelte Antwort hatte sich nur in einer Silbe unterschieden – »Seduktionszone«.

»Du solltest keine solchen Witzchen machen, Maggie«, zischte Edward. »Das hätte uns einen Punkt kosten können.«

Maggie krümmte sich. Das war kein Witz gewesen, sondern eher ein Freud'scher Fehler. Verdammter Josh Houghton. Sie hatte nur sein Bild im Internet sehen müssen, und schon hatte er seinen alten Platz in ihrem Unterbewusstsein zurückerobert – oder vielleicht hatte er den auch nie verlassen.

»Danke, dass du meine Antwort korrigiert hast, Kevin«, sagte Maggie in der Pause. »Ich weiß nicht, wie ich so was Blödes hinschreiben konnte.«

»Ich freue mich zu hören, dass du es nicht mit Absicht gemacht hast«, antwortete Kevin. »Ein Quiz ist eine ernste Angelegenheit.«

Maggie lächelte in sich hinein. Sie fand die Quizabende durchaus lustig – abgesehen von den Malen, wenn Edward sie unter Druck setzte, eine Frage zu beantworten. Doch für Kevin war so ein Quiz offenbar keine angenehme Freizeitbeschäftigung mit kleinen Stressmomenten. Sein Ansatz war todernst, als wäre er Teilnehmer einer echten Quizshow mit riesigem Fernsehpublikum und einer Million Preisgeld.

Als Maggie nach der Pause wieder in den Saal ging, verließen Edward und Carole gerade die Bühne. Rasch versteckte sie sich hinter einer Säule, um zu warten, bis die beiden wieder am Tisch waren. Als sie um die Ecke spähte, standen sie nur einen Meter von ihr entfernt. Dann hörte sie, wie Edward sagte: »Ich frag mich, was in der Seduktionszone passiert? Die beiden sind ja so schnell davongerannt, als könnten sie es kaum erwarten.«

»Bist du schon mal auf den Gedanken gekommen, dass die beiden einfach nur Freunde sein könnten?«

»Zwei einsame Herzen mittleren Alters – nein, das glaub ich nicht.«

Maggie schluckte. Was bildete er sich ein, sie als einsames Herz zu bezeichnen?

»Glaubst du, er ist noch Jungfrau?«

»Das geht uns überhaupt nichts an, Edward.«

»Sie ist so oder so zu alt für ihn.«

»Das sind doch bloß ein paar Jahre Altersunterschied, so was ist heute doch völlig egal. Außerdem leben Frauen sowieso länger als Männer.«

»Nächste Woche sollte sie einer von uns zu ihrem Versteck verfolgen und herausfinden, was die beiden da treiben.«

»Ach, halt den Mund, Edward.«

»Du weißt doch, was in der Seduktionszone passiert, oder? Das sind zwei Platten, die gegeneinanderreiben.«

Maggie spürte, wie die Wut in ihr hochkochte. Sie schaute gerade noch rechtzeitig um die Säule, um zu sehen, wie Carole Edward einen energischen Klaps auf den Arm gab.

Vor der letzten Runde verkündete der Professor, dass der Quizabend in der nächsten Woche den Schwerpunkt Film haben würde. Fünf Bonuspunkte für das Team, das sich am originellsten kostümierte, und vier Runden mit Filmfragen.

Edward stupste Maggie an. »Das ist doch dein Spezialgebiet, Maggie May.«

Maggie sah ihn stirnrunzelnd an.

»May mit Y oder E?«, erkundigte sich Kevin. »Wenn es M-A-E geschrieben wird, wäre es ein Volkslied aus Liverpool, das von den Beatles neu arrangiert und aufgenommen wurde.«

»Ich musste an die Version von Rod Stewart denken«, bemerkte Edward und wandte sich wieder Maggie zu. »Über die ältere Frau und den jüngeren Mann.«

»Das ist die Version mit Y«, erklärte Kevin. »Aufgenommen 1971.«

Verdammt, Kevin, dachte Maggie. Merkst du gar nicht, dass Edward eine Anspielung auf uns macht?

»Was ziehst du an, Maggie?«, wechselte Mei Zhen elegant das Thema.

»Keine Ahnung.«

»Warum verabreden wir nicht ein Motto?«, meinte Carole.

»Science-Fiction-Filme?«, schlug Ash vor.

»Das wird garantiert jeder machen«, behauptete Edward.

»Wie wäre es mit den dreißiger Jahren?«, fragte Maggie. »Glamour, Gangster, Privatdetektive.«

»Gefällt mir«, sagte Edward. »Ich könnte als Al Capone kommen.«

»Das wär ja gar nicht so weit hergeholt«, murmelte Ash.

»In welchem Film war das noch, Maggie?«, fragte Edward.

»Wahrscheinlich denkst du an Robert de Niro in *Die Unbestechlichen*. Aber den haben auch noch viele andere Schauspieler gespielt.«

»Al Capone war so alt wie ich, als er starb«, sagte Kevin.

Alle Blicke richteten sich auf ihn.

»Und wie alt wäre das?«, fragte Edward, aber in Wirklichkeit waren sie alle neugierig.

»Achtundvierzig.«

Maggie hatte ihn auf Anfang vierzig geschätzt – das lag an seinem Engelsgesicht und den unschuldigen blauen Augen. Achtundvierzig, damit war er nur sechs Jahre jünger als sie. Nicht, dass sie sich in romantischer Hinsicht für ihn interessiert hätte. Gott bewahre. In ihrem Leben gab es keinen Platz für romantische Verwicklungen. Und was Josh Houghton anging, hatte ihre Teilnahme an seinem demnächst stattfindenden Seminar einen rein beruflichen Hintergrund.

FÜNFTE WOCHE

Maggie

Morgens vor dem Unterricht ging Maggie immer in die Damentoilette und bürstete sich das Haar. An diesem Morgen wollte sie gerade eine Kabine betreten, als eine Tür aufging und Mei Zhen herauskam. Sie hatte ein weißes Plastikstäbchen in der Hand, das einem Schwangerschaftstest sehr ähnlich sah. Als sie Maggie sah, zuckte sie leicht zusammen.

»Ich hab dich gar nicht reinkommen hören«, sagte sie.

»Ich dachte, ich geh noch mal kurz, bevor es gongt«, erklärte Maggie und versuchte, den Gegenstand in Mei Zhens Hand zu ignorieren.

»Du kannst es ruhig wissen, Maggie. Ash und ich versuchen, ein Kind zu kriegen. Aber sag es bitte niemandem, okay?«

»Nein, natürlich nicht. Außerdem finde ich das toll«, sagte Maggie mit einem Enthusiasmus, den sie gar nicht empfand. Warum konnten andere Leute – ja, sogar lesbische Paare – Babys kriegen und sie nicht?

»Das Testergebnis war negativ«, sagte Mei Zhen und zeigte ihr das kleine Fensterchen mit der einzelnen rosa Linie. »Ich sitz hier seit fünfzehn Minuten und warte drauf, dass die andere Linie erscheint. Ist aber nicht erschienen.«

»Tut mir leid«, sagte Maggie, die sich innerlich selbst schalt für ihren Egoismus.

»Ich frag mich langsam, ob mit mir irgendwas nicht stimmt.«

»Versucht ihr es denn schon lange?«

»Das ist jetzt der zweite Zyklus.«

»Ach, dann gib doch noch nicht auf. Ich kann mir vorstellen, dass die meisten norma… die meisten Paare nicht gleich bei den ersten Versuchen schwanger werden.«

»Findest du es denn gar nicht komisch, Maggie? Dass wir versuchen, ein Kind zu bekommen?«

»Ein Kind bekommen zu wollen ist doch ein ganz natürlicher Instinkt. Und ich wüsste nicht, warum ihr zwei nicht ganz tolle Eltern werden solltet.«

»Ich wünschte, meine Eltern würden das genauso sehen.«

»Habt ihr es ihnen denn erzählt?«

»Du liebe Güte, nein! Die sind sehr traditionell und wissen nicht mal, dass Ash und ich ein Paar sind. Die meinen, wir sind einfach nur beste Freundinnen. Sie haben immer noch diese Idee im Kopf, dass ihre Tochter eines Tages einen netten chinesischen Jungen heiratet, am besten einen Arzt.«

»Meine Mutter wollte auch immer, dass ich einen Arzt heirate«, sagte Maggie und lachte.

»Wir haben im Kollegium noch niemandem von unserem Kinderwunsch erzählt. Nicht mal Carole. Wir haben Angst vor den Reaktionen. Der Großteil der Lehrer weiß nicht mal, dass ich lesbisch bin. Ich schätze, der Direktor würde schon einen Herzinfarkt kriegen, wenn er das mit uns beiden rauskriegen würde. Und kannst du dir vorstellen, wie manche von den Eltern reagieren würden? Ganz zu schweigen von den Kindern?«

»Mag sein, dass die Leute freundlicher sind, als ihr glaubt. Aber ich verstehe schon, warum ihr das Ganze nicht öffentlich macht. Du kannst mir vertrauen.«

»Ich weiß schon, Maggie. Manche Leute hätten mich jetzt gefragt, wie das Ganze rein technisch abgelaufen ist. ›Wer ist der Vater? Wie habt ihr das gemacht?‹ Aber du hast überhaupt nicht danach gefragt.«

»Das ist doch allein eure Sache. Und ansonsten drück ich euch fest die Daumen.«

»Irgendwie schön zu wissen, dass jemand auf unserer Seite steht«, sagte Mei Zhen und warf noch einen Blick auf das Teststäbchen, als hoffte sie, dass durch Zauberkraft doch noch eine schwache zweite Linie erschienen sein könnte. Dann wickelte sie es in ein Papierhandtuch und warf es in den Abfalleimer.

Als sie wieder in ihrem Backsteinhäuschen in Glenview waren, benahm sich Josh, als hätte ihr Gespräch übers Flügelausbreiten überhaupt nicht stattgefunden. Und nicht nur das – er wollte sogar mit ihr schlafen, obwohl sie nur daran denken konnte, dass er sie zurückgewiesen hatte, zwar nicht wortwörtlich, aber implizit. Wenn sie noch in der Nacht hätte weggehen können, sie hätte es getan. Aber sie konnte nicht einfach ihren Koffer packen und abreisen. Die Dinge waren kompliziert – da war zum Beispiel ihr Job in der Boutique. Und sie konnte auch schlecht ihre Möbel, ihr Porzellan und ihre Küchengeräte zurücklassen. Sie musste alles zusammenpacken und einen Umzugswagen bestellen. Am anderen Ende hatte sie auch ein großes Problem – die Mieter ihres Cottages in Harksfield hatten ihren Mietvertrag gerade um ein halbes Jahr verlängert. Das bedeutete, dass sie vorerst bei ihren Eltern wohnen und ihre Möbel einlagern musste, bis der Mietvertrag abgelaufen war.

Und das Wichtigste überhaupt: In ihr wuchs ein Baby heran. Sollte sie es Josh sagen? Hatte er nicht auch ein Recht, es zu erfahren? Aber wie würde das aussehen, wenn sie ihm verkündete, dass sie ein Kind erwartete, das er nie hatte haben wollen? Würde er versuchen, sie zu einer Abtreibung zu überreden? Würde er sie – wie ihr Arzt – daran erinnern, dass sie mit ihren vierzig Jahren eine »Spätgebärende« war und es durchaus Probleme geben konnte? Vielleicht sollte sie bis nach der Fruchtwasseruntersuchung war-

ten, bevor sie es ihm sagte. Nicht, dass die Untersuchungsergebnisse für sie irgendetwas verändert hätten. Sie hatte vor, dieses Kind auf jeden Fall zu bekommen. Nicht als Trostpreis, sondern als den Sohn oder die Tochter, nach dem oder der sie sich immer gesehnt hatte.

Am nächsten Morgen eröffnete sie ihm, dass sie ihn verlassen würde.

»Keine Eile«, sagte er lässig. »Lass dir so viel Zeit, wie du brauchst.«

Als sie diese Antwort hörte, war sie umso entschlossener, so schnell wie möglich zu gehen. Sie überreichte Nola ihre Kündigung. Ihre Chefin erriet die Umstände und bot ihr an, für sie einzuspringen, bis sie einen Ersatz für sie gefunden hatte. Dann rief Maggie ihre Eltern an und erklärte ihnen, dass sie in die Stadt zurückkommen würde.

»Hat er Schluss gemacht?«, fragte ihre Mutter.

»Die Entscheidung haben wir beide getroffen«, log Maggie.

»Na ja, wir organisieren einfach eine große Geburtstagsparty für dich. Das wird dich wieder aufbauen.«

Eine Party war das Letzte, was sie sich wünschte. Ihren Verwandten und Freunden entgegentreten, ohne den Mann, mit dem sie die letzten zehn Jahre zusammen gewesen war. Arme Maggie, würden sie alle denken, vierzig Jahre alt und ewige Versagerin in Liebesdingen.

Sie war eine Woche zu Hause, als sie ihren Eltern von dem Baby erzählte. Zu ihrer Überraschung und Erleichterung waren die beiden verständnisvoll. Keine Vorträge über die Tücken des Singlemutterdaseins oder Tiraden, dass sie Schande über die Familie Taylor gebracht hätte. Ganz im Gegenteil. Ihr Vater meinte, er freue sich sehr, Großvater zu werden. Er habe schon gedacht, es würde nicht mehr passieren. Und ihre Mutter konnte es gar nicht erwarten, Babysachen zu stricken.

Am nächsten Tag fühlte Maggie ein Zwicken im Bauch. Wahrscheinlich Verdauungsstörungen, dachte sie. Aber das Unwohlsein hielt sich und wurde stärker, wie die Krämpfe, die sie als Teenager immer gehabt hatte, bevor sie ihre Blutung bekam. Da überlegte sie, ob es etwas mit dem Baby zu tun haben könnte. Panisch rief sie den Arzt ihrer Mutter an.

»Ich schätze, Sie haben eine Fehlgeburt«, sagte er. »Wir sollten Sie ins Krankenhaus bringen.«

Das Zwicken hatte sich inzwischen zu Krämpfen ausgewachsen, die schmerzhafter waren als alles andere, was sie jemals erlebt hatte. Sie verbrachte die Nacht im Krankenhaus und versuchte per Willenskraft, das Kind dazu zu bringen, in ihrem Bauch zu bleiben. Ihre ganze Zukunft schien an seinem oder ihrem Überleben zu hängen. Am Morgen fühlte sie sich schon etwas besser. Statt für eine Bettpfanne nach einer Schwester zu klingeln, beschloss sie, einfach das Bad im Krankenzimmer aufzusuchen. Als ihre Füße den Boden berührten, spürte sie, wie das Blut hervorschoss. Instinktiv griff sie nach der Klingel am Bett und drückte. Gleichzeitig versuchte sie, den Sturzbach mit ihrem Krankenhausgewand aufzuhalten, doch es rann schon an der Innenseite ihrer Oberschenkel hinab.

Am Nachmittag wurden ihr mittels einer Ausschabung die letzten Überreste ihrer Schwangerschaft entfernt. Einmal wachte sie kurz aus der Narkose auf und meinte, ein ausgewachsenes, gesundes Baby geboren zu haben. Dann holte die Realität sie wieder ein. Es gab kein Baby, und es war auch sehr unwahrscheinlich, dass es jemals eins geben würde.

In der ersten Woche nach ihrer Entlassung aus dem Krankenhaus verkroch sie sich in ihrem alten Kinderzimmer und gab sich ihrem überwältigenden Kummer hin. Ihre Mutter brachte ihr Essen und Tee, aber sie rührte kaum etwas an. Wozu das alles? Kein Josh. Kein Baby. Keine Karriere. Und in ein paar Tagen dräute ihr

Vierzigster. Selbstverständlich würde es keine Party geben. Es gab nichts zu feiern.

Eines Morgens gab ihre Mutter ihr eine Annonce, die sie aus der Zeitung herausgerissen hatte. Es war eine Stellenanzeige für eine Lehrkraft an einer nicht-staatlichen Schule – Französisch für die Jahrgangsstufen 7 bis 12, vier Tage die Woche. Unten stand: »Lehrbefähigung in Latein von Vorteil.«

»Da solltest du dich bewerben«, meinte ihre Mutter.

»Ich hab seit zehn Jahren nicht mehr unterrichtet«, antwortete Maggie, doch sie nahm die Anzeige und legte sie auf ihren Nachttisch.

Bis zum Tag vor Bewerbungsschluss schlich sie um den Zeitungsausschnitt herum. Dann erst rief sie in der Schule an. Eine Frau namens Carole nahm ab.

»Können Sie uns Ihren Lebenslauf faxen?«

Maggie schrieb rasch etwas zusammen und schickte es hin, ohne große Hoffnung, wieder von der Schule zu hören. Doch noch am selben Nachmittag rief Carole zurück: »Hätten Sie am Montag Zeit für ein Bewerbungsgespräch?«

Maggie tauchte in ihrem schicken schwarzen Hosenanzug in Brookford auf. Am Samstag war sie beim Friseur gewesen und hatte sich die Haare abschneiden lassen. Eine neue Frisur für den Neustart. Das Bewerbungsgespräch war erstaunlich kurz, und der Direktor bot ihr ohne weitere Überlegungen die Stelle an. Maggie behauptete ja immer, das sei nur deswegen gewesen, weil sie die einzige Kandidatin war, die auch Latein unterrichten konnte.

Wenn Maggie sich am Tag vor dem Seminar bei Josh Houghton die Haar frisch hatte färben und föhnen lassen, dann hatte das keineswegs etwas damit zu tun, dass sie ihn nach so langer Zeit wiedersehen würde – sie ging nämlich generell alle drei

Monate zum Friseur. Außerdem waren sicherlich so viele Leute dort, dass er sie gar nicht bemerken würde.

Die Veranstaltung würde von 19 bis 21 Uhr dauern, hatte im Internet gestanden. Das ließ ihr genug Zeit, um von der Schule nach Hause zu fahren, eine leichte Mahlzeit zu sich zu nehmen, ihr Make-up aufzufrischen und sich umzuziehen. Die Tatsache, dass sie ewig unschlüssig vorm Kleiderschrank stand, schob sie darauf, dass sie eben nicht wusste, was für ein Outfit bei einem abendlichen Seminar in einem Stadthotel passend war.

Um fünf Minuten vor sieben saß sie in der zweiten Reihe und blätterte das Skript durch, das man ihr am Eingang gegeben hatte. Auf dem Bildschirm hinterm Podium stand in fluoreszierenden Lettern: »DR. JOSHS TIPPS FÜR EINE LEBENDIGE BEZIEHUNG ZU KINDERN IM TEENAGERALTER« über einem riesigen Bild von Joshs Gesicht. Sie brachte es kaum über sich, es anzusehen. Daher war sie richtiggehend erleichtert, als sich eine Frau neben sie setzte, und sie begann eine kleine Unterhaltung, um sich abzulenken.

»Wie viele haben Sie denn?«, fragte die Frau.

»Bitte?«

»Teenager. Ich hab zwei. Einen Jungen, sechzehn, und ein Mädchen, achtzehn.«

Maggie hatte sich daran gewöhnt, dass die Leute sie fragten, ob sie Kinder hatte, und es tat nicht mehr weh. Jedenfalls nicht sehr. Sie hatte sich eine Standardantwort zugelegt, mit der sie ihr Gegenüber rasch zum Schweigen brachte: »Ja, Dutzende.« Wenn man sie daraufhin schockiert ansah, fügte sie immer hinzu: »Ich bin Lehrerin.«

In diesem Moment steuerte eine große Gestalt aufs Podium zu, und man begann zu applaudieren. Maggie schloss sich höflich an. Josh, der versierte Promi, wartete geduldig, bis der

Beifall verstummte. Dann fing er an zu reden. Sie hörte gar nicht richtig hin. Vielmehr war es seine honigweiche Stimme, die sie bezauberte wie eh und je. Am Ende erwachte sie aus ihrer Trance, als sie ihn sagen hörte, dass im Foyer ein Imbiss serviert werde und dass er währenddessen gern Bücher und DVDs signiere.

»Ich hab meine Ausgabe mitgebracht«, sagte die Frau neben ihr und zeigte ihr ein Taschenbuch. »Aber ich glaube, so eine DVD nehm ich auch noch mit. Für meinen Mann. Er ist einfach wunderbar.«

»Ihr Mann?«

»Nein, Dr. Josh.«

Als sie im Foyer war, beschloss Maggie, auf den Imbiss zu pfeifen und gleich nach Hause zu gehen. Es war sicher klüger, die Vergangenheit ruhen zu lassen.

»Sie wollen doch nicht etwa schon gehen?«, fragte die Frau, die jetzt eine Tasse Kaffee in der einen und eine DVD in der anderen hielt. »Bleiben Sie doch zumindest noch für einen Kaffee und ein Stück Kuchen. Ist immerhin im Preis inbegriffen.« Sie warf einen nervösen Blick auf die Schlange, die sich durchs ganze Foyer zog.

Maggie sah zu, wie ihre Sitznachbarin sich hinten anstellte. Dann holte sie sich eine Tasse Tee und nahm die Merchandising-Artikel in Augenschein, die von zwei attraktiven jungen Damen in Dr.-Josh-T-Shirts verkauft wurden. Die Bücher waren säuberlich aufgestapelt, jedes mit einem anderen bunten Cover. Alle Titel begannen mit den Worten: *So verbessern Sie Ihre Beziehung zu …*, nur das jeweilige Objekt variierte. Sie nahm den Band über Teenager in die Hand und begann darin zu blättern. Ganz vorne stand eine Widmung: *In Liebe für Kylie, Aidan und Sienna.*

Beinahe wäre Maggie das Buch aus der Hand gefallen. Wer

waren Kylie, Aidan und Sienna? Seine Kinder? Nein, Kylie war ein typischer Name aus den Siebzigern und Achtzigern. Das musste seine Frau sein. Und Aidan und Sienna waren dann die Kinder. Die klassischen zwei Kinder. Wie konnte er es wagen? Wie konnte er es wagen, mit dieser Kylie Kinder zu haben, wenn er sie mit Maggie nicht hatte haben wollen?

»Kann ich Ihnen helfen?«, fragte eine der jungen Frauen.

War das Kylie? Oder war es das andere Mädchen? Maggie las ihre Namensschilder. Keine von ihnen hieß Kylie Houghton. Sie konnten ohnehin nicht viel älter als zwanzig sein. Wenn er ein Mädchen in diesem Alter geheiratet hätte, dann wäre er schon ein ganz schöner Sugardaddy.

»Wir bieten heute Abend zehn Prozent Rabatt, wenn Sie das Buch interessiert«, bot die junge Frau an.

»Gut«, sagte Maggie spontan. »Dann nehme ich das hier.«

»Dr. Josh wird es Ihnen gern signieren«, sagte die Frau und deutete auf die Schlange, die inzwischen wesentlich kürzer geworden war.

Einen Moment zögerte Maggie. Dann stellte sie sich an. Wenn sie schon so weit gekommen war, warum sollte sie sich das Buch dann nicht auch signieren lassen? Nach dieser Widmung war es ausgeschlossen, dass sie sich wieder von ihm bezaubern lassen würde. Josh war ein glücklich verheirateter Mann mit zwei Kindern.

Zehn Minuten lang stand sie in der Schlange, versteckte sich hinter ihrem Vordermann und überlegte, ob sie einfach Fersengeld geben und zur Bushaltestelle laufen sollte. Schließlich stand nur noch ein Mann vor ihr, und sie konnte sich nicht mehr verstecken. Dann war der Mann weg, und sie war dran.

»Hi, Maggie«, sagte Josh. »Ich hab dich schon in der Schlange entdeckt. Schön, dich zu sehen.«

»Ich freu mich auch.« Was war eigentlich los mit ihr? Beim

Klang seiner Stimme schmolz sie dahin. Und was noch schlimmer war – das Foto war ganz echt gewesen, auch von Nahem betrachtet hatte er sich kaum verändert, wenn man mal von den grauen Haaren absah. Einmal Prinz, immer Prinz.

»Soll ich es dir signieren?«, fragte er.

Sie hatte das Buch ganz vergessen, das sie in der Hand hielt.

»Ja, bitte.«

Er nahm einen Filzstift und kritzelte über die erste Seite:

Für Maggie
Alles Liebe
Josh

Maggie kam es so vor, als würde er das Wort »Liebe« reichlich wahllos verwenden. Für seine Frau, seine Kinder und für eine Frau, die er seit fünfzehn Jahren nicht gesehen hatte.

»Du hast dich gar nicht verändert, Mags«, flüsterte er, als er ihr das Buch wiedergab. Sie hatte unterdessen an seiner Hand nach einem Ring Ausschau gehalten, so wie er bei ihr vor vielen Jahren. Sein Finger war nackt. Sollte er wirklich Single sein? Ein winziger Hoffnungsschimmer huschte vor ihren Augen vorbei. Doch der wurde im gleichen Moment von der Erkenntnis zunichtegemacht, dass ein Ring oder kein Ring überhaupt nichts zu bedeuten hatte.

»Wie wäre es mit einem Drink, wenn die Signierstunde vorbei ist?«, sagte er mit gedämpfter Stimme.

»Ich glaube nicht.«

»Nur um der alten Zeiten willen. Um halb elf in der Pianobar. Es wäre nett, wenn wir uns austauschen könnten, was wir in den letzten Jahren so gemacht haben.«

Sie wusste, dass dieser Moment ein ganz entscheidender war. Sag »Nein«, und sieh Josh Houghton nie wieder. Oder sag »Ja«, und lad ihn damit wieder in dein Leben ein. Genau genommen hatte er ihr Leben ja nie verlassen – ihr Phantasieleben jedenfalls nicht. Und wenn sie sich erst mal nett über seine Frau und seine Kinder unterhalten hatten, konnte sie vielleicht endlich die Kraft aufbringen, diese Phantasie zu Grabe zu tragen.

»Okay«, sagte sie, »aber nur auf einen kurzen Drink. Ich muss morgen früh raus.«

Nachdem sie die Bar gefunden hatte, setzte sie sich auf einen der Stühle, die um einen runden Tisch aus Rosenholz gruppiert waren.

»Darf ich Ihnen etwas bringen?«, fragte der Kellner.

»Ein Glas Chardonnay bitte.« Als Josh zwanzig Minuten später eintraf, hatte sie ihren Wein gerade ausgetrunken.

»Entschuldige die Verspätung, Mags. Ich dachte, die Signierstunde wär schon vorbei, da kam auf einmal noch ein Dutzend aus dem Nichts.«

»Das ist eben das Dumme, wenn man prominent ist«, sagte sie. »Immer diese Fans im Unterholz.«

Er lachte. »Du konntest mich schon immer gut durch den Kakao ziehen. Nicht, dass ich das nicht verdient hätte.« Er bemerkte ihr leeres Glas. »Noch einen Chardonnay?«

»Ich glaube, ein zweiter kann nicht schaden.« Es freute sie, dass er sich an das Detail mit dem Chardonnay erinnerte.

»Da hast du recht.« Er nickte dem Kellner zu, der wie aus dem Nichts mit einer Flasche Wein an ihrem Tisch auftauchte.

»Und was treibst du denn so inzwischen, Mags?«

Er sagte es so lässig, als wäre er ein Bekannter, den sie ein, zwei Jahre nicht getroffen hatte.

»Ich unterrichte in Brookford.«

»Echt? Die Schule hat einen sehr guten Ruf.«

»Sie haben sonst keinen gefunden, der Latein hätte unterrichten können«, sagte sie mit einem Augenzwinkern.

»Du hast schon immer dein Licht unter den Scheffel gestellt, Mags. Ich wette, sie haben sich auf dich gestürzt.«

Sie lächelt. »Na ja, gefeuert haben sie mich bis jetzt noch nicht.«

»Wie lange bist du schon dort?«

Sie wollte gerade sagen »fünfzehn Jahre«, da blieben ihr die Worte in der Kehle stecken. Wenn das Baby überlebt hätte, wäre er oder sie jetzt auch fast fünfzehn.

»Ich bin so lange da, dass ich fast schon zum Inventar gehöre.«

»Und was machst du, wenn du nicht in der Schule bist?«

»Ich bin Mitglied in einem Buchclub und nehme an einem Quizwettbewerb teil. Und ich hab einen Hund namens Rufus.« Als sie die Sätze gedanklich noch einmal abspielte, wurde ihr bewusst, dass sie sich gerade als alte Jungfer mit armseligem Sozialleben geoutet hatte. Es wurde Zeit, den Spieß umzudrehen und Josh zu befragen.

»Und du, Josh? Abgesehen davon, dass du Bestseller-Autor bist und der Retter verzweifelter Ehepartner und Eltern?«

»Also, ich hab eine Weile in Cambridge gelehrt. Dann bin ich nach Hongkong gezogen. Und da hab ich Kylie kennengelernt. Meine Frau.«

»Du hast also wieder geheiratet.«

»Ich war sogar während der Jahre in Cambridge noch mal kurz verheiratet, aber es hat nicht geklappt. Dann hab ich Kylie getroffen, und wir haben vor zwei Jahren geheiratet.«

Drei Ehen. Der Mann, der ihr erklärt hatte, er glaube nicht an die Ehe, hatte dreimal geheiratet! Der Experte fürs Reparieren von Beziehungen hatte sich zweimal scheiden lassen! Prächtige Ironie.

»Und? Habt ihr Kinder?«, fragte sie im Plauderton.

»Aidan – der ist zwei – und Sienna, sechs Monate alt. Die Leute halten mich immer für ihren Großvater.«

»So alt siehst du gar nicht aus«, sagte sie. Es war kein Versuch, ihm zu schmeicheln. Abgesehen vom grauen Haar und ein paar Lachfältchen sah er immer noch so aus wie früher.

»Du aber auch nicht, Mags. Es gefällt mir, dass du nicht mehr gar so eckig bist. Du bist immer zu dünn gewesen.«

»Ist das jetzt eine nette Art, mir zu sagen, dass ich dick bin?«

»Überhaupt nicht. Du bist jetzt kurviger und weicher. Das ist ein Unterschied.«

»Du hast schon immer gewusst, wie man den Mädchen schmeichelt.«

»Ich mag Renoirs Frauen eben lieber als die von Modigliani«, sagte er.

»Ist Kylie eine Renoirfrau?« Eine gewagte Frage, aber Maggie konnte nicht widerstehen.

»Dürr wie eine Zaunlatte.« Er zog ein Foto aus der Brieftasche. Er hatte nicht gelogen. Kylie war ein elfenhaftes Wesen mit glattem schwarzen, schulterlangen Haar und einem eckigen Gesicht. Nicht hübsch – dafür waren ihre Gesichtszüge zu scharf –, aber auch nicht alltäglich. Aidan sah aus wie eine Miniaturausgabe seines Vaters, hübsch und frech, während die kleine Sienna noch so viel Babyspeck hatte, dass man kaum sagen konnte, welchem Elternteil sie womöglich ähnelte.

»Kylie hat Probleme mit Sienna«, sagte er und schob die Bilder wieder in die Brieftasche. »Reflux. Sie wacht jede Nacht fünf- oder sechsmal auf.«

»Stehst du auch manchmal auf?«

»Natürlich nicht. Ich muss für meinen Job ausgeschlafen sein.«

Maggie verkniff sich ein Lächeln.

»Um ehrlich zu sein, Mags – es läuft nicht so toll. Die Ehe, meine ich. Kylie ist so mit den Kindern beschäftigt, dass sie sich kaum noch für andere Dinge interessiert.«

»Du meinst für Sex.«

»Das auch, und überhaupt für etwas anderes als die Kinder.«

»Tja, Josh, sie hat eben ein Kleinkind und ein Baby. Und dazu einen Mann, der ihr nicht besonders viel hilft. Oder liege ich falsch mit dieser Vermutung?«

»Nein, du hast schon recht.« Er begann zu lachen. »Du kennst mich eben sehr gut.«

»Tatsächlich?«

»Ja. Du bist die einzige Frau, die jemals richtig begriffen hat, woher ich komme. Du hast mir Mut gemacht und mir zugehört, wenn ich dir von meinen Problemen erzählt habe. Das tust du noch immer.« Er warf ihr einen von diesen Blicken zu, die ihr Herz immer schon hatten schmelzen lassen.

»Ich bin immun gegen deine wehmütigen Blicke, Josh.«

»Du kennst all meine Tricks, Mags, und trotzdem magst du mich immer noch. Du magst mich doch immer noch, oder?«

Scheiße, Scheiße, Scheiße. Er *wusste* es.

Sie tranken aus, und sie erklärte, dass sie jetzt gehen musste, wenn sie nicht ihren letzten Bus verpassen wollte.

»Du könntest doch hierbleiben. Ich hab ein Hotelzimmer.«

Sie lachte. »Ach, Josh, du änderst dich nie, oder?«

Er nahm ihre Hand und drückte sie an die Lippen. Die Geste war so zärtlich, dass sie merkte, wie ihr die Tränen in die Augen stiegen.

»Ich wusste, dass du Nein sagen würdest. Aber ich musste fragen. Du warst immer die Einzige für mich, Maggie. Mein ganzes Leben lang.«

»Tja, das hast du leider verpasst, Josh. Und zwar nicht nur einmal, sondern zweimal.«

Die letzte Bemerkung schien er gar nicht wahrzunehmen. »Ich bin nächste Woche noch mal hier zu einem Seminar. Montagnachmittag. Warum gehen wir hinterher nicht zusammen Abend essen? Ohne Hintergedanken. Nur wir zwei, als gute alte Freunde.«

»Du gibst nie auf, oder?«

»Ich glaube, du hast uns auch nicht aufgegeben, oder?«

Quizabend

Maggie hätte begeistert sein müssen, dass sich das Quiz den ganzen Abend nur um Filme drehen würde, doch ihr Magen fühlte sich an wie eine Waschmaschine im Schleudergang. Das Team zählte auf sie. Was, wenn sie alle enttäuschte? Sie musterte ihr Jean-Harlow-Kostüm im Spiegel – blonde Perücke über ihrem kurzen dunklen Haar, falsche Wimpern, hautenges Seidenkleid und Federboa. Das Kleid war in Wirklichkeit ein langes weißes Nachthemd, das sie sich vor Jahren in einem dieser teuren Dessousläden in der Innenstadt gekauft hatte. Es war so eng, dass man die Konturen ihrer Unterhose sah. Sie überlegte, ob sie sie ganz ausziehen sollte. Angeblich sollte die Harlow ja nie welche getragen haben. Aber das war keine Option für Maggie, denn sie brauchte eine Miederhose, um ihren Bauch flach aussehen zu lassen, und einen BH, um den Busen an Ort und Stelle zu halten.

Maggie trippelte zu ihrem Platz an Tisch zehn – in diesem engen Kleid konnte man einfach nicht normal gehen – und musterte den Saal, der sich mit pelzigen Aliens, Robotern und Space Defenders füllte. Gott sei Dank hatte sich ihr Team nicht fürs Science-Fiction-Thema entschieden. Da fielen ihr ein paar Vampire ins Auge. Oder waren es Zombies? Schwer zu sagen, bei dem weißen Make-up und den Schatten unter den Augen. Sie entdeckte noch ein paar Piraten mit langen schwarzen Locken, vermutlich direkt aus der Karibik.

Unter den Monstern und Außerirdischen war auch ein

Mann mittlerer Größe, dessen Gesicht von einem grauen Filzhut überschattet wurde. Dazu trug er einen passenden grauen Dreiteiler und einen schräg gestreiften Schlips, aber in erster Linie fiel ihr die Winchester ins Auge. Offenbar ein Spielzeuggewehr, aber wie war er mit diesem Ding überhaupt hier hereingekommen?

Als er fast an ihrem Tisch war, schlug Maggie die Hand vor den Mund. Mein Gott, das war ja Kevin. Kurz danach kam Al Capone. Abgesehen von seinem weißen Abendanzug hatte Edward sein Äußeres gar nicht sonderlich verändern müssen. Carole ging als Shirley Temple und trug eine blonde Lockenperücke. Mei Zhen war Ginger Rogers, mit einem langen silbernen Kleid, an dessen Saum Schwanendaunen angebracht waren. Und Ash wäre mit dem hochgesteckten Haar, ihrer Adlernase und den scharfen Gesichtszügen – von Zylinder und Frack ganz zu schweigen – locker als Fred Astaire durchgegangen.

»Eliot Ness, schätze ich«, sagte Edward zu Kevin.

»Nein, er ist der Buchhalter«, korrigierte Maggie. »Oscar Wallace.«

Sie schaute zu Kevin hinüber und sah, wie er hinter seiner Brille mit dem Drahtgestell zurücklächelte. Kein breites Grinsen mit entblößten Zähnen, nur die Mundwinkel waren leicht nach oben gegangen. Zu ihrer Überraschung stellte sie fest, dass er Grübchen hatte.

»Erzähl doch mal von diesem Wallace«, bat Carole.

»Der Charakter im Film war einer echten Person namens Frank J. Wilson nachempfunden«, erklärte Kevin, »aber im Team der Unbestechlichen hat es nie einen Buchhalter gegeben. Wilson war einfach ein Sachverständiger des Finanzamts, der wegen Steuerhinterziehung hinter Al Capone her war. Er hatte sein eigenes Team aus forensischen Steuersachverständigen, auch wenn man die damals natürlich noch nicht unter dieser Bezeichnung kannte.«

»Kevin weiß sehr viel darüber«, flüsterte Mei Zhen Maggie zu.

»Er ist gerichtlich bestellter Steuersachverständiger, und Wilson ist sein Held«, erklärte Maggie.

»Wie auch immer«, fuhr Kevin fort, »irgendwann wurde Al Capone angeklagt und vor Gericht gestellt, doch er versuchte, die Jury zu bestechen. Eliot Ness kam dahinter, daher ersetzte das Gericht die Jury kurz vor Verhandlungsbeginn.«

»Ist das mit dem Austausch der Jury eigentlich wirklich passiert?«, erkundigte sich Maggie. »Oder war das nur im Film so?«

»Nein, das entspricht den Tatsachen. So haben sie auch den Schuldspruch geschafft. Er wurde zu elf Jahren verurteilt und hat den Großteil davon in Alcatraz abgesessen.«

Maggie hatte Kevin noch nie an einem richtigen Gespräch teilnehmen sehen. Normalerweise sprach er nur ins Off.

»Eliot Ness kennt jeder«, sagte Carole. »Aber dieser Buchhalter war auf seine Art auch ein ganz schöner Held, oder?«

»Stimmt. Und Al Capone war nur der Anfang«, erklärte Kevin. »Wilson hat auch geholfen, die Entführer des Lindbergh-Babys zu finden, indem er die Seriennummern auf den Banknoten des Lösegelds aufzeichnete und ihren Weg verfolgte. Ich glaube, das war einer der ersten Fälle, in denen das gemacht wurde. Und später hat er den Geheimdienst geleitet.«

Maggie betrachtete nachdenklich seinen Hut. War es ein Zauberhut, der Kevin den Mut zum Reden verlieh? Oder kam diese Kraft von seiner Winchester?

»Ich glaube, du verwechselst deinen Helden mit J. Edgar Hoover, Kevin«, bemerkte Edward.

Kevins Kiefermuskeln spannten sich an, aber nur ganz kurz.

»Hoover hat das FBI geleitet«, sagte er ruhig. »Er wollte auch den Geheimdienst übernehmen, aber das hat Wilson nicht zugelassen.«

»Freut mich für Wilson«, meinte Carole. »Klingt so, als wäre Hoover ein Riesenrüpel gewesen, genau wie Al Capone.«

Erste Runde. Edward hatte die Rolle des Schreibers übernommen, weil er Maggie nach der Antwort mit der »Seduktionszone« nicht mehr traute.

»*Welcher Schauspieler hat als Erster einen Academy Award abgelehnt?*«, fragte der Professor.

»Marlon Brando für *Der Pate*«, sagte Edward.

»Nein, das war George C. Scott für *Patton*«, widersprach Maggie.

»Maggie, ich weiß, du bist die Filmexpertin, aber das hab ich damals im Fernsehen gesehen. Das gab eine Riesenkontroverse. Er hat eine Indianerin auf die Bühne geschickt, damit sie an seiner Stelle den Oscar entgegennimmt.«

»Die nennt man amerikanische Ureinwohner«, bemerkte Ash.

»Na, das war klar, dass du dich politisch korrekt ausdrückst«, gab Edward zurück. »Wie bezeichnest du dich eigentlich heutzutage? Als West-End-Thespierin?«

Es entstand eine Schweigepause, als jeder den Atem anhielt und auf Ashs Antwort wartete, doch sie lächelte nur. Dann füllte Maggie die Pause, indem sie sagte: »Marlon Brando hat 1973 gewonnen, aber George C. Scott 1971.«

»Bist du dir sicher?« Edward starrte sie mit erhobenem Stift an.

Noch Sekunden zuvor wäre Maggie sich vollkommen sicher gewesen. Doch jetzt hatte ihr Edward mit seinem Gepolter einen winzigen Keim des Zweifels eingepflanzt.

»Ich glaube schon.«

»Glauben reicht nicht, Maggie. Was sollen wir hinschreiben?«, fragte er.

»Schreib Brando«, sagte sie und wagte nicht, zu Kevin hinüberzuschauen.

Aber es blieb keine Zeit für Schuldzuweisungen, denn der Professor stellte bereits die nächste Frage:

Was haben die folgenden Schauspieler gemeinsam – Sean Connery, John Wayne, Frank Sinatra, Charlton Heston?

»Sie haben alle mal einen Ermittler gespielt«, sagte Maggie.

»Wann war Wayne denn bitte schön Ermittler?«, erkundigte sich Edward.

»In *Brannigan*. Da spielt er einen amerikanischen Polizisten, der in London ermitteln muss.«

»Und Heston?«

»In einem Science-Fiction-Film namens *Jahr 2022 … die überleben wollen* über einen Polizisten in New York nach einem Atomkrieg. Und auch Frank Sinatra hat in mehreren Filmen ermittelt.«

»Was ist mit Connery?«, fragte Edward.

»Erinnerst du dich nicht an Jimmy Malone in den *Unbestechlichen*?«

»Da war er aber Streifenpolizist, Maggie, und hat nicht ermittelt«, sagte Kevin.

»Na ja, aber sie waren alle bei der Polizei, oder?«, gab sie zurück.

»Das stimmt. Und sie haben alle Toupets getragen.«

Maggie blieb der Mund offen stehen. »Natürlich.«

»Was soll ich jetzt hinschreiben?«, wollte Edward wissen. »Die Polizisten oder die Toupets?«

»Nimm die Toupets«, sagte Maggie. Als sie einen Blick zu Kevin hinüberwarf, hatte er die Lider gesenkt, aber sie konnte sich gut vorstellen, wie sich das Vergnügen in seinen Augen spiegelte.

Frage Nummer drei lautete: *Nennen Sie vier Schauspieler, die in Mae Wests letztem Film,* Sextette, *ihre Ehemänner gespielt haben.*

»Wer ist denn Mae West?«, fragte Mei Zhen. »Von der hab ich noch nie gehört.«

»Das war vor deiner Zeit«, erwiderte Maggie. »Aber damals war sie eine Ikone. Das war die, die Cary Grant gefragt hat: ›Ist das ein Colt in deiner Tasche, oder freust du dich einfach nur, mich zu sehen?‹«

Selbst Kevin schien die Pointe zu kapieren, denn er schaute sie so schockiert an, als hätte sie sich den Spruch gerade selbst ausgedacht.

»Können wir zur eigentlichen Frage zurückkehren?«, sagte Edward.

Maggie stellte fest, dass er besonders gereizter Stimmung war.

»Also, ich weiß, dass Timothy Dalton einen ihrer Ehemänner gespielt hat. Auch wenn ich keine Ahnung habe, warum jemand mit seinen Fähigkeiten diese Rolle angenommen hat. Der Film war eine Farce. Und damit meine ich nicht, dass er komisch war.«

»Maggie, könntest du bitte beim Thema bleiben?«, bat Edward.

»Also, der eine war Dalton«, fuhr sie fort. »Und dann waren da noch Tony Curtis und George Hamilton. Aber wer war der vierte?«

Niemand wusste es.

Auf einmal hatte Maggie die Vision ihres Lieblingsbeatle in der Rolle eines bärtigen europäischen Regisseurs. »Es war Ringo Starr«, flüsterte sie Edward zu, nachdem der Professor die nächste Frage vorgelesen hatte.

In welchem Film kommt das folgende Zitat des französischen Schriftstellers Charles Baudelaire vor: »Die schönste List des Teufels ist es, uns zu überzeugen, dass es ihn nicht gibt«?

Alle schauten auf Maggie.

»Denkt doch mal nach«, sagte sie. »Es ist ganz einfach. Die sind heute Abend sogar hier.«

»*Die üblichen Verdächtigen*«, antwortete Ash. »Ich liebe diesen Film.«

»Frage Nummer fünf«, verkündete der Professor. »*Einen Darsteller, der einen Emmy, einen Grammy, einen Oscar und einen Tony gewinnt, nennt man einen EGOT. Welcher der folgenden Schauspieler hat* nicht *alle vier Auszeichnungen gewonnen: a) Audrey Hepburn, b) Robin Williams, c) Whoopi Goldberg, d) Mel Brooks?*«

»Keine Ahnung«, sagte Maggie schnell, bevor die anderen sie womöglich unter Druck setzten.

»Die sind alle so wahnsinnig talentiert«, meinte Ash. »Ich kann es auch unmöglich sagen.«

»Hat Audrey Hepburn jemals einen Grammy gewonnen?«, fragte Mei Zhen. »Sie war doch keine Sängerin, oder?«

»Man muss nicht musikalisch sein, um den zu gewinnen«, sagte Maggie. »Den kann man auch bekommen, wenn man Geschichten oder Gedichte aufnimmt. Außerdem hat sie in *Ein süßer Fratz* und *Frühstück bei Tiffany* gesungen.«

»Also, gar nichts hinschreiben ist sinnlos«, befand Edward. »Komm, wir schreiben irgendwas. Immerhin haben wir eine Chance von eins zu vier, dass wir richtig raten.«

»Die Wahrscheinlichkeit könnte sogar noch größer werden«, sagte Kevin. »In Studien hat sich gezeigt, dass bei Multiple-Choice-Fragen b häufiger richtig ist als die anderen Antworten.«

»Ich dachte, es wäre c«, flüsterte Ash Mei Zhen zu.

»Gut, ich schreib gerne b hin«, sagte Edward.

Maggie hätte sich beinahe an dem Wasser verschluckt, das sie gerade getrunken hatte. Edward schloss sich Kevins Vorschlag an? Stand die Welt auf einmal kopf?

Frage Nummer sechs. Der Schauspieler Kevin Spacey heißt mit Geburtsnamen Kevin Fowler. Er hat sich seinen Bühnennamen gewählt, indem er den Namen des berühmten Darstellers Spencer Tracy zu Spacey zusammenzog. Richtig oder falsch?

»Die Geschichte klingt zwar ziemlich logisch«, sagte Maggie, »aber wahr ist sie nicht. Spacey war ein Name aus seiner eigenen Familie, ich glaube, seine Großmutter hieß so.«

Maggie klang so selbstsicher, dass niemand widersprach.

Edward schrieb: »Falsch.«

Frage Nummer sieben. Virginia McMath war berühmt, weil sie in einer Reihe von Filmen mit welchem Schauspieler mitgespielt hat?

»Wer ist denn Virginia McMath?«, wollte Carole wissen.

»Keine Ahnung«, sagte Maggie. »Aber vielleicht können wir es aus der Formulierung der Frage ableiten. Es muss ein berühmtes Duo gewesen sein. So wie Tracy und Hepburn.«

»Und, was gab es für berühmte Filmduos?«, fragte Ash.

»Taylor und Burton?«, schlug Carole vor.

»Nein«, sagte Maggie. »Elizabeth Taylor war ihr richtiger Name.«

»Rock Hudson und Doris Day«, sagte Mei Zhen.

»Ihr echter Name lautete Doris Kappelhoff.«

»Wie wär's mit Bogie und der Bacall?«, meinte Edward.

»Sie war eine geborene Betty Perske.«

Maggie wollte gerade aufgeben, da fiel ihr Blick auf Ash mit ihrem Zylinder und dem Frack. »Natürlich!«, flüsterte sie. »Astaire und Rogers. Die Antwort lautet Fred Astaire!«

Die Fragen acht, neun und zehn waren einfach.

Wie hieß Elizabeth Taylors dritter Ehemann?

Maggie schrieb die Antwort schon hin, bevor der Professor zu Ende gesprochen hatte.

Wie heißt die berühmte Tochter von Debbie Reynolds?

Das wussten alle.

Wer hat die Rolle des Ehrich Weiss in einem Film über sein Leben gespielt?

»Ehrich Weiss war der echte Name von Harry Houdini«, sagte Kevin.

»Aber wer hat ihn im Film gespielt?«, fragte Edward ungeduldig.

Kevin lieferte auch den Namen des Schauspielers: Tony Curtis.

»Witzig, oder?«, bemerkte Maggie. »Tony Curtis hieß in Wirklichkeit Bernie Schwartz. Schwartz und Weiss.«

Alle schauten sie verständnislos an, bis auf Kevin, der anfing zu lachen. Die anderen schauten ihn verwirrt an.

»Als ich ›witzig‹ sagte, hab ich nicht ›haha-witzig‹ gemeint, Kevin«, flüsterte sie ihm ins Ohr. »Es war nur ein seltsamer Zufall. Witzig im Sinne von seltsam.«

In der Pause lagen Teddy and the Dreamers in der Punktetabelle dieses Abends in Führung und in der Gesamtwertung auf dem dritten Platz. Edward hätte sich freuen sollen, doch er schaute finsterer drein als je zuvor. Vielleicht fühlte er sich wirklich gerade wie Robert de Niro als Al Capone. Dann fand die Bewertung der Kostüme statt, jedes Team musste aufstehen, so dass Miss Kitty die Outfits begutachten konnte. Maggie war davon überzeugt, dass die Dreamers mit ihrem Dreißiger-Jahre-Glamour den ersten Platz machen würden, doch der Preis ging an einen Tisch mit Aliens, während die Vampire den zweiten und die Piraten den dritten Rang belegten. Dann kündigte der Professor eine spezielle Karaoke-Runde mit Filmsongs an. Maggie war durchaus fasziniert, wenn auch nicht genug, um auf die Bühne zu gehen und vor all diesen Leuten zu singen, nicht einmal mit ihren übrigen Teammitgliedern um sich herum. Kevin hatte sich in der Zwischenzeit schon in sein Versteck geschlichen.

So anmutig, wie es sich mit ihrem engen Seidenkleid eben bewerkstelligen ließ, ging Maggie zur Damentoilette, vor der sich eine Schlange bis auf den Korridor gebildet hatte. Sie beschloss, bis zur Pause zwischen der sechsten und siebten Runde zu warten, und trippelte durchs hintere Treppenhaus hinunter zu Kevin.

Bevor sie sich auf die Ziegelmauer setzen konnte, zog er ein Taschentuch hervor und legte es auf die Steine.

»Gut siehst du aus heute Abend«, sagte er.

»Danke, gleichfalls«, erwiderte sie. »Du siehst sogar richtig umwerfend aus in diesem Anzug. Aber wo hast du die Waffe her?«

»Das ist ein Spielzeuggewehr. Irgendwer hat sie Patrick zum Geburtstag geschenkt, und meine Schwester hat das Ding konfisziert.«

»Gute Entscheidung.«

»Maggie, darf ich dich mal was fragen?«

»Ja«, antwortete sie zögerlich, weil sie nicht wusste, was jetzt kommen würde.

»Wäre es eigentlich zu dreist, wenn ich eine Frau zum Abendessen in meine Wohnung einladen würde?«

Hatte Kevin vor, sie in seine Wohnung einzuladen? Sie war sich nicht sicher, ob sie sich geschmeichelt oder unwohl fühlen sollte. Vielleicht hatte ihre Bemerkung über sein umwerfendes Aussehen irgendwas in Bewegung gesetzt?

»Kommt drauf an, wie lange du sie schon kennst.«

»Ein paar Wochen.«

»Verstehe«, sagte sie und versuchte, ungezwungen zu klingen. »Und du stehst auf sie?«

»Sie ist sehr attraktiv.«

Der Filzhut hatte Kevin nicht nur das Selbstvertrauen gegeben, Edward entgegenzutreten, er hatte ihn auch mutig genug gemacht, sich auf einen koketten Wortwechsel mit ihr einzulassen. Sie hätten Ginger Rogers und Cary Grant mit dem Dialog in einer Screwball-Komödie aus den Dreißigern sein können.

»Und was hält sie von *dir*?«, fragte sie.

»Dazu hat sie sich noch nicht geäußert. Aber ich glaube, sie mag mich.«

Maggie hatte noch nicht gemerkt, dass sie diese Art von Signalen aussendete. Sie mochte Kevin, aber nicht auf diese Art.

Da holte er tief Luft. »Sie hat mich geküsst. Bedeutet das denn nicht, dass sie mich mag?«

Maggie wurde puterrot. Es war also überhaupt nicht um sie gegangen. Der liebeskranke Kevin hatte nur die gute alte Tante Maggie um Rat gefragt. Sie hätte es wissen müssen. Schließlich war Kevin niemand, der sich in Anspielungen und Doppelbödigkeiten erging, ganz zu schweigen von romantisch-geistreichen Dialogen – er war der prosaischste Mensch, den sie kannte.

»Normalerweise schon«, antwortete sie und versuchte, ihren besten Fragen-Sie-Frau-Maggie-Ton anzuschlagen.

»Und – meinst du nun, es wäre okay, wenn ich sie zu mir einlade?«

»Mir fällt kein Grund ein, warum du das nicht tun solltest.«

»Und ich fall auch nicht mit der Tür ins Haus?« Sein kleines Wortspiel musste ihm aufgefallen sein, denn er kicherte nervös.

»Du machst ihr ja keinen Antrag, Kevin. Es ist nur ein Abendessen. Versuch das Ganze locker und lässig anzugehen.«

»Okay. Kann ich sie per SMS einladen?«

Maggie hatte noch nie eine Schritt-für-Schritt-Anleitung für Dates geben müssen.

»Anrufen wäre besser. Eine SMS ist schon ein bisschen unpersönlich, gerade beim ersten Mal.«

»Auch, wenn ich einen Smiley einfüge?«

Das war die Art von Unterhaltung, wie sie sie mit einem ihrer vierzehnjährigen Schüler geführt hätte, aber nicht mit einem achtundvierzigjährigen Buchhalter. Machte Kevin sich über sie lustig? Aber als sie sein Gesicht im Licht der Sicherheitsleuchte musterte, war es ganz ernst.

»Keine Emoticons, Kevin«, erklärte sie feierlich. »Niemals.«

SECHSTE WOCHE

Maggie

Am Montagmorgen gab Maggies Handy mitten in ihrer Französischstunde einen Piepton von sich.

»Miss, Sie dürfen Ihr Handy nicht anhaben«, sagte einer ihrer Zwölftklässler.

»Diese Regel gilt für dich, aber nicht für mich«, erwiderte sie brüsk und warf einen raschen Blick aufs Display. Die Nachricht war von Josh. Seine erste SMS war am Tag nach dem Seminar gekommen. Wie hatte er ihre Handynummer herausgekriegt? Ganz einfach. Von ihrer Anmeldung auf seiner Website. So viel zum Thema Datenschutz. Seitdem hatten sie sich täglich SMS geschrieben. Hochanständige Nachrichten mit einem Subtext, den kein Außenstehender verstanden hätte.

Maggie überflog seine Nachricht:

Erinnerung Meeting 19 h.
Tagesordnung und Ablaufplan liegen bei dir.

Der Kellner führte Maggie an einen Tisch mit Meerblick.

»Der beste Tisch in unserem Haus«, sagte er, als sie eine Bemerkung zur Aussicht machte.

Natürlich, dachte sie. Der richtige Tisch für einen Prinzen.

»Hallo, Mags«, sagte Josh, beugte sich zu ihr herunter und küsste sie auf die Lippen. »Tut mir leid, dass ich so spät bin. Ich bin nach dem Seminar nicht gleich losgekommen.«

»Autogramme schreiben«, sagte sie lächelnd. »Das ist eben der Preis, wenn man reich und berühmt ist.«

»Du hast mir gefehlt«, sagte er, griff über den Tisch und berührte ihre Hand. »Weißt du, Mags, du und ich – das war die längste Beziehung, die ich je geführt habe.«

»Länger als mit Sharyn?«

Sie sah ihn an, während er im Kopf nachrechnete.

»Ja. Als Sharyn und ich uns kennengelernt haben, war ich siebzehn, und mit sechsundzwanzig hab ich mich scheiden lassen.«

Maggie und Josh waren zehn Jahre zusammen gewesen. Ein Jahr länger als Sharyn und er. Lang genug, um ein Kind zu empfangen, es zur Welt zu bringen und zuzusehen, wie daraus ein lächelndes Baby wurde. Obwohl das nur in Maggies Träumen passiert war.

»Warum hab ich dich gehen lassen, Mags?«

»Ich glaube, du hast damals irgendwas in der Richtung gesagt, dass ich mich gefangen fühle und meine Flügel ausbreiten sollte.«

»Hab ich das gesagt?«

»Ja, hast du.«

»Ich war wirklich ein Arsch, oder?«

»Immerhin gibst du es zu.«

»Aber du empfindest noch was für mich, oder?«, sagte er mit einem frechen Grinsen.

»Du bist ein verheirateter Mann, Josh. Und damit außer Diskussion.«

»Diese Ehe geht gerade in die Brüche, Mags. Es ist nur eine Frage der Zeit, bis sie vorbei ist. Was meinst du, warum ich diese ganzen Seminare halte? Ich will nicht zu Hause sein.«

»Aber deine Kinder liebst du doch bestimmt?«

»Natürlich, aber ich bin zu alt für diesen Lärm und ihr Buhlen um Aufmerksamkeit. Nenn mich ruhig egoistisch, aber ich wollte nie Kinder. Das hab ich Kylie gleich gesagt, als wir das erste Mal miteinander ausgegangen sind. Ich war immer total ehrlich zu ihr. Aber sie hat es ganz geschickt eingefädelt, weil sie schwanger werden wollte. Um mich festzunageln.«

»Vielleicht war es ja gar keine Absicht.«

»Ach, komm schon, Mags. Wir zwei waren auch zehn Jahre zusammen, und du hast nie so einen Trick angewendet, obwohl du ein Kind wolltest.«

Maggie wand sich innerlich. »Hast du ihr gesagt, wie es dir geht?«

»Das weiß sie schon. Aber es ist ihr egal. Ich hab Angst, dass sie noch ein drittes will.«

»Tja, du weißt ja, wie man so was verhindert, oder, Josh?«

»Das ist im Moment sowieso kein Thema, Gott sei Dank. Sie schläft im Gästezimmer.«

»Oh.«

»Ich liebe sie nicht, Mags. Ich glaube, ich hab sie nie geliebt. Ich war ein Idiot damals in Glenview. Mir war nicht klar, was für einen Schatz ich an dir hatte. Seitdem bereue ich, dass ich dich habe gehen lassen.«

»Ich weiß nicht, was ich dazu sagen soll, Josh.«

»Sag mir, dass du heute Nacht bei mir bleibst. Lass mich alles wiedergutmachen. Bitte, Mags. Bitte.«

Sie wusste, dass sie sich besser nicht so freuen sollte. Eine Schwalbe machte noch keinen Sommer. Aber sie konnte nicht anders. Ihr gegenüber saß der Mann ihrer Träume, der ihr sagte, dass er sie mehr begehrte als jede andere. Und wenn er verheiratet war, dann nur deswegen, weil Kylie ihn in die Falle gelockt hatte. Er liebte Kylie nicht, hatte sie nie geliebt. Seine Ehe ging gerade in die Brüche.

Es mochte fünfunddreißig Jahre gedauert haben, doch zu guter Letzt hatte er doch eingesehen, dass Maggie die Liebe seines Lebens war. Sie war sich ganz sicher.

Kevin

Maggie hatte ihm empfohlen, das Ganze locker und lässig anzugehen. Aber was mochte sie damit gemeint haben? Er hätte sie um eine genauere Erklärung bitten sollen. Hatte sie an seine Kleidung gedacht, an das Essen, das er auftischen sollte, oder an etwas ganz anderes? Er hatte für ihren Besuch einen Montagabend ausgesucht. Da Danni am Tag darauf arbeiten musste, würde sie in seiner Einladung sicher keine Aufforderung zu größeren Frivolitäten sehen. Er würde ihr eher Orangensaft als Wein anbieten, nur zur Sicherheit, und wollte nebenbei den Nachrichtensender laufen lassen.

Allerdings wusste er nicht, ob er thailändisches oder chinesisches Essen bestellen sollte. Er selbst aß lieber chinesisch, aber er hatte den Eindruck, dass thailändisch angesagter war, obwohl er nicht wusste, warum. Er würde das Essen im Pappkarton servieren – so würde es locker und lässig aussehen. Und sie würden am Wohnzimmertisch essen. Als würden sie beim Fernsehen nebenbei was essen. Er war davon überzeugt, dass Maggie das gut finden würde.

Eines Abends, als Kevin im vierten Jahr Wirtschaft studierte, kam er nach Hause und hörte laute Stimmen aus der Küche. Seine Eltern stritten sich nicht oft, eigentlich nur, wenn sie über ihren Sohn diskutierten. Er schlich sich über den Flur und blieb an der halb offenen Tür stehen.

»Brenda, du verhätschelst den Jungen doch pausenlos. Als wäre er noch ein kleines Kind.«

»Und du machst das genaue Gegenteil, Michael. Du erwartest von ihm, dass er genauso sein soll wie du. Kevin ist anders. Er ist was Besonderes.«

»Natürlich ist er anders – aber was Besonderes? Er ist einfach nur komisch. Du findest immer Ausreden für ihn. Und je länger er zu Hause bleibt, desto schlimmer wird er.«

»Du erwartest doch wohl nicht, dass er auszieht, oder?«

»Er ist zweiundzwanzig. Warum hat er noch nie davon gesprochen, sich eine eigene Wohnung zu nehmen? Das tun Studenten doch, oder nicht? Sie fangen ihr eigenes Leben an. Das gehört zum Erwachsenwerden.«

»Aber Kevin muss unter Leuten sein, die ihn verstehen.«

»Was gibt es denn da zu verstehen? Er war schon immer ein mürrischer, verschlossener Junge, der keine Freunde findet. Vielleicht würde er lernen, mit Menschen umzugehen, wenn er in eine WG mit anderen Studenten zieht. Vielleicht würde er sogar eine Freundin finden.«

Kevin wollte sich diesen hitzigen Streit nicht mehr anhören. Er ging geradewegs in sein Zimmer und tat etwas, was er noch nie getan hatte. Er fällte eine Spontanentscheidung. Keine Liste mit Pros und Contras, keine ausgedehnten Grübeleien, keine Risikoanalyse. Am nächsten Tag ging er die Zettel durch, die am großen Schwarzen Brett in der Uni hingen. »WGs. Zimmer zur Untermiete. Mitbewohner gesucht.« Er schrieb jede einzelne Nummer in sein Notizbuch. Dann ging er zum Münztelefon bei der Studentenvertretung und begann sie abzutelefonieren. Nirgendwo schien jemand zu Hause zu sein. Irgendwann, als er mit der Liste fast durch war, nahm jemand ab. Ein Mädchen, deren rauchige Stimme so klang, als wäre sie gerade erst aufgewacht. Seltsam, immerhin war es schon halb zwölf.

»Ich ruf an wegen des Zimmers.«

»Wegen des Zimmers? Ach so, das regelt John. Komm doch einfach heute Abend vorbei, dann ist er da.«

Er merkte, dass sie schon wieder auflegen wollte. »Aber ich weiß doch die Adresse gar nicht.«

Sie gab sie ihm. »Wie heißt du überhaupt?«
»Kevin.«
»Ich bin Marlena. Bis nachher.«

Als das Essen geliefert wurde, war es halb sieben, und Kevin überlegte schon, ob er nicht doch einen Fehler gemacht hatte. Was war eigentlich in ihn gefahren, dass er eine Frau in seine Wohnung einlud? Hier war noch nie jemand gewesen außer seinem Vater, der nach dem Tod von Kevins Mutter bei ihm eingezogen war, und seiner Schwester, die einmal die Woche vorbeigekommen war, um ihren Vater zu besuchen, so lange er lebte. Kevin vermutete, dass sie kontrollieren wollte, ob sie nicht verwahrlosten.

Der Witz war, dass die Wohnung immer makellos in Schuss war. Kevin konnte Unordnung nicht ausstehen, denn er fühlte sich davon geistig zugemüllt. Dabei war es schwierig genug, die Welt zu verstehen, ohne dass man zusätzlichen Müll im Kopf hatte. Als sein Vater noch hier gewohnt hatte, war Kevin immer genervt gewesen, weil er seine Zeitungen überall herumliegen ließ und die Handtücher einfach auf den Boden warf. Aber er sagte keinen Ton, denn sein Vater war schon alt und schwach, und Kevin räumte hinter ihm her, ohne seinem Missfallen Ausdruck zu verleihen. Er machte ihm Essen, wechselte sein Bettzeug – bisweilen zweimal pro Nacht – und brachte ihm seine Zeitung. Er nahm sich frei, um ihn zu Arztterminen zu begleiten, und verabreichte ihm seine Medikamente. Er hatte seinen Vater zwar nie sonderlich gemocht, aber er tat es um seiner Mutter willen.

Kevin warf einen Blick auf seine Armbanduhr. Danni war fünf Minuten zu spät dran. Vielleicht hatte sie ihm ja eine SMS geschickt. Er schaute auf sein Handy. Nein, nichts. Was sie wohl zu seiner Wohnung sagen würde? Als er sich vor zwanzig Jahren ein Apartment in diesem klobigen Wohnblock aus gelblichem Klinker gekauft hatte, konnte er aus dem Wohnzimmerfenster aufs Meer blicken. Mittlerweile war die Aussicht von voluminösen neuen Wohnblöcken verstellt, die um einen Platz in Strandnähe wetteiferten. Doch obwohl er das Wasser nicht mehr sehen konnte – hören konnte er es noch. Nachts schlief er vom Geräusch der Wellen ein, die rhythmisch ans Ufer brandeten, und er stellte sich vor, wie sie langsam den Sandstrand emporkrochen oder sich mit der Ebbe Stück für Stück zurückzogen. Ab und zu träumte er noch davon, Ozeanograph zu sein und um die Welt zu segeln. Doch dann erwachte er wieder in der Realität seines Daseins als Buchhalter, der seine Tage in einem klimatisierten Abteil im Central Business District verbrachte.

Was die Wohnung an sich betraf, hatte er sich nie groß Gedanken darüber gemacht, wie sie aussah. Das Thema Inneneinrichtung lag ihm nicht, Verschönerungen waren ihm wesensfremd. Solange sein Heim sauber, aufgeräumt und praktisch war, konnte ihm der Rest egal sein.

Er ließ den Blick durch den Raum wandern. In der Ecke neben dem Fenster war ein alter grüner Lehnstuhl genau so stehen geblieben, wie sein Vater ihn verlassen hatte, mit einer karierten Decke auf der Sitzfläche. Dort hatte Kevin ihn eines Morgens tot aufgefunden. Sein Vater starrte mit offenem Mund und aufgerissenen Augen aus dem Fenster, als hätte der Tod ihn völlig überrascht. An der Wand überm Sofa hing ein Bild, das seiner Mutter gehört hatte. Eine irische Szene mit einem kleinen Steincottage und einer Frau, die Wäsche auf die Leine hängte, während sich ein Kind an ihr Bein klammerte. Ob es irgendeinen materiellen Wert hatte, wusste er nicht, und es war ihm auch gleichgültig. Er würde es eines Tages an Patrick weitergeben.

Zum x-ten Mal griff er zum Staublappen und fuhr damit über die Bücherregale aus dunklem Holz. Gedankenlos ausführbare, gleichförmige Tätigkeiten beruhigten seine Nerven. Auf den Regalen standen seine Notizbücher und Aktenmappen, alle säuberlich beschriftet. Manche davon, wie zum Beispiel seine Bücher mit den Wetteraufzeichnungen, stammten noch aus seiner Kindheit. In den obersten Regalfächern standen ledergebundene DIN A4-Notizbücher, eines für jedes Jahr von 1900 bis zum heutigen Tag, alle zum Bersten gefüllt mit Listen von wichtigen Ereignissen und berühmten Menschen, die in jenem Jahr geboren oder gestorben waren und vielleicht einmal in einer Quizfrage drankommen konnten. Darunter standen weitere Notizbücher, die nach Themen wie Musik, Kunst, Literatur, Filme, Sport, Naturwissenschaften und so weiter sortiert waren. Ganz unten befanden sich die Ordner mit ausgeschnittenen Nachrichtenartikeln, ebenfalls nach Jahren geordnet.

In einem speziellen Fach auf Augenhöhe standen seine Trophäen. Keine Sportpokale – solche hatte er nie gewonnen –, sondern Auszeichnungen, die bei Quizveranstaltungen verliehen wurden. Manche waren wie Tassen geformt, aber es waren auch ein paar Medaillen in aufgeklappten Samtkästchen darunter. Er polierte sie regelmäßig mit einem besonderen Filztuch, das sie zum Glänzen brachte, ohne ihre Oberfläche zu beschädigen. Natürlich war kein Preis aus echtem Gold oder Silber, es waren allesamt billige Imitate. Wichtig war, dass er sie gewonnen hatte, weil er sich so gut Dinge merken, Fakten sortieren und in Kategorien einordnen konnte. Das war seine große Stärke.

Als Marlena ihm sagte, er solle »heute Abend vorbeikommen«, hatte sie keine Zeit angegeben. So fühlte sich Kevin ein wenig hilflos.

Ohne zeitlichen Rahmen gab es keine Struktur, und ohne Struktur gab es nur Chaos. Nach einigem Überlegen beschloss er, um acht Uhr bei ihnen zu sein. Dann hatten sie fertig zu Abend gegessen, aber es war noch nicht so spät, dass er stören könnte.

Er kam um fünf vor acht und ging einmal um den Block, um die Zeit totzuschlagen. Er stellte fest, dass das Reihenhaus in Coverdale nur zwei Straßen von der Uni entfernt lag. Punkt acht klopfte er an die Tür. Ein Junge mit Pferdeschwanz machte ihm auf.

»Wenn du wegen der Party kommst, bist du zu früh dran.«

»Nein, ich komm wegen des Zimmers.«

»Oh. Dann musst du mit John sprechen. Komm rein. Ich bin übrigens Tony.«

Als Kevin ihm ins Haus folgte, stieg ihm ein seltsamer, muffiger Geruch in die Nase, den er nicht identifizieren konnte. Die Wohnung selbst, mit dem langen Flur voll alter Möbel und Kisten, erinnerte ihn an den Lumpensammlerladen aus der Fernsehserie Steptoe and Son. Der Junge mit dem Pferdeschwanz, Tony, bahnte sich mühelos einen Weg durch den Sperrmüll, und Kevin folgte ihm. Am Ende des Ganges war die Küche. Nicht, dass er viel davon gesehen hätte, denn die Teller stapelten sich auf jeder freien Fläche, und auf dem Boden standen Kartons mit Lebensmitteln. Der Tisch in der Mitte war mit leeren Weinflaschen übersät. Dort saßen ein Junge mit Bart und ein Mädchen, dem das blonde Haar über die Schultern fiel. Sie tranken Rotwein und aßen gerade ihr Abendessen zu Ende. Tony nahm vor einem halb leergegessenen Teller Platz und bedeutete Kevin, sich zu ihnen zu setzen.

»Hab ich euch beim Essen gestört?«, fragte Kevin.

»Möchtest du auch was?«, erkundigte sich das Mädchen.

»Nein, ich hab schon gegessen, danke.«

»Wie wär's mit einem Schluck Wein?«

»Nein, danke, ich trinke nicht.«

Sie goss ihm trotzdem ein Glas ein und schob es ihm hinüber.

Er versuchte, die herausgeschlagene Stelle am Rand des Glases zu ignorieren.

»Danke.«

»Du bist also Ken«, stellte sie fest.

»Nein, Kevin.«

»Ach ja, stimmt. Ich krieg Namen ständig durcheinander.« Sie kicherte. »Ich bin übrigens Marlena.«

»Wo wohnst du im Moment?«, erkundigte sich John.

»Bei meinen Eltern.«

»Dann willst du also endlich weg von deinen Alten?«, fragte Marlena.

Die drei starrten ihn an.

»Könnte man wohl so sagen.«

»Na, dann trink mal deinen Wein aus«, sagte John, »danach zeig ich dir dein Zimmer.«

Es war größer, als Kevin erwartet hatte, und verfügte über einen Balkon mit Flügeltür.

»Die Möbel sind inklusive«, sagte John und deutete auf einen alten Kleiderschrank, ein Einzelbett und einen Tisch mit Drehstuhl. Der Tisch überzeugte Kevin letztendlich. Er war viel größer als der, den er zu Hause hatte, und darüber hing ein Regal, das ideal für seine Notizbücher war.

»Das Badezimmer teilen wir uns«, sagte John, führte ihn durch den Flur und öffnete die Tür zu einem altmodischen Raum mit einer großen gusseisernen Wanne und einem Gasboiler. »Möchtest du es dir überlegen und mir dann Bescheid sagen?«

»Nein. Ich nehm das Zimmer«, sagte Kevin und staunte über sich selbst. Das war seine zweite Spontanentscheidung innerhalb von vierundzwanzig Stunden. Er war entschlossen, keine einzige Nacht mehr im Haus seines Vaters zu schlafen. Nichtsdestoweniger war ihm ein bisschen unwohl in dieser verrückten Wohnung mit dem zugemüllten Flur, der unaufgeräumten Küche und den

Massen von leeren Weinflaschen. Aber wenn er sich auf sein Zimmer konzentrierte, konnte er sich eine Ruheoase mitten in dem Chaos schaffen.

»Du hast noch gar nicht nach der Miete gefragt«, meinte John.

»Wie hoch ist sie denn?«

»Vierzig Dollar die Woche, zuzüglich Essen und Getränke. Für die Einkäufe legen wir immer zusammen.«

»Prima. Wann kann ich einziehen?«

»Wann immer du magst. Heute Abend haben wir eine Party. Du kannst auch kommen, wenn du willst.«

Kevin wollte gerade sagen, dass er zuerst seine Eltern anrufen musste, doch irgendetwas hielt ihn zurück.

»Ich geh kurz los und hol meine Kleidung«, sagte er. »Meine restlichen Sachen hol ich später nach. Wollt ihr eine Kaution?«

John lachte. »Eine Kaution hat mir noch niemand angeboten. Ja, okay, zwanzig Dollar.«

Kevin gab ihm das Geld. »In ein, zwei Stunden bin ich wieder da.«

»Lass dir Zeit. Unsere Partys gehen immer bis in die Puppen.«

Ein Klopfen riss Kevin aus seinen Erinnerungen. Er wäre fast über den Teppich gestolpert, so schnell lief er zur Tür. Da stand Danni, in einem so engen weißen Kleid, dass er ihre Brustwarzen durch den Stoff sehen konnte.

»Hi, Kevin.« Sie küsste ihn auf die Lippen und drückte ihm eine Flasche Wein in die Hand. »Ich hoffe, du trinkst Roten.«

»Danke«, sagte er und führte sie herein.

»Hey, deine Wohnung gefällt mir!«, rief sie. »Sie ist so … organisiert. Wow, und dann die ganzen Bücher hier.«

Als sie auf das Regal mit den großen in Leder gebundenen Notizbüchern zuging, war Kevin elektrisiert von der Art, wie sich das weiße Kleid an ihren Körper schmiegte.

»Hast du die alle gelesen?«, fragte sie.

»Die hab ich selbst vollgeschrieben«, sagte er.

»Ich wusste gar nicht, dass du Schriftsteller bist. Ich dachte, du bist Forensiker.«

»Da sind Recherchen von mir drin«, erklärte er.

»Oh.«

Sie ließ ihre Hand über eine seiner Trophäen gleiten. »Hast du die gewonnen?«

»Ja.«

»Ich fand ja schon immer, dass du wie ein Sportler aussiehst.«

»Die hab ich aber nicht bei Sportwettkämpfen gewonnen, sondern bei Quizwettbewerben.«

»Bei Quizwettbewerben?«

»Ja, du weißt schon. Allgemeinwissen und kuriose Tatsachen.«

»Wie diese Quizwettbewerbe in der Kneipe?«

»Genau.«

»Und du willst damit sagen, du weißt tatsächlich alle Antworten?«

»Ich bin ganz gut.«

»Wow. Du musst ja ein tolles Gedächtnis haben.«

»Ich arbeite dran.«

»Das ist ja, als würde man ständig für Prüfungen büffeln.«

»Könnte man wohl so sagen.«

»Ist das nicht langweilig?«

»Kein bisschen.«

»Oh.«

»Würdest du jetzt gern zu Abend essen?«, schlug er vor. »Solange es noch warm ist.«

»Gern. Kann ich dir was helfen?«

»Nein, danke. Ist alles schon fertig.«

Als er die Kartons mit den Takeaway-Gerichten auf ein

Tablett stellte, beobachtete er sie über die Anrichte. Sie blätterte eines seiner Notizbücher durch. Sollte er etwa eine Frau gefunden haben, die sich tatsächlich für seine Recherchen interessierte? Da fiel ihm ein, dass er ihr gar nichts zu trinken angeboten hatte.

»Hättest du gern einen Schluck Wein?«

»Ich dachte schon, du fragst gar nicht mehr. Ich schenk uns ein. Hast du Weingläser?«

Er suchte im Schrank und fand zwei nicht zusammenpassende Weingläser.

»Essen wir hier?«, fragte sie und deutete auf die Tischsets und das Besteck, die er auf den Wohnzimmertisch gelegt hatte.

»Ja, ich dachte mir, das wäre ganz locker und lässig.«

»Ich find das süß. Wie in so einem japanischen Restaurant. Wir könnten uns ja auf den Boden setzen.« Sie goss den Wein ein, dann zog sie ihre High Heels aus und setzte sich auf den Teppich. Ihm war, als würde sich eine griechische Göttin an sein Sofa lehnen.

Er trug das Tablett zum Wohnzimmertisch, mit Servierlöffeln und Schüsseln.

»Prost«, sagte sie und hob ihr Glas.

»Normalerweise trink ich ja keinen Alkohol«, meinte er und beäugte kritisch das Glas, das Danni ihm eingegossen hatte.

»Wird schon nicht wehtun, Kevin. Nur dieses eine Mal.«

Nachdem Kevin seinen Eltern eröffnet hatte, dass er zu drei anderen Studenten in eine WG ziehen würde, fing seine Mutter an zu weinen, und sein Vater, der tags zuvor noch ganz energisch dafür plädiert hatte, schien es sich auch anders überlegt zu haben. Doch Kevin gab nicht nach. Denn die Worte seines Vaters brannten immer noch in seinem Kopf.

»Ich dachte, es würde dir gefallen, dass ich mir ein eigenes Le-

ben aufbaue«, erklärte er seinem Vater kühl. »Schließlich bin ich ein erwachsener Mensch.«

Als Kevin mit einem Koffer voller Kleidung zum Reihenhaus in Coverdale zurückkam, war es elf. Die Haustür stand offen, und im Flur kämpften die Leute um einen Platz zwischen den alten Möbeln und Kisten. Der seltsame Geruch, der ihm zuvor schon aufgefallen war und der ihn an verbranntes Popcorn erinnerte, war noch stärker geworden. Ein Nebel schien sich über alles gelegt zu haben, so dass er kaum das Ende des Ganges erkennen konnte.

Er erspähte Marlena und bahnte sich einen Weg zu ihr, wobei er sich an Leuten vorbeiquetschen und gleichzeitig versuchen musste, sie nicht mit seinem Koffer anzurempeln.

»Da bist du ja wieder«, sagte sie. »Ich dachte, du hättest einen Harold Holt gemacht.«

»Einen was?«

»Du weißt schon, einfach verschwinden, wie damals unser Premierminister. Ich dachte, du hättest dich verdünnisiert.«

»Nein, so was würde ich nie tun. Wenn ich eine Zusage gebe, halte ich mich dran.«

Sie warf ihm einen Blick zu, den er nicht zu deuten wusste.

»Na, dann bring mal deine Tasche hoch, und ich hol dir ein Glas Wein.«

»Ich trinke nicht.«

»Das hast du vorhin schon gesagt.«

Nachdem er seine Tasche in das Zimmer mit dem Balkon gebracht hatte, ging er die Treppe hinunter, wo Marlena mit einem Glas Wein in jeder Hand auf der untersten Stufe saß.

»Willkommen in deinem neuen Zuhause, Ken«, sagte sie und reichte ihm ein Glas.

»Kevin«, korrigierte er und nippte an seinem Wein. Obwohl er am frühen Abend nur ein paar zögerliche Schlucke genommen hatte, war er jetzt ganz erpicht darauf, sich dieser Party anzu-

schließen. Und wenn man ein Glas Rotwein in der Hand hatte, sah man doch gleich so aus, als würde man dazugehören.

Kevin hatte keinen genauen Überblick, wie viel er trank, weil Danni ihm pausenlos nachschenkte. Er wusste nur, dass der Alkohol seine Wirkung tat. Die Welt erschien ihm lieblicher, die Kanten weicher, das Gerüst weniger streng und starr. Er mochte es nicht, wenn die Dinge so waren. Das verstörte ihn. Nachdem sie ihre Thai-Takeaway-Mahlzeit aufgegessen hatten, trug er die Schüsseln und Kartons in die Küche und goss sich ein großes Glas Wasser ein, in der Absicht, den Alkohol in seinem Körper irgendwie zu verdünnen. Dann beschloss er, den restlichen Abend keinen Alkohol mehr zu trinken, egal, wie lange das sein mochte.

Er warf einen Blick auf die Uhr. Halb neun. War es zu früh, um den Abend zu beenden? Danni hatte sich aufs Sofa gekuschelt, als hätte sie vor, noch eine ganze Weile zu bleiben. Sie hatte sich sogar die Fernbedienung geschnappt und auf einen Krimi umgeschaltet.

»Kevin«, rief sie. »Hier läuft so eine Gerichtsmedizinersendung. Komm doch her und schau mit, vielleicht kannst du ja was Nützliches aufschnappen.«

Er wollte sie gerade daran erinnern, dass er kein Rechtsmediziner war, da erschien sie an der Küchentür. Das weiße Kleid war ihr bis zu den Oberschenkeln hochgerutscht und entblößte ein verlockendes Stück Bein. Er versuchte tapfer, ihr in die Augen zu schauen.

»Wie wär's mit einem Kaffee?«, fragte er. Er hoffte, dass er mit einem Kaffee das Ende dieses Abends signalisierte.

»Ich hätte ja mehr Lust hier drauf«, sagte sie, tänzelte leicht schwankend auf ihn zu und legte ihm die Arme um den Hals.

Kevin zog den Kopf zurück, um sich Raum zum Atmen zu

verschaffen, aber sie stellte sich einfach auf die Zehenspitzen und küsste ihn auf den Mund. Ihre Lippen schmeckten nach Honig, und er merkte, wie er den Kuss erwiderte. Dann löste er sich von ihr.

»Wir haben beide ein bisschen zu viel Wein erwischt, Danni. Ich glaube nicht, dass das hier so eine gute Idee ist. Außerdem haben wir morgen doch beide einen wichtigen Tag in der Arbeit.«

Sie schwieg einen Augenblick, dann meinte sie: »Du weißt schon, wie man ein Mädchen wahnsinnig machen kann, Kevin. Aber wahrscheinlich hast du recht. Verlängern wir den Zustand der erwartungsvollen Vorfreude.«

Er machte zwei Tassen Instantkaffee und legte ein paar Shortbreads auf einen Teller. Hinterher begleitete er sie zum Parkplatz, wo sie ihn ein zweites Mal so leidenschaftlich küsste, dass er immer noch zitterte, als er die Treppe zu seiner Wohnung hochging.

Maggie

Als sie das Dessert aufgegessen hatten – einen klebrigen Pudding, den sie sich teilten –, fragte Josh: »Hast du dich entschieden, Mags? Wegen heute Nacht?«

Obwohl sie am liebsten geblieben wäre, sagte ihr der gesunde Menschenverstand, dass das alles viel zu schnell ging. »Ich muss drüber nachdenken, Josh. Verheiratete Männer waren für mich immer tabu.«

»Auch unglücklich verheiratete?«

»Das sind die gefährlichsten.«

»Ich komm erst übernächste Woche wieder. Vielleicht könnten wir nach dem Seminar wieder Abend essen gehen.«

»Ich schätze, du wirst dir für die Zeit ein Hotelzimmer nehmen, oder?«

»Na ja, irgendwo muss der Mensch schließlich schlafen.«

»Du könntest ja auch bei mir übernachten.« Die Worte waren ihr herausgerutscht, bevor sie sie zurückhalten konnte. Rasch schickte sie die Ausschlussklausel hinterher: »Ohne Hintergedanken, versteht sich.«

»Abgemacht.«

Quizabend

Es war Sixties-Abend, und im Saal wimmelte es von Frauen mit Miniröcken und langhaarigen Männern mit Hippiemänteln. Maggie hatte Beatles-Perücken mitgebracht, die sie in einem Partyshop gefunden hatte. Kevin wollte seine erst nicht aufsetzen, doch sie bestand darauf.

»Ich mag dich mit dunklen Haaren, Kevin. Du siehst aus wie Athol Guy.«

»Wer ist das denn?«, fragte Mei Zhen.

»Wenn du nicht weißt, wer Athol Guy ist, wirst du am Sixties-Themenabend aber nicht viel ausrichten«, stellte Maggie fest und zwinkerte Kevin zu.

»Das war einer von den Seekers«, sagte er und rückte seine Brille mit dem schwarzen Gestell zurecht.

In diesem Moment erschien Carole.

»Wo ist Edward?«, fragte Ash.

»Der liegt mit Grippe im Bett.«

Maggie sah, wie sich Kevins Gesicht entspannte. Der Rüpel war zu Hause geblieben.

Wie immer begann der Abend damit, dass der Professor Witze erzählte und Miss Kitty etwas sang. Passenderweise hatte sie sich Paul McCartneys *Yesterday* ausgesucht.

»Machst du unsere Schreiberin, Maggie?«, fragte Mei Zhen.

»Warum versuchst du es nicht mal, Kevin?«, sagte Carole und reichte ihm die Bögen.

Nun begann der eigentliche Wettbewerb. »Wer alle zehn

Fragen in der ersten Runde richtig beantwortet, bekommt zwanzig Punkte«, verkündete der Professor.

Sofort summte der ganze Saal erwartungsvoll. Dann fügte er hinzu: »Aber für jede falsche Antwort gibt's zwei Punkte Abzug.«

Ein vielstimmiges Stöhnen hallte durch den Saal.

»Müssen wir jede Frage beantworten?«, rief eine von den Amazonen.

»Das bleibt ganz Ihnen überlassen«, antwortete der Professor. »Wenn Sie Zweifel haben, schreiben Sie lieber gar nichts hin.«

Maggie wandte sich an Kevin, der gerade seine Beatles-Perücke zurechtschob. Auch er sah nervös aus.

»Wie sollen wir uns einigen, ob wir eine Antwort hinschreiben oder nicht?«, fragte er. »Ganz zu schweigen davon, wie wir uns auf eine korrekte Antwort einigen wollen?«

»Edward ist nicht hier«, flüsterte Maggie zurück, »das dürfte die Dinge schon mal wesentlich vereinfachen.«

»So, dann legen wir los«, sagte der Professor. »Ich werde jetzt zehn Ereignisse vorlesen. Jedes davon geschah in einem anderen Jahr der Sechziger, und Sie sollen mir sagen, welches Jahr das jeweils war.«

»Du liebe Güte«, bemerkte Mei Zhen. »In Geschichte bin ich eine totale Niete.«

Nummer eins: die Ermordung von Martin Luther King.

»Das weiß ich noch«, sagte Carole. »Das war im selben Jahr, in dem auch Bobby Kennedy ermordet wurde. 1968.«

Kevin nickte zustimmend und schrieb die Antwort auf.

Nummer zwei: die Schlacht von Long Tan.

Die Dreamers tauschten verwirrte Blicke.

»Na ja, 1968 ist es schon mal sicher nicht«, stellte Maggie fest. »Hast du eine Vorstellung, Kevin?«

»Es ist mir peinlich, aber ich muss zugeben, dass ich das Jahr nicht weiß«, murmelte er. »Ich weiß nur, dass es ein Sieg für unsere Seite war, obwohl die Chancen ganz schlecht standen.«

»Ist doch absurd«, meinte Carole. »Den Jahrestag der Landung in Gallipoli feiern wir, aber keiner von uns weiß, wann so ein wichtiges Ereignis im Vietnamkrieg stattgefunden hat.«

»Dann lassen wir die Antwort doch erst mal aus«, sagte Ash, »und kommen am Ende wieder darauf zurück.«

Kevin notierte sich die Frage.

Die nächsten drei Ereignisse waren leicht: *Der Tod von Marilyn Monroe. Die Mondlandung. Die Wahl von Präsident Kennedy.* Maggie wusste die erste Antwort und Kevin die anderen beiden.

Nummer sechs: der Bau der Berliner Mauer.

»Das war definitiv 1961«, sagte Kevin. »1960 und 1962 haben wir ja schon anderweitig vergeben.«

Nummer sieben: der Sechs-Tage-Krieg.

»Ich glaube, das war 1967«, meinte Ash, »aber ich bin nicht ganz sicher.«

»Du hast recht«, sagte Kevin und schrieb die Antwort auf.

Nummer acht: Premierminister Sir Robert Menzes verkündet die Wiedereinführung der Wehrpflicht.

Sie spekulierten auf 1964 oder 1965, konnten sich aber nicht entscheiden.

Nummer neun: Die Beatles veröffentlichen ihr erstes Album, Please Please Me. *Der Titelsong wird im selben Jahr als Single und auf einer EP herausgebracht.*

»Was zum Teufel ist denn eine EP?«, fragte Ash.

»Abkürzung für Extended Play. Länger als eine Single, aber wesentlich kürzer als ein Album«, erklärte Maggie.

»Könnten wir uns bitte auf ein Jahr einigen?«, sagte Mei

Zhen leise. »Was haben wir denn in der ersten Hälfte der Sechziger noch übrig, Kevin?«

»1963 und 1964.«

»Möchte irgendjemand raten?«, fragte Ash.

»Das muss 1963 gewesen sein«, sagte Carole. »1964 waren die Beatles nämlich schon berühmt. Da hat John Lennon bekanntlich gesagt, dass die Beatles berühmter sind als Gott, und hat damit die Amerikaner auf die Palme gebracht.«

»Das war aber 1966«, widersprach Kevin, »und gesagt hat er: ›Jetzt sind wir populärer als Jesus.‹«

»Na ja, wir können es Carole nachsehen, wenn sie sich da irrt«, meinte Maggie, »weil sie damals ja noch gar nicht auf der Welt war.« Sie zwinkerte Carole zu. »Also, schreiben wir dann 1963 bei Frage neun?«

»Genau. Leben wir doch einfach mal wild und gefährlich«, schlug Carole vor.

»Bedeutet das, sie will, dass ich das hinschreibe?«, flüsterte Kevin Maggie nervös zu.

»Ja, Kevin. Das war eine Metapher. Das heißt, wir spielen in dem Fall ein bisschen auf Risiko.« Manchmal fühlte sich Maggie, als würde sie einem ihrer Schüler einen Satz übersetzen.

Nummer zehn: Die Filme The Sound of Music *und* Doktor Schiwago *kommen heraus.*

Alle schauten auf Maggie.

»Das war 1965. Das weiß ich noch, weil *The Sound of Music* der erste Film war …« In den ihre Eltern sie mitgenommen hatten, wollte sie sagen. Aber du liebe Güte, damit machte sie sich ja uralt. Also setzte sie noch einmal an: »Das war der erste Film, der die Einnahmen von *Vom Winde verweht* übertroffen hat.«

Gott sei Dank waren die anderen so froh über ihre eindeutige Antwort, dass sie ihren Beinaheversprecher gar nicht bemerkt hatten.

In der Pause zwischen der ersten und zweiten Runde konnten sie die Leerstellen füllen. Sie kamen zu dem Schluss, dass die Wiedereinführung der Wehrpflicht 1964 angekündigt worden war und die Schlacht von Long Tan 1966 stattgefunden hatte. Maggie übergab Miss Kitty gerade noch rechtzeitig ihre Antworten.

Die zweite Runde bestand aus einer Reihe von Musikfragen. Das passte Kevin und Maggie wunderbar, weil es heute nicht um aktuelle Musik ging.

In welchem Beatles-Song kommen französische Textzeilen vor?

»Das ist einfach«, sagte Maggie und summte die ersten Takte von *Michelle*.

Die nächste Frage war schon komplizierter.

Waterloo Sunset *war ein Hit von welcher Band? Auf welchen Fluss beziehen sie sich? Und auf welche Schauspieler spielen sie im Text an? Bitte die vollen Namen. Vier Punkte, wenn Sie alles richtig beantworten.*

»Ich liiiebe diesen Song!«, sagte Maggie. »Der ist von den Kinks. Der Fluss ist die Themse. Und Terry und Julie sind Terence Stamp und Julie Christie. Die hatten gerade in *Die Herrin von Thornhill* gemeinsam vor der Kamera gestanden.«

»Ich muss widersprechen, Maggie«, sagte Kevin. »Erstens gibt es durchaus eine Diskussion, auf welches Waterloo sich der Song bezieht – auf die U-Bahn-Haltestelle in London oder auf die in Liverpool. In letzterem Fall wäre der Fluss dann der Mersey. Und zweitens hat Ray Davies, der den Song geschrieben hat, bestritten, dass es darin um ein berühmtes Schauspielerpaar geht.«

»Da magst du recht haben, Kevin«, erwiderte Maggie, »aber das sind nicht die Antworten, die der Professor hier erwartet.«

»Soll ich etwa was hinschreiben, was falsch ist, nur weil der Professor es erwartet?«, konterte er.

»Wenn du die volle Punktzahl willst, dann schon. Du kennst die Regeln – es muss die Antwort sein, die er auf seiner Karte stehen hat. Nicht irgendetwas, was so zweifelhaft ist, dass nur du es weißt.«

»Könntet ihr zwei euch mal entscheiden?«, sagte Carole. »Ihr zankt ja herum wie ein altes Ehepaar.«

Als der Professor die nächste Frage vorzulesen begann, schrieb Kevin etwas auf den Antwortbogen. Maggie beugte sich vor, um mitzulesen, doch er legte schnell seine Hand darauf, wie ein Kind, das seinen Banknachbarn nicht abschreiben lassen will.

Welche berühmte Gruppe war eine Weile als The Four Lovers bekannt? Kleiner Hinweis: Sie behielten die Zahl bei, veränderten aber das Substantiv, und wurden unter diesem Namen berühmt.

Maggie warf einen Blick zu den Üblichen Verdächtigen hinüber. Sie schrieben bereits eine Antwort hin. Das machte sie nervös. »Irgendwelche Vorschläge?«, fragte sie die anderen Dreamers.

»Wie wär's mit den Four Tops?«, schlug Carole vor. »Das war eine große Motown-Band.«

»Oder The Four Pennies«, meinte Kevin. »Die hatten Mitte der Sechziger mit *Juliet* einen großen Hit.«

»Weder noch«, kam es leise. Alle drehten sich zu Mei Zhen um.

»Es sind die Four Seasons«, sagte sie sanft.

»Bist du dir sicher?«

»Absolut. In *Jersey Boys* gibt es eine Szene, in der sie ihren Namen von Four Lovers in Four Seasons abändern.«

Kevin kritzelte immer noch an der Antwort, als der Professor die nächste Frage stellte.

In welchem Land wurde Engelbert Humperdinck geboren, auch bekannt als Gerry Dorsey?

»Ich schätze, Großbritannien wäre zu einfach«, sagte Ash.

»Was könnte es denn sonst noch sein?«, fragte Carole. »Im Eurovision Song Contest hat er jedenfalls England vertreten. Da hab ich ihn im Fernsehen gesehen.«

»Der älteste Sänger, der Großbritannien jemals vertreten hat«, sagte Kevin. »Wusstet ihr, dass er im selben Land geboren wurde wie Cliff Richard?«

»Du bist immer so kryptisch, Kevin«, sagte Carole. »Schreib einfach die Antwort hin. Wie lautet sie denn überhaupt?«

»Indien.«

Als Nächstes spielte der Professor einen Ausschnitt aus einem geträllerten Song vor.

»Erkennt jemand von euch das Stück?«, fragte Carole.

»Das ist *Where Do You Go To, My Lovely?* von Peter Sarstedt«, sagte Maggie.

»Der wurde auch in Indien geboren«, bemerkte Kevin.

»Echt? Das wusste ich gar nicht«, sagte Maggie.

»Haltet ihr beiden jetzt mal bitte den Mund?«, tadelte Ash. »Der Professor stellt schon die nächste Frage.«

»Nennen Sie den französischen Sänger, der in diesem Text erwähnt wird«, hörte man die Stimme von der Bühne.

Kevin schrieb die Antwort hin. Dann gab er den Zettel herum.

»Das kann gut hinkommen«, meinte Maggie.

»Das war vor meiner Zeit«, sagte Ash.

»Da kann ich mich nur anschließen«, erklärte Mei Zhen. »Wer ist denn Sacha Distel?«

In der Pause setzten sich Kevin und Maggie wieder in ihr Versteck hinter dem Club ab. Dort standen schon mehrere Mitbewerber, die sich als Blumenkinder verkleidet hatten, und pafften ihre Zigaretten.

»Gehen wir mal weg von dem Rauch«, sagte Kevin.

Sie folgten der Orangenrauten-Hecke bis zum Ende.

»Bei der *Waterloo Sunset*-Frage warst du ganz schön autoritär, Kevin«, sagte Maggie, als sie sich aufs Ende der Ziegelmauer setzte.

»Bist du sauer auf mich?«

»Weil du für das eingetreten bist, was deiner Meinung nach richtig war? Natürlich nicht.«

»Ich dachte schon.«

»Ich bin nicht Edward Clarke.«

»Gott sei Dank nicht.«

War das Kevins Versuch, witzig zu sein?, überlegte sie. Wenn ja, dann kam er gerade ganz schön aus seinem Schneckenhaus heraus.

»Übrigens, was für eine Antwort hast du denn jetzt hingeschrieben?«, wollte sie wissen. »Die Themse oder der Mersey?«

»Die Themse. Aber ich hab's nicht über mich gebracht, Terence Stamp und Julie Christie hinzuschreiben. Ich bin sicher, dass Terry und Julie ganz normale Leute waren. Ich mag es nicht, wenn der Professor solche ambivalenten Fragen stellt. Ich hab die Dinge lieber klar und eindeutig.«

»Das ist ja alles ganz wunderbar, wenn man es mit harten Fakten zu tun hat. Aber manchmal gibt es eben keine eindeutige Antwort. Das Leben ist voller Ambivalenzen, Kevin. Und Gefühlsangelegenheiten sind oft die kompliziertesten von allen.«

»Da kenne ich mich nicht aus.«

»Du bist doch sicher schon mal verliebt gewesen? Zumindest ein Mal im Leben.«

»Nein, ich glaube nicht.«

»Tja, wenn du jemals verliebt gewesen wärst, dann wüsstest du es. So was stellt nämlich dein ganzes Leben auf den Kopf.«

»Klingt ungemütlich. Im Übrigen bin ich zu alt für solche Geschichten.«

»Es gibt keine Altersgrenze, was Verliebtheit angeht. Schau mich an.«

»Bist du verliebt, Maggie?«

Maggie lächelte. So wie er es sagte, klang es wie eine Krankheit. »Ich fürchte ja. Obwohl ich nicht weiß, was ich damit anfangen soll. Wenn ich meinem Herzen folge, könnte ich mich in Gefahr bringen. Aber wenn ich die Gelegenheit nicht ergreife, könnte ich etwas wirklich Großartiges verpassen.«

»Vielleicht solltest du erst mal das Risiko analysieren. Manchmal ist einfach eine gewisse Sorgfalt geboten.«

Einen Augenblick fragte sie sich, ob er einen Witz gemacht hatte. Doch neben ihr saß Kevin, der gerichtlich bestellte Steuersachverständige, und die gebotene Sorgfalt war seine Lebensphilosophie.

SIEBTE WOCHE

Elizabeth

Seit dem ersten Elterngespräch vor drei Jahren hatten die Lehrer immer wieder dasselbe zu Elizabeth Dwyer-Monaghan gesagt. »Patricks soziale Fähigkeiten sind mangelhaft. Er verfügt über ein großes Faktenwissen, aber seine emotionale Intelligenz ist unterentwickelt.«

Obwohl Elizabeth fand, dass es ihr durchaus zustand, Patricks Verhalten zu kritisieren, wollte sie Außenstehenden dieses Recht nicht zugestehen. Und so fürchtete sie mittlerweile jede Begegnung mit Patricks Lehrern.

Auch heute lautete die Botschaft genau so, wie sie es erwartet hatte. Klassenbester in Mathematik. Exzellentes Allgemeinwissen. Ruhig und fleißig. Aber …

»Haben Sie schon mal über Sport nachgedacht?«, schlug der Lehrer vor. »Das könnte helfen, seine grobmotorischen Fähigkeiten zu verbessern, und würde ihm gleichzeitig Gelegenheit geben, mit anderen Kindern zusammen zu sein.«

»Er hat zweimal die Woche Schwimmunterricht.«

»Ich dachte eher an eine Teamsportart.«

»Er geht mit seinem Vater zu den Rugbyspielen. Er kennt alle Spielerstatistiken.«

»Er spielt also Rugby?«

»Nicht ganz. Er hat letztes Jahr eine Weile mitgespielt, aber es hat nicht richtig geklappt. Jetzt schaut er nur noch bei den Erwachsenenspielen zu.«

»Die Sache ist die, Mrs. Monaghan: Patrick muss den Umgang mit seinen Altersgenossen lernen. Vielleicht könnte er ja bei einem Club oder einer Gruppe mitmachen. Wie wäre es denn mit den Pfadfindern oder der Jugendabteilung der Rettungsschwimmer?«

»Ja, das könnten wir mal ausprobieren.«

»Manchmal geben sich Probleme wie Unbeholfenheit im sozialen Umgang mit der Zeit von selbst. Aber es ist immer besser, wenn man solche Dinge abklären lässt. Nur zur Sicherheit.«

»Glauben Sie, dass mit ihm was nicht stimmt?«

»Ich bin kein Experte. Da müssen Sie einen Fachmann konsultieren.«

»Wie wär's denn mit der Beraterin hier an der Schule?«

»Die ist nur einen Tag pro Woche hier. Und die steckt bis über beide Ohren in Familienproblemen und Lernschwierigkeiten. Ich könnte Patrick auf die Liste setzen, aber es ist gut möglich, dass es Monate dauert, bis er drankommt. Er ist so ein aufgeweckter Junge, dass er einfach nicht besonders weit oben auf der Dringlichkeitsliste landen würde.«

»Was soll ich dann tun?«

»Lassen Sie sich von Ihrem Hausarzt einen Kinderpsychologen empfehlen.«

»Einen Psychologen? Wollen Sie damit sagen, dass er psychisch gestört ist?«

»Natürlich nicht. Aber das Ganze könnte durchaus neurologische Ursachen haben. So was können nur Experten diagnostizieren. Danach könnte man über eine mögliche Intervention sprechen.«

Neurologisch! Elizabeth wurde ganz schlecht. Und es hatte noch nie jemand von Intervention gesprochen. Allein dieses Wort legte nahe, dass eine ernsthafte Störung vorlag. Aber warum sollte man sonst auch intervenieren?

Patrick

»Heute musst du nicht in die Schule, Patrick«, erklärte seine Mutter. »Wir gehen zu einem Mann namens Peter, bei dem wirst du ein paar Tests machen.«

»Okay«, sagte Patrick. Das klang ja gar nicht so schlecht. Bei Tests war er immer gut.

»Gib einfach dein Bestes«, sagte seine Mutter.

Peters Büro gefiel ihm. Die Wände waren mit gerahmten Urkunden und bunten Bildern bedeckt, die ihn an sein Klassenzimmer erinnerten.

»So, Patrick«, sagte Peter, »erzähl mir doch mal, was du gerne machst.«

»Erzähl nur, Patrick«, sagte seine Mutter. »Nicht schüchtern sein.«

»Ich interessier mich für Meteorologie.«

»Das ist aber ein großes Wort für einen Achtjährigen.«

Patrick wusste nicht recht, was er darauf antworten sollte.

»Was gefällt dir denn sonst so, Patrick?«

»Rugby.«

»Schön. Auf welcher Position spielst du denn?«

»Ich bin Fan.«

»Sein Vater nimmt ihn zu Rugbyspielen mit«, erklärte seine Mutter.

»Von welchem Team bist du denn Fan?«, fragte Peter.

»Von den Comets.«

»Die mag ich auch. Würdest du selbst gern Football spielen?«

»Nein.«

»Okay. Gibt es irgendwelche anderen Sportarten, die dich interessieren?«

»Nein.«

»Gehst du gern in die Schule, Patrick?«

»Manches mag ich ganz gern.«

»Und das wäre?«

»Die Unterrichtsstunden.«

»Und was magst du nicht?«

»Pausen. Mittagessen. Freitagnachmittage.«

»Warum die Freitagnachmittage?«

»Da haben wir Sport.«

»Wer ist denn dein bester Freund, Patrick?«

Er überlegte eine ganze Weile, dann sagte er: »Mein Onkel.«

»Das ist schön. Onkels können im Leben auch sehr wichtig für einen sein. Gibt es jemanden in deinem Alter, den du als deinen Freund bezeichnen würdest?«

»Nein.«

»Okay. Ich geb dir jetzt mal ein paar Spielzeuge, mit denen du spielen kannst.«

Als er drei Puppen hervorholte, stöhnte Patrick auf.

»Das sind Actionfiguren, Patrick, keine Puppen. Welche wärst du gerne?«

»Keine.«

»Na, wie wär's denn mit diesem hier? Der hat blondes Haar wie du, oder? Wir nennen ihn einfach mal Patrick. So, jetzt hol ich deiner Mutter eine Tasse Tee, und du kannst mit deinen Spielsachen ins Spielzimmer gehen.«

Peter zeigte auf ein Nebenzimmer, das durch ein großes Fenster von seinem Sprechzimmer abgetrennt war. Patrick warf seiner Mutter einen zögerlichen Blick zu, doch sie sagte nur: »Na los, Patrick. Das wird bestimmt lustig.«

Hielt Peter ihn etwa für ein kleines Kind? Warum sollte er mit Puppen spielen wollen? Trotzdem nahm er die Figuren, ging ins Spielzimmer und setzte sich auf einen Teppich. Eine

Weile hielt er die Figuren nur in der Hand und überlegte, was er mit ihnen anfangen sollte. Dann stellte er die, die ihm ähnlich sah, auf den Boden. Er wusste nicht, was er mit den anderen beiden machen sollte, bis er einen Korb mit Spielsachen entdeckte. Dort ließ er die beiden hineinfallen. Dann setzte er sich eine Weile auf den Teppich, bis er in der Ecke ein Bücherregal entdeckte. Die meisten Bücher waren für jüngere Kinder, aber er fand eines über Vulkane und begann darin zu blättern. Er hatte sich schon richtig festgelesen, als er Peters Stimme hörte.

»Hättest du auch gerne was zu trinken und ein paar Kekse, Patrick? Dann hätte ich noch ein paar kleine Tests für dich.«

Die Tests gefielen Patrick. Es waren eine Menge Matheaufgaben dabei.

Als Nächstes gab Peter ihm ein paar Bauklötze.

»Kannst du diese Form mit deinen Klötzen nachbauen?«, fragte er Patrick und zeigte ihm ein Bild.

Das war einfach. Egal, welche Form Peter ihm zeigte, Patrick konnte sie mit den Klötzchen nachbauen.

»Du kannst gut bauen, Patrick«, stellte Peter fest.

Patrick war sicher, dass seine Mutter stolz auf ihn sein würde, nach den ganzen Matheaufgaben und dem Test mit den Klötzchen. Dann war es Mittag, und seine Mutter ging mit ihm einen Hamburger essen. Anschließend musste er weitere Tests absolvieren. Patrick füllte die Bögen im Spielzimmer aus, während Peter sich mit seiner Mutter unterhielt. Als Patrick fertig war, sagte Peter: »Danke, Patrick, du hast das alles ganz prima gemacht. So, Mrs. Monaghan, machen wir doch einfach einen Termin in drei Wochen aus. Bis dahin hab ich die Testergebnisse ausgewertet.«

Elizabeth

Als sie nach Hause kamen, ging Patrick in sein Zimmer, um Matheaufgaben auf seinem Computer zu machen. Er hatte den Rest seiner Klasse schon weit hinter sich gelassen und arbeitete auf dem Niveau von Fünft- und Sechstklässlern. Elizabeth machte sich inzwischen eine Tasse starken Kaffee und ließ sich auf einen Stuhl fallen. Sie hatte schon lange gewusst, dass ihr Sohn anders war, aber heute hatte sie ihn durch die Augen eines Verhaltensexperten gesehen, und dieser Blick hatte sie verstört. Sie hatte sich innerlich gekrümmt bei jeder lapidaren, farblosen Antwort, die Patrick auf die Fragen des Psychologen gegeben hatte, und sie hätte ihm nur zu gern souffliert, wollte aber nicht wie eine überbehütende Mutter wirken. Der schlimmste Moment war der gewesen, in dem Patrick seinen Onkel als seinen besten Freund genannt hatte. Im Grunde ihres Herzens befürchtete sie, dass Patrick sich eines Tages in einen Kevin verwandeln würde.

Sie versuchte, ihre Gedanken auf Angenehmeres zu lenken. Zum Beispiel ihr Klassentreffen am Samstagabend. Seit Monaten freute sie sich schon darauf, hatte sich ein neues Outfit gekauft, sich beim Friseur Strähnchen machen lassen und bei der Kosmetikerin eine Menge Geld für Gesichtsbehandlungen hingelegt. Jetzt musste sie nur noch einen passenden Babysitter finden. Normalerweise hätte sie Danni um Hilfe gebeten, aber die fuhr in Urlaub. Elizabeth hatte keine anderen engeren Freundinnen, nur lose Bekanntschaften. Mit Stephens Eltern stand sie nicht gerade auf freundschaftlichem Fuß, seit sie einmal auf Baby Patrick aufgepasst und vergessen hatten, ihn zum Schlafen hinzulegen.

Damit war nur noch Kevin übrig. Konnte sie ihm wirklich so

weit trauen, dass er sich einen Abend lang um Patrick kümmerte? Würden die beiden bis spätnachts aufbleiben und am Computer spielen? Würden sie sich mit Kartoffelchips und Limo vollstopfen? Würde Patrick hinterher so aufgedreht sein, dass es Tage dauern würde, bis er wieder normal war? Sie schauderte. Aber es wollte ihr einfach niemand anders einfallen.

Patrick

Heute Abend würde Onkel Patrick kommen, um auf ihn aufzupassen. Patrick konnte es kaum erwarten, seinem Onkel sein naturwissenschaftliches Projekt zu zeigen, das er mit Hilfe seiner Mutter angefertigt hatte – einen Vulkan aus Fimo, den er mit Acrylfarbe bemalt hatte. Das Buch über Vulkane in Peters Spielzimmer hatte ihn auf die Idee gebracht. Seine Mutter hatte ihm beim Dekorieren geholfen, weil er in solchen Dingen nicht so geschickt war.

Als die Uhr im Flur sechs schlug, kam Onkel Kevin. Er trug seinen schwarzen Anzug und hatte eine Aktentasche unter dem Arm. Patricks Mutter ermahnte ihn streng, Patricks Schlafenszeit zu beachten, und drückte ihm einen Zettel in die Hand, auf dem genauestens beschrieben war, wie er das Abendessen aufzuwärmen hatte. Dann gingen seine Mutter und sein Vater aus dem Haus, und Patrick hörte, wie das Auto ansprang. Onkel Kevin zog seinen Mantel und die Krawatte aus und legte sie sorgfältig über die Armlehne des Sofas.

»Komm, Onkel Kevin, du musst dir mein Naturwissenschaftsprojekt angucken. Am Montag geb ich es ab«, sagte Patrick und zog seinen Onkel mit zum Küchentisch. Auf einer Holzplatte stand das fertige Modell.

»Weißt du, was das ist?«, fragte Patrick.

»Ein Vulkan natürlich. Schön, wie du die Lava gestaltet hast.«

»Das meiste davon hat Mum gemacht. Aber ich hab den Krater bemalt«, sagte Patrick und deutete auf den roten Bereich ganz oben.

»Schade, dass du die Vorgänge im Inneren des Vulkans nicht dargestellt hast.«

Patrick runzelte die Stirn.

»Aber du könntest natürlich immer noch einen Querschnitt zeigen«, fügte Kevin hinzu.

»Was ist das?«

Kevin zog einen Notizblock aus der Hosentasche und skizzierte mit einem Bleistift das Innenleben eines Vulkans. »Schau, hier ist der Schlot, der geht bis in die Magmakammer hinunter, und hier ist ein Nebenkrater.«

»Daran hätte ich echt denken sollen«, sagte Patrick. »Aber jetzt ist es zu spät.«

»Nicht unbedingt. Wir müssen ihn doch nur in der Mitte durchschneiden. Dann können wir den Schlot einzeichnen und die Lavaschichten und auf den Flächen die Asche.«

»Meinst du, wir könnten auch noch einen Nebenkrater machen?«

»Ich wüsste nicht, warum das nicht gehen sollte. Komm, wir suchen uns was, womit wir deinen Vulkan durchschneiden können.«

Zu guter Letzt verfielen sie auf das größte Messer im Messerblock – ein tödlich aussehendes deutsches Fabrikat.

»Ich glaube, das übernehm ich lieber«, sagte Kevin. Wie ein Chirurg hielt er das Instrument aus Edelstahl über den Fimo-Berg, dann holte er tief Luft und begann ihn von oben nach unten durchzuschneiden. Der Staub flog in alle Richtungen. Als er fertig war, hatten sie zwei perfekte Hälften.

In den nächsten Stunden malten sie den Schlot und diverse

andere Details auf die freigelegten Flächen. Kevin bemalte den einen Querschnitt, Patrick den anderen. Um zehn Uhr waren sie fertig. Nachdem Kevin überprüft hatte, ob die Farbe trocken war, schoben sie die beiden Teile wieder aneinander und gingen ins Wohnzimmer, wo sie den Vulkan und die Platte auf den Couchtisch stellten.

»Man würde nicht ahnen, dass wir den in der Mitte durchgeschnitten haben«, meinte Kevin.

»Oder dass innen drin eine Überraschung wartet«, fügte Patrick hinzu.

Kevin fand Knabberzeug in der Speisekammer und Eis im Gefrierschrank, und wenig später hatten sie es sich auf dem Sofa gemütlich gemacht, futterten Süßigkeiten und bewunderten ihr Werk.

Elizabeth

Als Elizabeth und Stephen um Mitternacht nach Hause kamen, ging sie sofort ins Obergeschoss, um in Patricks Zimmer zu schauen. Sie fand ein gemachtes Bett vor, mit dem säuberlich zusammengefalteten Pyjama auf der Bettdecke. Keine Spur von Patrick, und auch nicht von Kevin. Als sie wieder ins Erdgeschoss kam, entdeckte sie den Grund. Kevin und Patrick waren auf dem Sofa im Wohnzimmer eingeschlafen. Patricks Kopf ruhte an Kevins Schulter. Er war nie ein Kind gewesen, das besonders gern gekuschelt hatte, und der Anblick, wie er sich an seinen Onkel schmiegte, versetzte ihr einen kurzen eifersüchtigen Stich.

Warum war ihr Sohn nie so zu ihr? Dann fielen ihre Augen auf Patricks Naturwissenschaftsprojekt, das auf dem Tisch neben einem Haufen leerer Chipstüten und Limodosen stand.

»Verdammter Kevin«, murmelte sie.

Stephen, der auf der Schwelle stehen geblieben war, flüsterte: »Ich trag ihn hoch in sein Bett. Und sei nicht sauer auf Kevin, Patrick kann doch morgen ausschlafen.«

»Heute«, korrigierte Elizabeth. »Ich wette, das vorgekochte Abendessen haben sie überhaupt nicht angerührt«, knurrte sie und marschierte in die Küche.

Dort erwartete sie das reinste Chaos. Der französische Kirschholztisch war mit einer grauen Staubschicht und Farbklecksern bedeckt. Offene Tuben Acrylfarbe und schmutzige Pinsel lagen auf dem Tisch, neben ihrem besten Messer, das ebenfalls staubbedeckt war. Was zum Teufel hatten die beiden hier getrieben? Sie begann den Staub mit einem feuchten Tuch abzuwischen. Die Farbe ging allerdings schwerer ab – Spuren davon hatten sich bereits leicht in die Maserung des Holzes gefressen. Wenn sie etwas gemalt hatten, wo war dann das Bild? Und seit wann hätten Kevin oder Patrick überhaupt künstlerische Neigungen gehabt? Dann fiel es ihr siedend heiß ein. Sie mussten an Patricks Projekt herumgepfuscht haben. An dem Projekt, auf das sie selbst mehrere Stunden Arbeit verwendet hatte.

Sie rannte zurück ins Wohnzimmer und hob die Holzplatte mit dem Vulkan an. Dabei teilte sich der Vulkan in zwei Hälften, von denen die eine langsam von der Platte zu rutschen begann. Obwohl das Ganze wie in Zeitlupe zu passieren schien, konnte Elizabeth den Fall nicht aufhalten. Krachend fiel die eine Hälfte auf den Holzboden und zersprang in Millionen kleinster Partikel, die alles in ihrer unmittelbaren Nähe mit einer Schicht Vulkanasche überzogen. Kevin schreckte aus dem Schlaf hoch.

»Verdammt, Kevin«, zischte Elizabeth. »Du bist so ein Idiot.«

Kevin

Nachdem Elizabeth ihn am Samstagabend nach dem Vulkanzwischenfall gewaltig zusammengestaucht hatte, beschloss Kevin, sich eine Weile lieber zurückzuhalten. Er musste zwar zugeben, dass sie in der Küche ein ziemliches Chaos hinterlassen hatten, aber er hatte wirklich vorgehabt, noch sauber zu machen, bevor er ging. Freilich stimmte es auch, dass er bei der spannenden Malaktion ganz vergessen hatte, das Abendessen aufzuwärmen, das sie ihnen in den Kühlschrank gestellt hatte. Und ja, Patricks Schlafenszeit hatten sie auch verpasst, aber er musste ja am nächsten Tag nicht in die Schule. Und unterm Strich war es nun mal eine Tatsache, dass Elizabeth den Vulkan zerbrochen hatte.

Glücklicherweise war die andere Hälfte intakt geblieben, und Patrick konnte sie am Montagmorgen seinem Lehrer überreichen. Ende gut, alles gut, wiederholte Kevin mantraartig. Die meisten Leute würden annehmen, dass dieser Ausspruch 1604 von Shakespeare geprägt worden war, als er ein Drama mit ebendiesem Titel verfasste, doch Kevin wusste es besser.

Es gab jedoch gewisse Dinge, über die er gar nichts wusste, und dazu gehörten Frauen. Insbesondere Danni. Sie lockte und schreckte ihn zugleich. Gott sei Dank war sie auf Urlaub nach Cairns gefahren, und er musste sich zwei Wochen nicht mit ihr auseinandersetzen.

In der Zwischenzeit hatte er über Maggies Kommentare zum Thema Liebe nachgedacht. Wie sie einem das ganze Leben auf den Kopf stellte. Hatte er sich in Danni verliebt? Wenn es ein Kriterium war, dass er in ihrer Anwesenheit keinen einzigen klaren Gedanken fassen konnte, dann war er vielleicht wirklich verliebt. Er beschloss, sich mit dieser Frage beim nächsten Quizabend noch einmal an Maggie zu wenden. Obwohl Gefühlsangelegenheiten – wie sie diese Dinge so treffend bezeichnete – zu den Gesprächsthemen gehörten, die er normalerweise mied. Nur mit Maggie waren solche Gespräche überhaupt denkbar.

Maggie

Josh war nicht in der Stadt, aber er schickte ihr täglich SMS. Der geschäftsmäßige Ton seiner früheren Nachrichten war in letzter Zeit intimer geworden, obwohl sie selbst noch nicht recht darauf einstieg. Irgendwie hatte sie die ganze Zeit Kevins Bemerkung über Risikoanalyse und gebotene Sorgfalt im Hinterkopf. Vielleicht sollte sie wirklich eine Liste der Pros und Contras anfertigen, die verschiedenen Faktoren analysieren und nach Wichtigkeit und Wahrscheinlichkeit gruppieren. Nein, das war lächerlich. Man konnte Emotionen nicht in Tabellen erfassen, wie man es mit Wertminderungen oder Kapitalertragssteuern tat. Leider. Wenn man es könnte, wäre das Leben so viel einfacher.

In der Zwischenzeit musste sie sich mit ihrer neuesten siebten Klasse auseinandersetzen. Zwei Dutzend Zwölfjährige, die gerade einen zehnwöchigen »Schnupperkurs« in Kantonesisch bei Mrs. Cheng absolviert hatten, der seinen Höhepunkt mit einem Yum-Cha-Essen in einem Restaurant in Chinatown gefunden hatte. Gegen so etwas konnte man natürlich schwer ankommen, vor allem, wenn man eine tote Sprache unterrichtete, die niemand mehr sprach. Die erste Stunde war immer die schwerste, und die 7b bildete in dieser Hinsicht keine Ausnahme. In der Pause fuhr Maggie schon mal ihren Computer hoch und bereitete sich auf die neue Klasse vor, als sie auf einmal einen Jungen auf dem Flur stehen sah. Sein dunkles lockiges Haar war in der Mitte gescheitelt, und seine Schuluniform sah makellos aus.

»Bist du in der 7b?«, fragte sie lächelnd.

»Ja«, antwortete er. »Sind Sie die Lateinlehrerin?«

Mit seiner präzisen Aussprache hörte er sich an, als stamme er aus dem vergangenen Jahrhundert.

»Ja, ich bin Miss Taylor. Wie heißt du?«

»Phillip Brown.«

»Na, Phil, du weißt schon, dass du noch zehn Minuten Pause hast, oder? Was tust du denn hier, wenn du draußen noch mit den anderen Fußball spielen könntest?«

»Ich heiße Phillip, nicht Phil«, sagte er mit seiner Kleiner-Lord-Stimme. »Und ich spiele kein Fußball. Ich bin hier, um Ihnen etwas zu sagen.«

»Na, dann schieß mal los«, sagte sie und dachte sich, dass er bestimmt einmal zu einem Erwachsenen heranwachsen würde, zu dem diese Stimme passte. Er würde Anwalt werden, Professor oder vielleicht sogar Schauspieler.

»Ich versteh wirklich nicht, warum ich Latein lernen soll. Das ist eine absolute Verschwendung meiner Zeit.«

Maggie holte tief Luft. »Moment mal, Phillip. Du hast noch keine einzige Lateinstunde gehabt, und trotzdem hast du schon eine vorgefasste Meinung.«

»Was soll Latein einem Schüler im 21. Jahrhundert denn nützen?«, fragte er mit seiner überkorrekten Aussprache. »Warum unterrichten Sie nicht lieber ein Fach, das wirklich relevant wäre?«

Sie hatte all das schon gehört, aber noch nie so direkt oder eloquent aus dem Munde eines Zwölfjährigen. »Phillip, warum sparst du dir dein Urteil nicht bis zum Ende meiner

Unterrichtsstunde auf? Wenn du dann immer noch meinst, dass es Zeitverschwendung ist, können wir uns ja noch mal unterhalten.«

Er überlegte einen Moment, dann sagte er: »Gut. Aber ich werde meine Meinung nicht ändern.« Dann drehte er sich um und ging hinaus.

Durch die Glasscheibe, die ihr Zimmer vom Korridor trennte, sah sie, wie Phillip sich draußen anstellte. Das Problem war nur, dass es noch nicht gegongt hatte und dass er der Einzige in der Schlange war. Auf ihrem Computer hatte sie eine Datei mit dem Namen »Schüler der 7b mit besonderen Bedürfnissen«, die sie vor ein paar Tagen per Mail von der Schulpsychologin bekommen hatte. Maggie hatte sie gespeichert, aber noch nicht geöffnet. Das hielt sie immer so. Sie wollte jeden Schüler so kennenlernen, wie er sich präsentierte, ohne ihm im Voraus ein Etikett mit einem Syndrom, einer Störung oder Behinderung aufzukleben. Einen Augenblick war sie in Versuchung, einen Blick auf die Liste der Psychologin zu werfen, aber es gab keinen Grund. In ihrem Herzen war sie ganz sicher, Phillip Brown auf dieser Liste zu entdecken, Etikett inklusive. Aber es war doch schade, einen Jungen so zu klassifizieren, als wäre er ein Buch im Regal, während Maggie doch schon nach dieser kurzen Begegnung sehen konnte, dass noch so viel mehr in ihm steckte.

Nach der Unterrichtsstunde bat sie Phillip kurz zu sich.

»Dann komm ich aber zu spät in die Mathestunde«, sagte er brüsk.

»Ich werde dich nicht lange aufhalten, und wenn nötig, geb ich dir einen Zettel für deinen Mathelehrer mit. Jetzt sag doch mal kurz – hast du deine Meinung über Latein geändert?«

»Ein bisschen«, antwortete er, und er klang mehr wie ein Professor als wie ein Schüler.

Maggie lächelte. »Und welche Aspekte der Stunde fandest du nützlich?«

»Das Spiel mit den Worten. Ich hab gar nicht gewusst, dass man die Bedeutung von Worten rausfinden kann, wenn man die ganzen lateinischen Präfixe und Suffixe kennt.«

»Sonst noch was?«

»Es hat mir auch gefallen, meinen Namen auf Latein zu lernen.«

»Dann kommst du also auch zur nächsten Stunde?«

Er warf ihr einen nachdenklichen Blick zu, als würde sie ihm wirklich die Wahl lassen. Dann schien er zu merken, dass sie nur Spaß machte, und schenkte ihr die Andeutung eines Lächelns. Vielleicht hatte sie sich das aber auch nur eingebildet.

»*Vale, Philippe*«, sagte sie zum Abschied.

»Ich dachte, mein Name heißt auf Latein *Philippus*.«

»Tut er auch, aber wenn jemand mit Namen angesprochen wird, verwandelt sich die Endung -us in ein -e. Das nennt man den Vokativ.«

Sie erwartete einen verständnislosen Blick als Reaktion auf ihre grammatikalische Erklärung, doch stattdessen meinte er: »Hat Julius Caesar deswegen ›*Et tu, Brute*‹ gesagt, als er erstochen wurde? Ich hab mich immer gewundert, warum er Brute statt Brutus sagt.«

Maggie war so verdattert über seine Antwort, dass ihr die Worte fehlten. Dann fing sie sich wieder genug, um entgegnen zu können: »Woher kennst du denn Julius Caesars letzte Worte?«

»Angebliche letzte Worte«, korrigierte er. »Ich hab das Shakespeare-Stück gelesen.«

Dieser junge Mann war definitiv etwas ganz Besonderes. Als er sich zum Gehen wandte, sagte sie: »Phillip, ich freu mich wirklich sehr, dass ich dich in meiner Klasse habe. Aber ich möchte dir einen ganz kleinen Rat geben: Ich weiß deine Offenheit zwar zu schätzen, aber bei anderen könnte es anders aussehen. Vielleicht solltest du es dir nicht zur Gewohnheit machen, deinen Lehrern zu sagen, dass ihre Fächer irrelevant sind.«

»Ich hab nur gesagt, was ich gedacht habe. Meinem Musiklehrer hab ich das auch gesagt.«

»Manchmal«, erwiderte Maggie, »ist es aber klüger, kritische Worte nur zu denken und nicht laut auszusprechen. Vor allem, wenn sie die Gefühle von jemand anders verletzen könnten. Okay?«

Er dachte so lange über ihre Worte nach, dass sie sich schon fragte, ob er überhaupt antworten würde. Dann sagte er: »Wie sagt man auf Latein ›Okay‹?«

Quizabend

Edward hatte seine Grippe überstanden und war nun wieder dabei, und zwar mürrischer denn je zuvor. Es schien ihm gar nicht zu gefallen, dass die Dreamers sich durch ihren Erfolg beim Sixties-Themenabend den ersten Platz erkämpft hatten beziehungsweise sich den ersten Platz nun mit den Üblichen Verdächtigen teilten.

»Hat Carole dir erzählt, dass wir letzte Woche auch den Karaoke-Wettbewerb gewonnen haben?«, erkundigte sich Ash bei Edward.

»Ich nehme an, die beiden da haben keinen Beitrag dazu geleistet«, sagte er und warf einen Blick auf Maggie und Kevin.

»Die haben mehr als genug durch ihre Antworten beigetragen«, bemerkte Ash.

Thema des heutigen Abends war Sport. Auch diesmal war um Kostümierung gebeten worden. Edward hatte einen Football-Pullover angezogen, Carole ein Tenniskleid, Ash und Mei Zhen waren als Hockeyspielerinnen gekommen, Schläger inklusive, während Maggie in einen Taucheranzug geschlüpft war. Kevin trug einen Leinenhut und hatte eine Angel in der Hand.

»Angeln ist kein Sport«, sagte Edward. »Das ist ein Hobby. Wie Quizwettbewerbe.«

»Jetzt sei doch nicht so pedantisch«, sagte Carole. »Und schau dir doch mal die Amazonen an, die sind als Standardtänzerinnen gekommen.«

»Pst, es geht los«, flüsterte Mei Zhen.

»Wir nähern uns jetzt der Zielgeraden unseres Wettbewerbs«, verkündete der Professor von der Bühne. »Also spare ich mir heute meine üblichen Aufwärmübungen. Ja, ich weiß, jetzt seid ihr enttäuscht … Aber egal, wir fangen direkt mit den Fragen an.« Gesagt, getan.

In welchem Jahr fand erstmalig das Tennisturnier in Wimbledon statt? a) 1877, b) 1897, c) 1907 oder d) 1927?

Maggie zuckte mit den Schultern. »Keine Ahnung.«

»Ich bin ziemlich sicher, dass das 1877 war«, sagte Kevin. »Es ist das älteste Tennisturnier weltweit.«

»1877 kommt mir viel zu früh vor«, meinte Edward.

»Kevin kennt sich gut aus«, sagte Mei Zhen.

»Willst du etwa auf jemanden hören, der in Anglerverkleidung daherkommt?«, fragte Edward.

Maggie, die heute Abend wieder Schreiberin war, notierte die Antwort a.

»*Frage Nummer zwei*«, sagte der Professor. »*Ist Sumoringen eine olympische Disziplin?*«

»Ich glaube nicht«, sagte Ash. »Das ist so japanisch wie die Australian Football League australisch ist.«

»Sind wir uns da alle einig?«, erkundigte sich Maggie.

Alle nickten.

Um welchen Sport geht es in Der Unbeugsame?

Edward wandte sich an Maggie. »Du bist die Filmexpertin.«

»Robert Redford sah einfach super aus in dem Film«, seufzte sie.

»Aber welche Sportart hat er gemacht?«, fragte Carole.

»Baseball.«

Wie viele Stürmer hat ein Dreizehner-Rugby-Team?

Edward begann an seinen Fingern abzuzählen. »Zwei in der zweiten Reihe, außen zwei Pfeiler und in der Mitte ein Hakler. Macht insgesamt fünf.«

»Es sind sechs«, sagte Kevin. »Du hast den Stürmer in der dritten Reihe vergessen.«

»Du hast recht«, gab Edward zähneknirschend zu.

Aus welchem Land kommen die meisten Formel-1-Sieger?

»Man merke – die Frage lautet ›die meisten Sieger‹ und nicht ›die meisten Siege‹«, sagte Kevin. »Das ist ein großer Unterschied.«

»Ist es Brasilien?«, fragte Carole.

»Deutschland?«, schlug Ash vor.

»Es muss Großbritannien sein«, meinte Edward. »Denkt doch an die ganzen Briten – Mansell, Hunt, Hamilton …«

»Und Button. Ich glaube, du hast recht«, sagte Kevin. »Schreib es bitte hin, Maggie.«

Edward und Kevin waren sich einig? Wie lange würde das anhalten?

Dawn Fraser hat Goldmedaillen bei drei Olympischen Spielen gewonnen. In welchen Jahren war das?

»1964 in Tokyo«, sagte Maggie.

»1960 in Rom«, fügte Carole hinzu.

»Und 1956 in Melbourne«, sagte Kevin.

Mit welchem Sport assoziiert man die folgenden Ausdrücke: Cross, Hook, Uppercut?

»Cricket«, sagte Edward.

»Ich glaube nicht«, sagte Kevin. »Ich gebe zu, ein Hook ist eine Art, den Ball zu schlagen. Und ich hab auch schon von einem Uppercut gehört, aber noch nie von einem Cross. Den gibt's nur beim Boxen.«

»Dann sind wir uns also einig, dass es Boxen ist?«, fragte Maggie.

Edward bedachte sie mit einem finsteren Blick. »Seit wann ist Kevin denn der Cricket-Experte? Hat der noch nie von Cross-Bat-Schlägen gehört?«

»Natürlich hab ich davon gehört«, sagte Kevin. »Das sind horizontale Schläge wie Hooks und Pulls. Aber der Ausdruck lautet Cross-Bat und nicht Cross.«

»Könnten wir bitte zu einer Entscheidung kommen?«, bat Maggie. »Cricket oder Boxen?«

»Ich denke, es ist Boxen gemeint«, sagte Ash.

»Du bist die Sportlehrerin«, erwiderte Maggie und schrieb Ashs Votum auf den Antwortbogen. Neben ihr ertönte ein entnervtes »Hmpf«.

In der Pause standen die Teilnehmer tischweise auf, damit Miss Kitty das bestkostümierte Team auswählen konnte. Der Restaurantgutschein ging an die Amazonen.

»Aber Standardtanz ist doch kein Sport«, knurrte Edward.

»Nächste Woche ist Literaturabend«, verkündete der Professor. »Kommen Sie als Charakter aus Ihrem Lieblingsbuch. Wir haben eine Flasche Champagner und fünf Extrapunkte zu verschenken.«

Bevor das Karaoke losgehen konnte, hatten Maggie und Kevin längst das Gebäude über das hintere Treppenhaus verlassen.

»Ich dachte schon, sie würden uns einen Hinterhalt legen, um uns zum Karaoke zu zwingen«, sagte Maggie und lachte atemlos.

In kameradschaftlichem Schweigen saßen sie auf der Mauer. Nach ein, zwei Minuten begann Maggie zu sprechen: »Welchen Charakter hast du dir für nächste Woche ausgesucht?«

»Jay Gatsby. Mir gefällt das Buch.«

»Interessante Wahl«, sinnierte Maggie, schloss die Augen halb und versuchte, sich Kevin als verwegenen Fitzgerald-Helden vorzustellen. »Wenn du dir das Haar ganz glatt zurückkämmst, könntest du vielleicht wirklich ein bisschen so aussehen wie Robert Redford im Film. Hast du einen Smoking?«

»Ja. Für die Hochzeit meiner Schwester musste ich mir einen kaufen.«

»Tja, ich glaube, du würdest einen perfekten Gatsby abgeben. Einen großen Gatsby sogar.«

Im Mondlicht sah sie ein winziges Lächeln über sein Gesicht huschen.

»Ich glaube, ich komme als Daisy Buchanan«, sagte sie. »Würde dir das was ausmachen?«

»Was ausmachen?«

»Na ja, Gatsby war schließlich deine Idee, Kevin. Ich will schließlich keine Nachmacherin sein.«

»Das wärst du nicht.«

»Gut. Du, ich wollte dich noch fragen, ob du die junge Frau, von der du erzählt hast, tatsächlich zum Abendessen eingeladen hast?«

»Ja.«

»Und, ist es gut gelaufen?«

»Ich glaube schon.«

»Werdet ihr euch wiedersehen?«

»Sie ist im Moment in Queensland.«

»Und nach ihrer Rückkehr?«

»Wahrscheinlich schon.«

»Ist es wahre Liebe?«

»Danach wollte ich dich fragen, Maggie.«

»Schieß los.«

»Na ja, ich bin irgendwie immer so nervös in ihrer Gegenwart.«

»In ihrer Gegenwart?«

»Na ja, wenn ich ihr ganz nah bin.«

»Nervös auf eine schöne Art?«

»Ich denke schon.«

»Dann ist das ein gutes Zeichen. Das bedeutet, dass du dich zu ihr hingezogen fühlst. Meinst du, sie fühlt sich auch zu dir hingezogen?«

»Sie umarmt und küsst mich.«

»Das ist schon mal vielversprechend«, sagte Maggie und musste ein Lächeln unterdrücken. »Eine Beziehung, bei der nur der eine von beiden Interesse hat, muss man nicht unbedingt haben.«

»Wenn sie mich zu sich einlädt, soll ich dann hingehen?«

»Ich wüsste nicht, warum du nicht hingehen solltest. Ihr seid doch beide erwachsene Menschen.«

»Ich hab jetzt eigentlich nicht gemeint, dass wir …«

»Nein, das war mir schon klar. Aber das wäre doch irgendwann eine natürliche Entwicklung der Dinge, oder?«

»Da bin ich mir nicht so sicher.«

»Na, willkommen im Club. Ich kann mich auch gerade nicht entscheiden.«

ACHTE WOCHE

Maggie

Am Montagmorgen trank Maggie gerade einen Kaffee im großen Lehrerzimmer, als sie Carole entdeckte, die mit gesenktem Kopf zur Damentoilette hastete und sich ein Taschentuch aufs Gesicht drückte. Weinte Carole? Maggie zögerte kurz. Sollte sie ihr nachgehen und nach ihrer Freundin schauen, oder war es besser, wenn sie sie in Ruhe ließ? Zu guter Letzt kam Maggie zu dem Schluss, dass sie Carole nicht allein auf der Toilette heulen lassen konnte.

Als sie die Tür aufmachte, sah sie Carole auf einer Bank unter einer Reihe von Schließfächern sitzen, in denen die Lehrerinnen ihre Wertsachen verstauen konnten. Sie schluchzte laut.

»Was ist denn passiert, Carole?«, fragte Maggie und setzte sich neben sie.

»Ach, es ist wegen Edward.«

»Er ist doch nicht krank, oder?«

»Nein, das nicht«, schniefte Carole. »Versprich mir, dass du niemandem was sagst.«

»Natürlich nicht«, versicherte Maggie. Dabei fiel ihr auf, dass dies schon das zweite Geständnis war, das man ihr auf der Damentoilette anvertraute.

»Er hat eine betriebsbedingte Kündigung bekommen«, sagte Carole im Flüsterton, obwohl sämtliche Kabinentüren offen standen und sonst niemand im Raum war.

»Eine betriebsbedingte Kündigung?«

»Ja, nach den neuesten Sparmaßnahmen der Regierung.«

»Das ist ja schrecklich, Carole. Er muss am Boden zerstört sein.«

»Er hatte vor vierzehn Tagen schon ein Gerücht gehört. An dem Abend war er so verstört, dass er nicht mal zum Quizwettbewerb mitgehen konnte. Jetzt ist es ganz offiziell.«

»Kein Wunder, dass er immer so mürrisch war«, bemerkte Maggie, ehe sie sich auf die Zunge beißen konnte.

»Ich weiß nicht, was er jetzt anfangen will. Er ist erst fünfzig. Und er hat sich immer so über seine Arbeit definiert.«

»Er wird bestimmt was anderes finden. In seiner Position muss er doch jede Menge Kontakte haben.«

»Das hoff ich natürlich. Aber in der Zwischenzeit hat er beschlossen, die Zähne zusammenzubeißen und nach außen so zu tun, als wäre gar nichts passiert.«

»Du meinst, er will es geheim halten?«

»Unseren Freunden erzählt er, dass er einen längeren Urlaub plant.«

Es war Maggies zweite Stunde in der 7b. Fünf Minuten vor Ende der Pause betrat Phillip mit einem Tablet in der Hand das Klassenzimmer.

»*Salve, Philippe*«, sagte sie, als sie ihn an der Tür des Klassenraums entdeckte.

»*Salve, magistra.*«

»Hattest du Probleme mit den Hausaufgaben?« Maggie hatte ihnen ein Arbeitsblatt gegeben, auf dem bekannte lateinische Ausdrücke ihrer englischen Bedeutung zugeordnet werden sollten.

»Das war ganz leicht.«

»Gut. Wie läuft es in Musik?«

»Die haben jetzt einen Siebtklässlerchor gegründet. Jeder muss mitmachen. Wir nehmen sogar am Schulkonzert teil.«

»Hört sich lustig an«, sagte Maggie ermunternd.

»Aber ich hasse Singen. Also mach ich nur die Mundbewegungen dazu.«

»Da kann keiner was sagen«, erwiderte Maggie und verkniff sich ein Lächeln.

»Das hab ich mir auch gedacht. Also hab ich der Musiklehrerin gesagt, dass meine Zeit besser in Mathe investiert wäre.«

»Solche Kommentare behält man am besten für sich, Phillip.«

»Aber es ist doch wahr. Und ist Mathe nicht sowieso wichtiger als Musik?«

»Für einen Musiklehrer nicht. Was hat deine Lehrerin gesagt?«

»Dass der Chor Pflicht ist und dass ich mir das nicht aussuchen kann.«

»Da hat sie recht.«

»Aber ich werde später Anwalt und nicht Sänger.«

»Anwalt, hm?« Obwohl er die Stimme und das Auftreten eines potenziellen Anwalts hatte, fragte sich Maggie, ob Phillip in einem juristischen Beruf überleben würde. Er war die Art Mensch, der sagte, was er meinte, und meinte, was er sagte.

»Ja. Deswegen hab ich beschlossen, dass Latein vielleicht doch nützlich sein könnte. Auf dem Arbeitsblatt waren auch lauter juristische Ausdrücke.«

»Und ich wette, du hast sie gleich alle auswendig gelernt.« Das hatte sie im Scherz gesagt, aber im nächsten Moment sagte er sie auch schon in alphabetischer Reihenfolge auf: *alibi, bona fide, caveat emptor* … Als er bei *prima facie* war, unterbrach ihn Maggie. »Danke, Phillip, den Rest weiß ich schon. Schließlich habe ich das Arbeitsblatt entworfen.«

Den ganzen Montagnachmittag dachte Maggie über ihren bevorstehenden Abend mit Josh nach. Sie bereute es, dass sie ihm angeboten hatte, in ihrem Haus zu übernachten. Da waren Probleme vorprogrammiert, nicht zuletzt wegen der vielen Erinnerungen in ihrem Haus, die nur darauf warteten, wiedererweckt zu werden. Dabei wollte sie doch einen Neuanfang. Ein neues Kapitel in ihrem Leben. Aller guten Dinge sind drei, sagte man nicht so?

In der letzten Stunde schrieb sie eine SMS an Josh:

Abendessen nach dem Seminar im Hotelrestaurant? Ich reserviere für 20 Uhr. Wir treffen uns dort. M

Wenig später summte ihr Telefon. Diesmal hatte sie es immerhin auf Vibration gestellt.

Prima, dann bis 20 Uhr. Fahren wir danach zu dir nach Harksfield?

Während ihre Schüler sich mit dem Subjonctif herumschlugen, überlegte sie, was sie antworten sollte. Schließlich tippte sie:

Das sehen wir dann.

Nachdem sie am Vorabend schon ihr Outfit mitsamt Accessoires herausgesucht hatte, konnte Maggie in aller Ruhe duschen und ihre Haare föhnen. Sie beschloss, nicht direkt zum Restaurant zu gehen, sondern Josh zu überraschen, indem sie ihn nach seiner Vorlesung abholte. Als sie hinausschaute, hatte der Himmel eine unheimliche Farbe, die vermuten ließ, dass ein Sturm aufzog. Vielleicht war es doch schlauer, das Auto zu nehmen, statt mit dem Bus zu fahren. Rufus zitterte jetzt schon vor Angst. Er hasste Stürme. Sie rief eine Freundin vom Buchclub an und fragte sie, ob sie sich diesen Abend um Rufus kümmern könnte. Im Hintergrund hörte Maggie, wie die Kinder ihrer Freundin bettelten, Rufus gleich ein paar Tage behalten zu dürfen. »Das wäre wie ein Urlaub für ihn«, meinte der kleine Sohn ihrer Freundin. Also packte Maggie Rufus' Bett, Spielzeug, Bürste, Näpfe und Futter für zwei Tage zusammen und schnallte ihn auf dem Rücksitz an.

Nachdem sie ihn abgesetzt hatte – nicht ohne sich von ihm versprechen zu lassen, dass er schön brav sein würde –, fuhr sie in die Stadt, parkte auf dem Hotelparkplatz und nahm den Aufzug zum Foyer. Auf der anderen Seite der riesigen Empfangshalle sah sie Josh gerade die letzten Bücher signieren. Sie setzte sich auf einen Stuhl in der Nähe der Rezeption und beobachtete ihn durch die Wedel einer Palme, die in einem großen Pflanztopf direkt neben ihr stand. Sogar aus der Entfernung konnte sie das umwerfende Lächeln und seine betonte Jungenhaftigkeit erkennen. Gegen Viertel nach sieben hatte sich die Schlange aufgelöst. Das ungefähr zwanzigjährige Mädchen, mit dem Maggie beim letzten Seminar gesprochen hatte, stellte einen Karton auf den Tisch, um die Bücher einzupacken. In ihrem Dr.-Josh-T-Shirt und den schwarzen Leggins sah sie so gertenschlank aus wie ein Model.

Maggie wollte gerade aufstehen und zum Signiertisch hinübergehen, als das Mädchen im T-Shirt sich vorbeugte und Josh den Arm auf die Schulter legte. Es war weniger die Geste selbst als die Art, wie sie es tat – wohlig-verträumt, als hätte sie schon viele Male den Arm um ihn gelegt. Dann wandte Josh ihr das Gesicht zu, und die beiden küssten sich.

Maggie entwischte ein flehentliches »Nein!«. Doch im hektischen Treiben der Gäste beim Einchecken und der Hintergrundmusik, die aus den diskret verteilten Lautsprechern strömte, hörte sie keine Menschenseele. Sie machte die Augen fest zu und schlug sie wieder auf. Josh und das Mädchen lachten. Er hielt ihre Hand und führte sie an seine Lippen, ohne die Frau mittleren Alters zu sehen, die von ihrem Platz hinter einer Zierpalme alles verfolgte. Ein Glück, dass sie noch saß, denn ihre Knie waren ganz weich geworden.

Nach einer Weile stand Maggie auf und vergewisserte sich, dass die beiden nicht in ihre Richtung schauten. Dann huschte sie zu den Aufzügen, drückte den »Abwärts«-Knopf und wartete. Es hätte sie gar nicht gewundert, wenn Josh und das Mädchen gleich Arm in Arm neben ihr aufgetaucht wären. Als die Lifttüren aufgingen, schlüpfte sie hinein und wollte gerade »Parkplatz« drücken, als irgendetwas sie zurückhielt.

Warum rannte sie eigentlich weg? Das war ihre Strategie seit jenem lang zurückliegenden Abend, an dem sie sich in der Toilette versteckt hatte, während Joshs Mutter sich über Maggies unbedeutende Erscheinung ausgelassen und seine Schwiegermutter sie eine chronische Einzelgängerin genannt hatte. Wie ein kleines Mäuschen hatte sie diese Meinungen geschluckt, als wären sie das Evangelium. Und zwanzig Jahre später, als sie dachte, Josh würde ihr einen Heiratsantrag machen, während er ganz anderes vorhatte, war sie in die Stadt geflohen. Dabei hatte sie ein Klinkerhaus zurückgelassen, das sie in ein Zuhause verwandelt hatte, und eine Boutique, die sie zu einer der feinsten Adressen der ganzen Gegend aufgebaut hatte. Sie hatte es ihm immer leicht gemacht. Es hatte nie Ärger oder Konfrontation gegeben. Doch dieses Mal würde es anders laufen. Diesmal würde die Maus brüllen wie ein Löwe. Oder zumindest knurren.

Sie drückte auf die »10« und beobachtete mit Erleichterung, wie sich die Türen schlossen. Sie war noch nicht ganz bereit fürs Knurren. Vielleicht würde ein Glas Champagner ihr den erforderlichen Mut verleihen. Im Fahrstuhlspiegel sah sie eine Frau mit grauem Gesicht in einem schwarzen Kleid. Ihren

Körper würden manche vielleicht renoiresk nennen, andere einfach nur plump.

Im zehnten Stock ging sie direkt zum Restauranteingang und wartete, bis der maître d'hôtel sie an den Tisch führte, den sie auf den Namen Taylor reserviert hatte. Dann bestellte sie eine Flasche des teuersten Champagners. Sie hatte ihre Sektflöte fast schon geleert, als Josh eintraf. Sein graues Haar war zerzaust wie das von Robert Redford in *So wie wir waren*. Maggie hatte keine Zweifel, wer das Zerzausen übernommen hatte.

»Sorry für die Verspätung, Mags«, sagte er und drückte ihr die Lippe auf die Wange. Dieselben Lippen, die gerade Fräulein Mitte-Zwanzig geküsst hatten. »Heute Abend waren ganz schön viele Zuschauer im Foyer. Die Schlange ging um halb acht immer noch durch die ganze Halle, Wahnsinn, oder? Ich hab bis vor ein paar Minuten signiert.«

Lügner, dachte sie, aber stattdessen sagte sie: »Ich denke, man kann seinen Fans schlecht etwas abschlagen.«

»Nicht wirklich. Ich lebe schließlich von ihnen.«

»Tja, und dann hast du zu Hause ja auch noch ein paar Mäuler zu stopfen.«

»Reden wir doch von was anderem. Na, was willst du essen?«, fragte er, während er die Speisekarte studierte.

Im Grunde konnte sie gleich die teuersten Gerichte bestellen. Schließlich ging das alles auf Dr. Joshs Rechnung.

»Ich dachte mir, ich nehm die Trüffelroulade, und dann die Meeresfrüchteplatte mit dem ganzen Hummer.«

»Du musst ja ganz schönen Hunger haben, Mags.«

»Wie ein Wolf«, log sie.

»Na, ich glaube, ich nehm den knusprig gebratenen Lachs. Und, was möchtest du trinken?«

»Ich war so frei und hab eine Flasche französischen Champagner bestellt, während ich auf dich gewartet hab.«

Sie deutete auf den silbernen Eimer, in dem eine Flasche mit beeindruckendem Etikett lag, und beobachtete Josh, wie er auf der Weinkarte nach dem Preis suchte.

»Gute Wahl«, sagte er mit belegter Stimme.

»Fand ich auch. Jetzt erzähl doch mal, wie geht's Kylie?«

»Wollen wir nicht von was anderem reden?«

»Ich dachte, ich erkundige mich mal nach ihr. Immerhin ist sie deine Frau.«

Er warf ihr einen gereizten Blick zu und wollte gerade etwas erwidern, als der Kellner an den Tisch kam, um ihre Bestellung aufzunehmen. Danach fragte Josh: »Und, fahren wir nach dem Essen nach Harksfield, oder soll ich hier ein Zimmer reservieren?«

Er ließ sich wahrlich nicht auf ein längeres Gesprächsvorspiel ein.

»Weder noch«, sagte sie lächelnd.

»Hast du ein kleines Hotel in der Nähe gebucht?«, fragte er. »Als besondere Überraschung?«

»Ich hab eine große Überraschung für dich, Josh«, sagte sie.

»Du hast schon immer gewusst, wie man einen Menschen auf die Folter spannen kann, Mags.«

»Man tut, was man kann.«

Der Kellner schenkte ihr Champagner nach.

»Und, wie geht's den Kindern?«, fragte sie. »Die kleine Sienna müsste jetzt doch fast schon krabbeln. Und Aidan müsste in seinem Alter ja auch ein ziemliches Energiebündel sein.«

»Ich bin hier, um mich zu entspannen, Maggie. Nicht, um über die Kinder zu reden.«

»Du bist doch der Familienexperte, Josh. Nur deine eigene scheint dich nicht so besonders zu interessieren.«

»Hattest du heute an der Schule einen schlechten Tag, Mags? Du kommst mir irgendwie so gereizt vor.«

»Bin ich wahrscheinlich auch. Andererseits hab ich ja auch allen Grund.«

Er schaute von dem Brötchen auf, das er sich gerade mit Butter bestrich. »Ich hab mich schon entschuldigt für meine Verspätung. Es ging einfach nicht anders, das gehört zu meinem Job. Es gibt überhaupt keine Veranlassung, deswegen so kratzbürstig zu sein.«

Genau in diesem Moment brachte der Kellner die Trüffelroulade. An jedem anderen Abend hätte Maggie sie verschlungen. Aber heute nicht. Sie hatte keinen Hunger. Der Ärger, der sich in ihr aufgebaut hatte, seit sie »den Kuss« mit angesehen hatte, stand kurz vor dem Ausbruch.

»Gehört die Knutscherei mit Fräulein-Mitte-Zwanzig auch zum Job?«

»Was hast du gesagt?«

»Du weißt schon – das Mädchen mit dem rosa T-Shirt und der schwarzen Strumpfhose. Was hast du *ihr* denn über deine Ehe erzählt, Josh? Hast du behauptet, dass Kylie dich mit ihren Tricks zu Heirat und Kindern gezwungen hat und du deswegen total unglücklich bist? Hast du deiner jugendlichen Liebhaberin erzählt, dass sie die große Liebe deines Lebens ist? Und hast du vergessen zu erwähnen, dass du den Spruch neulich erst bei jemand anders angebracht hast? Hast du ihr etwa erzählt, dass du mit ebendieser Person heute Abend essen gehst? Und was zum Teufel hast du in der Stunde zwischen dem Ende der Signierstunde und deinem Auftauchen im Restaurant gemacht?«

Aus seinen Wangen wich jede Farbe.

»Also, Mags, ich weiß ja nicht, was du da gesehen haben willst, aber das ist alles eine Sache der Wahrnehmung. Chloe ist eben die Art Mensch, der andere viel anfasst. Man kann ihre Gesten sehr leicht fehlinterpretieren.«

»Aber deine konnte ich nicht fehlinterpretieren. Die ließen wenig Raum für Zweifel.«

»Jetzt sei doch nicht so, Mags. Du hast doch gewusst, dass das hier nichts Exklusives ist, oder gar für immer und ewig.«

Sie musste zugeben, dass er recht hatte. Sie hatte sich auf einen Flirt mit einem verheirateten Mann eingelassen. Wenn auch mit einem, den sie für unglücklich verheiratet hielt. Doch sie hätte sich nie träumen lassen, dass es da noch eine andere Frau gab. Sie hatte gedacht, dass die Rolle der anderen Frau ihre war.

Was »für immer und ewig« betraf, hatte er ebenfalls recht. Josh Houghton hatte nie auf »für immer und ewig« gespielt, in keiner seiner Beziehungen. Sie schob den Teller mit der Roulade beiseite, die sie nicht angerührt hatte, und legte ihre Leinenserviette auf den Tisch.

»Wir können doch immer noch Freunde sein, oder?«, bat er.

Wo war ihre Handtasche? Sie bückte sich, spähte unter den Tisch und sah ihre Tasche an der Wand lehnen. Sie richtete sich wieder auf und hoffte, majestätisch dabei auszusehen.

»Ich weiß nicht, wie das funktionieren sollte«, meinte sie. »Freunde sind nämlich normalerweise ehrlich zueinander.«

»Na, dann lass uns doch per Mail Kontakt halten.«

Als sie ihn wortlos anstarrte, fügte er hinzu: »Ich meine keinen Sex per Internet, Maggie. Nur platonische Mails.«

»Weißt du, was ich immer über dich gesagt habe, Josh? ›Einmal Prinz, immer Prinz.‹ Aber ich hab mich sooo getäuscht.« Sie bemerkte, wie die Leute an den Nebentischen die Hälse reckten, um die Unterhaltung zwischen dem berühmten Dr. Josh und seiner weiblichen Begleitung mithören zu können.

Bevor sie sich zum Gehen wandte, fügte Maggie noch einen letzten Satz hinzu und sprach jedes einzelne Wort aus, als wäre sie eine Schauspielerin: »Ich hab über dreißig Jahre gebraucht, um die Wahrheit über dich rauszufinden, Josh Houghton. Und die Wahrheit ist: Du bist ein Wichser allererster Güte.«

Ein paar Sekunden herrschte verblüffte Stille im ganzen Restaurant. Dann nahmen die Leute ihre Unterhaltungen wieder auf. Maggie wusste, über wen sie jetzt reden würden, aber ihr war egal, was die Leute dachten. Das hätte sie schon vor langer Zeit sagen müssen. Stolz marschierte sie aus dem Restaurant und auf den Lift zu.

Als sie im Keller war, ließ Maggie die beherrschte Fassade fallen und plumpste kraftlos auf den Fahrersitz ihres Autos. Sie warf einen Blick auf ihre Uhr. Nicht mal Mitternacht, aber sie hatte sich schon wieder in eine Maus zurückverwandelt. Überraschenderweise kamen keine Tränen, aber dafür hüllte sie etwas weit Schlimmeres ein. Ein Gefühl tiefster Verzweiflung. Die dunkle Aussicht, ein Leben ohne Josh Houghton zu führen. Seit ihrem achtzehnten Lebensjahr war er ihr Schicksal gewesen. Sie hatten ihre Aufs und Abs gehabt, das schon – lange Trennungen, dann aber wieder schicksalhafte Wiedervereinigungen –, doch sie hatte immer gedacht, dass ihm eines Tages schon aufgehen würde, dass Maggie Taylor die Frau war, die er schon immer geliebt hatte, während die anderen Frauen immer nur Ersatzlösungen gewesen waren. Das war der Stoff, aus dem fast jeder romantische Film gemacht war, den sie je gesehen hatte.

Doch ein Glücklich-bis-ans-Ende-ihrer-Tage war nicht mehr drin. Jetzt nicht. Später nicht. Dieser Abend war eine Erleuchtung gewesen, wenn auch nicht der positiven Art. Es war der Tod ihres Traums. Eines Traums, der sich jahrzehntelang gehalten hatte, obwohl alle Beweise dafür sprachen, dass alles nur Einbildung war. Warum machte eine so intelligente Frau wie sie immer wieder denselben Fehler mit demselben

Mann? Dieses Mal hatte sie ihn sogar bewusst aufgesucht. Wenn sie eine Figur wie sich selbst im Film gesehen hätte, sie hätte gesagt: Was ist eigentlich los mit der Frau? Kapiert die denn nicht, dass er sie gar nicht liebt?«

Jetzt war ihr Platz in seinem Leben ein für alle Mal geklärt – sie war die zweite Geige, die Frau, die er für vorübergehenden Trost aufsuchte, wenn seine Verlobte in Übersee war oder seine Ehe zu Ende ging oder er eine außereheliche Zerstreuung suchte. Und was noch schlimmer war – sie war nicht mal die exklusive Vertretung. Im Leben des Josh Houghton hatte es wahrscheinlich eine ganze Reihe von »Maggies« gegeben.

Als sie auf die Zündung starrte, wurde ihr ganz schwummerig. Lag es am Champagner? Sie hatte etwas mehr als ein Glas getrunken. War sie damit schon über dem Alkohollimit? Dass sie seit Mittag nichts zu sich genommen hatte, machte die Sache nicht besser. Von der Trüffelroulade hatte sie nicht einen Bissen gegessen.

Irgendwie schaffte sie es bis nach Hause. Sie hielt bei Rot, setzte vorm Abbiegen den Blinker und hielt sich sogar an die Geschwindigkeitsbegrenzung. Die Fähigkeit des menschlichen Gehirns, automatisch zu funktionieren, war schon erstaunlich. Das gute alte Kleinhirn hielt den Laden am Laufen, wenn es im Frontalcortex drunter und drüber ging.

Sowie sie zu Hause war, goss sie sich einen Wodka pur ein. Nachdem sie ein Drittel des Glases auf einmal gekippt hatte, fühlte sie sich nicht besser. Also trank sie den Rest auch noch. Dann legte sie sich aufs Sofa und ließ ihr erwachsenes Leben Revue passieren. Wäre es ein Film, er hätte *Warten auf Josh Houghton* heißen müssen. Doch abgesehen von den drei Anläufen, ihn dazu zu bringen, sie zu lieben, war der Rest so öde gewesen, dass niemand Lust hätte, ihn anzuschauen. Weibliche Hauptdarstellerin: Maggie Taylor, Lehrerin mittleren Alters, deren Soziallleben in vierzehntägig stattfindenden Treffen bestand, bei denen man über Romane diskutierte, sowie einem Quizabend pro Woche. Sie unterrichtet eine tote Sprache und kennt sich bestens mit Filmromanzen aus, weniger jedoch mit echten Beziehungen – jedenfalls nicht mit solchen, die dauerhaft halten. Jeder einigermaßen fähige Produzent hätte dieses Drehbuch geradewegs in den Mülleimer wandern lassen. Maggie goss sich noch ein Glas Wodka ein.

Abgesehen von ihren Eltern und ihrem Hund hatte niemand sie geliebt, jedenfalls nicht auf diese verzehrende, bedingungslose Art. Es war ja schön und gut, dass ihre Kollegen und Schüler sie mochten und respektierten, aber wenn Maggie überraschend sterben müsste, würden sie ein, zwei Wochen trauern und sie dann vergessen. Und schon bald würde es sein, als hätte sie nie existiert. Sie würden ihren Namen aus der Personalliste der Website löschen. Sie würde nur noch in alten Rundbriefen vorkommen, eine geisterhafte Erscheinung auf Archivfotos: Miss Taylor mit ihrem Netball-Team oder Miss Taylor und ihre Lateinklasse im Nicholson-Museum.

Nachdem sie ihren Wodka ausgetrunken hatte, ging Maggie an ihren Badezimmerschrank, in dem sie Aspirin und verschiedene Medikamente aufbewahrte. Ganz hinten stand eine Schachtel Schlaftabletten, die ihr der Hausarzt nach dem Tod ihres Vaters verschrieben hatte. Sie hatte nur eine einzige davon genommen, in der Nacht vor seiner Beerdigung. Da sie keinerlei Drogen gewohnt war, hatte die Tablette sie buchstäblich von den Füßen gehauen. Am nächsten Morgen wäre sie fast zu spät zur Beerdigung gekommen und hatte den ganzen Tag in nebeliger Benommenheit verbracht.

Sie warf einen Blick aufs Haltbarkeitsdatum, das schon einen Monat zurücklag. Auf der Packung hatte der Apotheker notiert: »Laut Verordnung eine halbe bis eine Tablette vor dem

Schlafengehen.« Sie wusste, dass Alkohol und Schlaftabletten eine tödliche Kombination waren. Aber wie viele? Sie schluckte eine Handvoll mit einem Glas Wasser, setzte sich wieder aufs Sofa und wartete darauf, dass es vorbei war.

Langsam wurde sie schläfrig. Sollte es so zu Ende gehen? Würde sie gleich in den ewigen Schlaf abdriften? Doch der Vorgang war alles andere als ruhig. Das Zimmer drehte sich um sie, und auch als sie die Augen fest zumachte, setzte sich die Bewegung hinter ihren geschlossenen Augenlidern fort.

Jetzt war es zu spät, noch einen Abschiedsbrief zu schreiben. Ihr Kopf war zu benebelt, ihre Hand schlaff. Was hätte sie auch schreiben wollen? Wenn sie schrieb, dass der von ihr vergötterte Mann sie betrogen hatte, würde sie dastehen wie eine peinliche Idiotin. Abschiedsbrief hin oder her – man würde in jedem Fall eine Autopsie vornehmen. Selbst wenn die Tablettenschachtel auf dem Sofatisch neben einer halb leeren Wodkaflasche lag – es würde eine Autopsie geben, weil es das Gesetz so vorschrieb. Maggie schauderte. Autopsien. Sie würden sie aufschneiden und hinterher wieder zunähen. Wie grässlich. Vielleicht war das alles doch keine so gute Idee. Und was noch schlimmer war: Sie hatte keine Anweisungen für die Beerdigung hinterlassen. Was, wenn sie *My Way* spielten? Sie hasste den Song. Und wer würde die Totenrede halten? Oh nein! Garantiert Edward Clarke. Und dann ihr Liebling Rufus. Das Wichtigste in ihrem Leben. Sie konnte ihn nicht einfach so zurücklassen – obwohl sich wahrscheinlich eine von den vielen Familien, die ihn so heiß und innig liebten, gut um ihn kümmern würde. Sie versuchte aufzustehen, doch ihre Glieder fühlten sich an wie Blei.

Da hörte sie ihr Handy. War das etwa eine SMS von diesem Wichser Josh Houghton? Sie griff nach dem Handy und versuchte, die Worte zu lesen, aber sie sahen aus wie Hieroglyphen. Ihre Brille lag auf dem Sofatisch. Sie streckte den Arm aus und griff mit der ertaubenden Hand danach. Die verschwommenen Symbole auf dem Display verwandelten sich in Buchstaben.

Maggie, ich brauch dich. Kannst du mir sagen, ob Telly Savalas sich den Kopf rasierte oder ob er wirklich eine Glatze hatte?
Kevin

Halluzinierte sie etwa? Oder war sie schon tot? In der wirklichen Welt schickte niemand solche SMS. Dann fing sie an zu lachen. Kein normales Lachen, eher das Gackern einer Wahnsinnigen, das nahtlos in hysterisches Schluchzen überging. Als ihr Brustkorb schon so wehtat, dass sie nicht mehr weinen konnte, erbrach sie ihren gesamten Mageninhalt auf den Boden aus poliertem Eukalyptusholz. Sie stellte sich die weißen Überreste der Schlaftabletten vor, die sie ebenfalls von sich gegeben haben musste.

Danach ging Maggie in die Küche, goss sich ein Glas Wasser ein und setzte sich wieder aufs Sofa. Sie war nüchtern genug, um zu wissen, dass sie bald gefährlich dehydrieren könnte, also trank sie das ganze Glas aus. Dann musste sie eingeschlafen sein.

Als sie aufwachte, war helllichter Tag. Ihr Kopf fühlte sich schrecklich an – das war der schlimmste Kater ihres ganzen Lebens. Die Uhr über dem Kaminsims zeigte neun Uhr. Sie hatte die ganze Nacht durchgeschlafen. Auf einmal fiel es ihr siedend heiß ein: Heute war Schule. Die erste Stunde hatte bereits angefangen. Sie schickte eine SMS an Carole.

Magen-Darm-Grippe. Kann heute nicht kommen, tut mir leid.
Maggie

Der Konrektor würde sicher sauer sein, weil sie erst so spät Bescheid gab. Andererseits hatte sie sich in den vergangenen zwei Jahren nicht einen Tag krankgemeldet.

Beim Aufstehen stützte sie sich auf die Armlehne des Sofas. Abgesehen von infernalischen Kopfschmerzen und einer trockenen Kehle fühlte sie sich nicht allzu schlecht. Zögernd tapste sie in die Küche und trank ein Glas Wasser. Dann reinigte sie den Boden mit feuchten Papiertüchern. Anschließend schaltete sie den Fernseher an und schaute sich einen langatmigen Werbespot nach dem anderen an, für Anti-Falten-Creme, Dampfbesen und Bauch-weg-Unterwäsche. Mittags aß sie eine Schüssel Cornflakes. Am Nachmittag schaute sie sich mehrere amerikanische Seifenopern an, ohne recht zu merken, wo die eine aufhörte und die nächste anfing. Alle Frauen schienen dieselben aufgeblasenen Lippen und langen Mähnen zu haben, während die Männer unnatürlich gut aussahen und auf erdige Namen wie Clay und Tor hörten. Irgendwann schlief sie ein.

Sie träumte gerade von einer Trüffelroulade, als das Klingeln ihres Handys sie aus dem Schlaf riss. Das Zimmer war völlig dunkel, bis auf die flackernden Bilder vom Fernseher. Sie griff nach ihrem Handy, setzte die Brille auf und las den Namen auf dem Display. Gott sei Dank, es war nicht Josh.

»Hallo, Kevin.«

»Hallo, Maggie. Wie geht's dir? Carole hat gesagt, du hast dir einen Virus eingefangen.«

Auf einmal fiel es ihr siedend heiß ein. Heute war ja Quizabend.

»Mir geht's schon wieder besser, danke. Tut mir leid, dass ich nicht zurückgerufen hab wegen der Telly-Savalas-Frage.«

»Da hab ich nur spätnachts noch ein bisschen gelernt«, sagte er mit seiner monotonen Stimme. »Und nach der Toupetfrage in der fünften Woche bin ich ins Überlegen gekommen, ob nicht vielleicht noch eine Frage zum Thema Haar auftauchen könnte.«

»Ich werde es recherchieren und dir dann Bescheid geben.« Das war das Mindeste, was sie tun konnte, nachdem seine alberne SMS ihr wahrscheinlich das Leben gerettet hatte.

»Eilt ja nicht.«

»Hat das Quiz schon angefangen?«, fragte sie.

»Im Moment ist grade Pause, Maggie.«

»Oh. So spät ist es schon?«

»Es ist Viertel nach neun, und ich sitz allein hier draußen.«

Irgendetwas an seiner Bemerkung rief ein Schuldgefühl in ihr wach, als hätte sie ihn ganz allein seinem Schicksal überlassen.

»Du solltest mal wieder reingehen. Sie können jeden Augenblick weitermachen. Wie läuft es heute überhaupt?«

»Literatur ist nicht unbedingt unsere stärkste Seite, aber wir schlagen uns ganz gut.«

»Ich hab total vergessen, dass heute Literatur-Themenabend ist. Wie habt ihr beim Kostüm-Wettbewerb abgeschnitten?«

»Den haben die Üblichen Verdächtigen gewonnen. Sie kamen als die Ungeheuer von *Wo die wilden Kerle wohnen.*«

»Und du? Hast du deinen Smoking angezogen?«

»Ja. Und mein Haar ganz glatt zurückgegelt, wie du gesagt hast.«

»Ich wünschte, ich wäre da. Ich fühl mich, als hätte ich dich im Stich gelassen. Gatsby ohne Daisy.«

»Du kannst ja nichts dafür, dass du krank geworden bist.«

»Nein, das wohl nicht. Aber nächste Woche bin ich wieder dabei, versprochen.«

»Gut. Ohne dich macht es einfach nicht so viel Spaß.«

Auf einmal hatte sie Tränen in den Augen.

Quizabend

Kevin

Kevin warf einen Blick auf seine Armbanduhr. Maggie hatte recht, er sollte sich lieber beeilen. Er lief die Feuertreppe hoch und nahm immer zwei Stufen auf einmal. Dabei überholte er eine von den Amazonen, die gerade aus der Damentoilette kam. Ihr Krinolinenkleid ließ vermuten, dass sie einen Charakter aus einem viktorianischen Roman verkörperte, doch er hatte keine Ahnung, wen genau sie darstellte.

»Hey, bist du nicht die One-Man-Show?«, fragte sie.

Er wandte sich zu ihr um. »Nicht mehr.«

»Du siehst wirklich cool aus in deinem Smoking. Was für eine Figur bist du denn?«

»Jay Gatsby.«

»Ich bin Jane Eyre.«

Als sie ihm mit den Wimpern zuklimperte, musste Kevin schlucken.

»Irgendwas an dir ist anders«, bemerkte sie.

»Ich hab meine Brille nicht auf.« Er konnte sich Gatsby nicht mit einer Hornbrille vorstellen, deswegen hatte er seine Kontaktlinsen eingesetzt.

»Ohne siehst du gleich viel besser aus.« Dann trat sie so nahe an ihn heran, dass er den Duft ihres Parfüms einatmete.

»Weißt du, wie dich eine aus eurem Team genannt hat?«

Kevin machte sich auf eine herabsetzende Bezeichnung wie

»Streber« oder »Fachidiot« gefasst oder »Idiot savant« – ein Ausdruck, bei dem er sich innerlich krümmte.

»Sie nennt dich Mr. Memory. Das passt zu dir.«

»Mr. Memory? Wie in Alfred Hitchcocks Film *Die 39 Stufen*?«

»Ich dachte, den Namen hätte sie sich selbst ausgedacht.«

»Nein, der stammt von Hitchcock – beziehungsweise seinem Drehbuchautor. Die Figur kam in Buchans Buchvorlage gar nicht vor.«

Die Amazone starrte ihn an, als wäre er eine Zirkusnummer. Er steuerte auf den Saal zu und meinte: »Dann kehren wir jetzt wohl am besten zu unseren Teams zurück.« Er deutete mit einer Geste an, dass sie vorausgehen solle, doch die Amazone blieb stehen, wo sie war.

»Möchtest du hinterher mit mir noch was trinken gehen?«, fragte sie.

Die Einladung kam so unerwartet, dass er sie noch einmal in seinem Kopf abspielen musste, um sicherzugehen, dass er richtig gehört hatte. Er trat einen Schritt zurück und antwortete: »Tut mir leid, ich kann nicht.«

»Nur einen Drink?«

Einen Moment zögerte er. Dann bildete sich ein Satz in seinem Kopf. Aber würde der funktionieren? Da er beim Lügen blutiger Anfänger war, konnte er das nicht recht abschätzen.

»Ich bin bereits vergeben«, sagte er mit erstickter Stimme.

»Ist es die Frau, neben der du immer sitzt?«

»Maggie? Ja. Maggie, genau.« Seine zweite Lüge. Warum nicht? Die erste war ja offenbar erfolgreich gewesen. Doch das Ausdenken und Aussprechen von zwei Lügen nacheinander hatte ihn derart angestrengt, dass er sich fühlte, als hätte er gerade einen Zementsack gehoben.

»Aber die ist doch heute Abend gar nicht hier, oder?«, sagte die Amazone und beugte sich zu ihm vor.

»Nein, sie ist krank.« Das stimmte immerhin.

»Zu schade. Vielleicht kannst du dann ja doch mit mir was trinken gehen.«

Kevin zuckte zurück. »Tut mir leid, ich kann wirklich nicht.«

Die Amazone starrte ihm ins Gesicht, während er sich alle Mühe gab, den Augenkontakt mit ihr zu vermeiden. Schließlich sagte sie: »Na dann … man sieht sich« und ging zurück in den Saal. Sie hinterließ eine Wolke aus blumigem Parfümduft.

Auf seiner Stirn hatten sich Schweißperlen gebildet. Puh! Das war gerade noch mal gut gegangen.

NEUNTE WOCHE

Maggie

Am Mittwochmorgen war Maggie wieder in der Schule, obwohl sie immer noch grässliches Kopfweh und einen gereizten Magen hatte. Als Erstes verschwand sie auf die Damentoilette, wo sie eine Aspirin nahm und mit Wasser hinunterspülte.

»Na, wie geht's dem Magen?«, erkundigte sich Carole, als sie in den Raum kam und ihre Handtasche in ein Schließfach sperrte.

»Danke, geht schon besser. War nur so eine Vierundzwanzig-Stunden-Geschichte. Wie ist es beim Quizabend gelaufen?«

»Nicht so toll. Wir sind einen Platz zurückgefallen. Gestern Abend hätten wir dich wirklich gebraucht, Maggie.«

»Hat Kevin auch gesagt.«

»Kevin?«

»Er hat mich in der Pause angerufen.«

»Hat er dir von der Frage erzählt, bei der jedes Team danebenlag? Wir haben alle die falsche Antwort hingeschrieben. Wie hoch ist denn die Wahrscheinlichkeit, dass so was passiert?«

»Kommt auf die Frage an. Was war denn die Frage?«

»Wer hat den Ausdruck ›schöne neue Welt‹ geprägt?«

»Ich wette, da haben alle Aldous Huxley geschrieben.«

»Woher wusstest du das?«

»Weil die Antwort so naheliegt.«

»Tja, aber die korrekte Antwort ist offenbar Shakespeare.«

»Stimmt. Das ist aus *Der Sturm*. ›O, Wunder! Wie viele

herrliche Geschöpfe es hier gibt! Wie schön der Mensch ist! O schöne neue Welt, die solche Bürger trägt!‹«

»Kevin hat gesagt, das hättest du bestimmt gewusst.«

»Ich wette, er war toll als Gatsby.«

»Allerdings. Wenn der sich ein bisschen schick anzieht, sieht er richtig gut aus.«

»Ich wollte als Daisy Buchanan kommen. Obwohl ich für eine Daisy vielleicht ein bisschen zu rund bin, fürchte ich.«

»Nein, stimmt doch gar nicht«, sagte Carole, aber es klang nicht sehr überzeugend.

»Wie geht es Edward? Hat sich in Sachen Job irgendwas getan?«

»Nicht so richtig. Aber er hat ein neues Projekt – das ist allerdings streng geheim.«

»Hat es auch mit dem Gesundheitswesen zu tun?«

»So halbwegs. Wenn ich es dir sage, verrätst du es doch niemandem, oder?«

»Natürlich nicht.«

»Also – er schreibt einen Roman.«

»Einen Roman!« Maggie versuchte, ihr Lachen zu unterdrücken. »Aber Edward versteht doch überhaupt nichts von Literatur.«

»Das hab ich auch gesagt, als er mir davon erzählt hat. Aber er behauptet, dass er es beim Schreiben lernen wird. Und das erste Kapitel hat er schon fertig.«

»Hast du es gelesen?«

»Er will es mir nicht zeigen. Nicht, bevor das ganze Buch fertig ist.«

»Weißt du, wovon es handelt?«

»Ich weiß nur, dass es ein Thriller über eine Pandemie ist, die die ganze Welt bedroht.«

»Hat nicht schon mal jemand so was geschrieben?«

»Das hab ich mich auch gefragt. Aber Edward meint, er geht das Thema ganz neu an.«

»Klingt ja nach einem potenziellen Bestseller«, sagte Maggie leichthin.

»Das denkt Edward auch. Er hat geschätzt, wenn er täglich zweitausend Wörter schreibt, ist er in weniger als sechs Wochen durch. Ganz problemlos.«

»Zweitausend Wörter? Das scheint mir aber schon ganz schön viel.«

»Nicht für Edward. Er ist wild entschlossen. Und ich bin erleichtert, dass er nicht mehr die ganze Zeit rumsitzt und so tut, als hätte er Urlaub.«

Kevin

Danni war aus dem Urlaub zurück. »Es war großartig«, erzählte sie Kevin, als sie ihn in der Arbeit anrief. »Hast du meine SMS gekriegt?«

Sie hatte ihm täglich ein halbes Dutzend geschickt, Emoticons inklusive. Er hatte es sich zur Regel gemacht, immer nur auf die erste zu antworten und den Rest zu ignorieren.

»Ich hab dir so viel zu erzählen«, fuhr sie fort. »Wie wär's, hast du Lust, heute Abend zu mir zum Essen zu kommen?«

Jetzt stand er jäh unter Zugzwang. Die einzige Antwort, die ihm einfallen wollte, lautete: »Okay.«

»Ich schick dir eine SMS mit meiner Adresse. Ist halb sieben okay für dich?«

»Ja.« Dann erinnerte er sich schlagartig wieder an seine Manieren. »Soll ich was mitbringen?«

»Nur dich, Süßer. Ciaoi, Baby.«

Als Kevin auflegte, staunte er über Dannis Abschied. Wer

sagte denn bitte »ciaoi« zum Abschied? Oder hatte er sich verhört? Was die Bezeichnungen »Süßer« und »Baby« anging, so erfüllten sie ihn mit Grauen.

Kevins erste Woche im Reihenhaus in Coverdale war vorübergezogen – in einem unangenehmen Nebel aus rauchgefüllten Nächten und stillen Morgenstunden, in denen er die einzige wache Person im Haus war. Es lag nicht daran, dass er ihre Gesellschaft gebraucht hätte. Es lag eher daran, dass es ihn nervös machte, die anderen könnten zu spät zu ihren Vorlesungen kommen oder – Gott bewahre – sie am Ende sogar ganz verpassen. Vielleicht hatten sie morgens ja gar keine Vorlesungen, sondern nur nachmittags. Er studierte Marlenas Stundenplan, der mit Magneten am Kühlschrank befestigt war. Dort war jeden Morgen eine Vorlesung um neun Uhr eingetragen – außer freitags, da ging es eine Stunde später los.

Eines Morgens, während seiner dritten Woche in der WG, erschien Marlena mit verschlafenen Augen am Frühstückstisch, als er gerade zur Uni aufbrach. Sie hatte nur ein knappes Nachthemd an und obendrein vergessen, es vorne richtig zuzubinden. Er zwang sich, seine Augen auf ihr Gesicht zu richten.

»Du kommst zu spät zu deiner 9-Uhr-Vorlesung«, sagte er.

»Niemand geht morgens zu Vorlesungen«, erwiderte sie mit einem Gähnen.

Kevin runzelte die Stirn. »Aber wenn du nicht hingehst, fällst du am Ende durch. Sie führen Anwesenheitslisten.«

»Ich halte das so, seit ich angefangen hab zu studieren, Kevin, und ich bin noch nirgendwo durchgefallen.«

»Aber im Vorlesungsverzeichnis steht, dass …«

»Kevin«, unterbrach sie ihn, »du liest doch wohl nicht allen Ernstes das ganze Vorlesungsverzeichnis, oder?«

»Natürlich. Zu Anfang von jedem Studienjahr. Man kann nicht vorsichtig genug sein.«

Sie fing an zu lachen. »Du bist so ein lustiger Typ, Kevin. Ich liebe es, wie du so todernst gucken kannst, während du solche Dinger bringst.«

Kevin wollte ihr gerade sagen, dass er sich gar nicht bemühen musste, ernst zu bleiben – es war schließlich eine ernste Angelegenheit –, da nahm sie seine Hand und streichelte sie.

»Wann zeigst du mir denn mal deine Briefmarkensammlung?«

»Meine Briefmarkensammlung?«

»Du weißt schon – das, was du in den Kisten hattest, die du in dein Zimmer getragen hast.«

»Du meinst meine Notizbücher?«

»Schreibst du da deine Geheimnisse rein? Wie in ein Tagebuch?«

»Nicht ganz. Das sind eher zusammengetragene Exzerpte.«

»Könntest du mir die mal zeigen?«

»Jetzt?«

»Warum nicht?«

»Ich hab in einer Viertelstunde die erste Vorlesung. Vielleicht später.«

»Ich bin heute Abend hier«, sagte sie und ließ langsam seine Hand los.

Dannis SMS traf wenige Minuten nach ihrem Anruf ein. Wie immer war die Nachricht mit vielen kleinen Gesichtern verziert, von denen ihm eins beunruhigend zuzwinkerte. Er antwortete in gewohnter Manier:

> *Liebe Danni,*
> *vielen Dank für deine SMS. Ich hab mir Zeit und Ort notiert und freu mich schon.*
> *Mit freundlichen Grüßen*
> *Kevin*

Er musste an das denken, was Maggie über die »natürliche Entwicklung der Dinge« gesagt hatte. Was hatte sie damit gemeint? Sie hatte den Ausdruck mit solcher Nonchalance verwendet, dass sie offensichtlich davon ausging, er verstehe, was damit gemeint war. Aber Maggie musste doch inzwischen gemerkt haben, dass er nicht wie alle anderen war. Er wusste nicht, was »natürlich« war. Er konnte Abstufungen sozialer Fortschritte nicht abschätzen. Und er wusste die Signale und Hinweise nicht zu deuten, die den Übergang von einem Stadium zum nächsten markierten.

Es war wie mit dem geheimen Lied der Elefanten, von dem er in einer Naturdoku im Fernsehen erfahren hatte. Das Trompeten, das die Menschen hören können, ist nur ein Teil des Lieds eines Elefanten. Der Rest kann nur von anderen Elefanten wahrgenommen werden. Kevins Problem war, dass er nicht das komplette Lied seiner Mitmenschen begriff, sondern nur Fetzen davon. Und er war nie sicher, ob er wichtige Teile verpasst hatte oder nicht.

Am Haus in Coverdale war alles verstörend. Nicht nur der Widerwille seiner Mitbewohner gegen einen geregelten Tagesablauf und regelmäßige Teilnahme an ihren Lehrveranstaltungen, sondern auch der Umstand, dass niemand je an einer Seminararbeit zu schreiben schien. Abends spielten sie ihre Musik so laut, dass er nicht einschlafen konnte, trotz der geschlossenen Massivholztür und der dicken Wände. Und dann der endlose Strom von Fremden, die durchs Haus stapften, immer auf der Suche nach der nächsten Spontanparty. Er wusste nie, wer ihm auf dem Weg ins Badezimmer begegnen würde. Doch trotz der verstörenden Beliebigkeit in der Lebensweise seiner Mitbewohner konnte er nicht nach Hause zurückkehren. Nicht nach dem, was er seinen Vater über ihn hatte sagen hören. Er musste das hier durchstehen, koste es, was es wolle.

Auf dem Weg zu Danni machte Kevin kurz Halt und kaufte einen Strauß Nelken. Bei Blumen war er nie ganz sicher, denn sie schienen alle eine geheime Bedeutung zu haben. Rote Rosen zum Beispiel standen für Liebe. Er schaute sich mehrere Eimer voller Blumen an, deren Namen er nicht kannte, bevor er beschloss, auf Nummer sicher zu gehen und Nelken zu kaufen. Seine Mutter brachte ja auch immer Nelken mit, wenn sie Krankenbesuche machte.

Dannis Wohnung lag im zweiten Stock eines modernen Wohnblocks. Die Balkons waren mit Holzbalustraden versehen, und das Gebäude war von Hecken umgeben, die ein Gärtner in geometrische Formen geschnitten hatte. Als sie ihm aufmachte, fiel ihm als Erstes ihre enge Jeans auf. Sie war aus einem glänzenden Material gemacht, das an Schlangenhaut erinnerte. Wie konnte sie in so was überhaupt atmen?

»Komm rein, Kevin. Sind die für mich? Danke! Ich liiiebe Nelken. Die sind totaaal retro.« Sie wackelte ins Wohnzimmer. »Mach's dir bequem, ich hol dir einen Drink«, sagte sie und deutete auf ein riesiges Ledersofa. »Roten oder Weißen?«

Am liebsten hätte er eine Limo gehabt, doch das schien ja keine Option zu sein. »Roten, bitte.«

Er zog seine Anzugjacke aus, faltete sie sorgfältig zusammen und legte sie auf die Armlehne des Sofas. Nach ein paar Minuten kam Danni mit den Nelken zurück. Sie hatte die Blumen in einer Vase arrangiert, die sie jetzt auf den Wohnzimmertisch stellte. Dann brachte sie ihm seinen Drink, zusammen mit einem großen weißen Teller voller Sachen, die er nicht gern aß: Oliven, öliges Gemüse und seltsame kleine Fischchen, wahrscheinlich Sardinen, wie er vermutete. Sie sahen aus wie Katzenleckerli.

»Nimm dir von den Canapés«, sagte sie. »Ich schau kurz nach der Vorspeise.«

Unter all den Köstlichkeiten fanden sich auch ein paar Cracker, von denen nahm er sich einen. Aus der Küche, wo Danni die Vorspeise zubereitete, hörte er: »Kevin, könntest du wohl eine CD einlegen?«

Er entdeckte den CD-Player und einen Haufen CDs, die davor auf dem Boden lagen. Kevins eigene Sammlung war in einem Ständer untergebracht, alphabetisch geordnet natürlich – von den Beatles und Beethoven bis zu Vivaldi und den Walker Brothers. Bei der Durchsicht der Cover konnte er keinen einzigen Sänger oder Song entdecken, der ihm etwas gesagt hätte. Nach 1990 war Musik ziemlich an ihm vorbeigegangen. Eine CD hatte ein hübsches Bild von einem Wasserfall auf dem Cover, also entschied er sich für die, in der Hoffnung auf sanfte, melodische Klänge. Wie sich herausstellte, war genau das Gegenteil der Fall – eine pulsierende Kakophonie mit unverständlichen Texten ertönte. Er ließ die CD wieder auswerfen und suchte eine andere aus. Diesmal nahm er eine mit dem Foto eines Nachthimmels darauf, aber die klang genauso. Oh Gott, war das tatsächlich Dannis Musikgeschmack?

Er drehte leiser und ging zurück an den Tisch. Dabei ließ er seinen Blick durchs Zimmer wandern. Irgendetwas fehlte hier. Er musste eine ganze Weile nachdenken, was es war. Dann dämmerte es ihm – hier gab es keine Bücher. Kein einziges. Selbst wenn sie ihre Bücher auf einem Kindle las, musste sie doch ein paar Ausgaben aus prädigitalen Zeiten besitzen. Vielleicht waren sie in ihrem Schlafzimmer. Aber an diesen Ort wollte er jetzt lieber nicht denken.

Kevin saß in seinem Zimmer im Reihenhaus und brachte seine Gezeitentabelle auf den neuesten Stand, markierte die Springfluten von 1,70 Meter und mehr in Blau und die Nippflut in Braun. Dann fügte er den Vollmond und den Neumond hinzu und wollte gerade die Halbkreise für das erste und letzte Viertel kolorieren, da klopfte es an der Tür.

»Herein«, sagte er zögernd.

Es war Marlena, mit einer Flasche Rotwein in einer Hand und zwei Gläsern in der anderen.

»Ich wollte mir deine Notizbücher mal anschauen«, sagte sie und stellte Flasche und Gläser auf seinen Nachttisch.

Abgesehen von seiner Mutter hatte niemand je zuvor Interesse an seinen Notizbüchern gezeigt.

»Welches würdest du dir denn gerne anschauen?«, fragte er.

»Ich weiß nicht. Such du aus«, sagte sie und goss ihnen zwei großzügige Gläser Wein ein.

Sein Gezeitenbuch lag aufgeschlagen vor ihm, aber da blitzte die Erinnerung in ihm auf, wie er seiner Familie eröffnet hatte, dass er Gezeitenexperte werden wollte, und Beth ihn daraufhin als völlig bekloppt bezeichnete. Es war sicher besser, wenn er Marlena seine Gezeitentabellen vorenthielt. Er ließ den Blick über seine Sammlung von Notizbüchern wandern, die auf dem Regal über seinem Schreibtisch aufgereiht standen. Sie waren in verschiedenen Farben eingebunden, je nach Thema. Schließlich blieb sein Blick an einer Reihe von Jahrbüchern hängen, in denen wichtige Ereignisse aus jedem Jahr aufgezeichnet waren, angefangen im Jahr seiner Geburt. Vielleicht würde sie gern so eins sehen.

Während er noch zögerte, hatte Marlena sich aufs Bett gesetzt. »Komm her, Kevin. Und bring eins von deinen Büchern mit.«

Er entschied sich für 1974. Das Jahr, in dem der Zyklon Tracy die Stadt Darwin getroffen hatte. Dieses Ereignis hatte ihm ein für alle Mal die Unberechenbarkeit von meteorologischen Phänomenen bewusst gemacht. Im einen Moment feierten die Leute Weihnachten, im nächsten wurden ihre Häuser vom Sturm vernichtet.

Er setzte sich auf die Bettkante und umklammerte sein Notizbuch.

»Komm, trinken wir was«, sagte Marlena und reichte ihm ein Glas. »Prost.«

»Prost«, sagte Kevin und nahm einen Schluck. Es schmeckte tatsächlich ganz gut.

»Du machst grade dein Aufbaujahr für den Honours Degree, oder?«, fragte sie.

»Ja.«

»Und was hast du vor, wenn du mit der Uni fertig bist?«

»Dann tret ich in die Buchhaltungsfirma meines Vaters ein.«

»Du musst ja super in Mathe sein.«

Er nickte.

»Ich hasse Mathe«, sagte sie. »Ich überleg mir schon, ob ich Psychologie wieder schmeiße, wegen Statistik. Ich versteh das alles einfach nicht. Was soll das überhaupt mit dieser Standardabweichung?«

»Die beschreibt die Abweichung vom Normalfall.«

»Ja, aber ich versteh auch nichts vom Normalfall oder Medianen oder diesen ganzen Sachen.«

»Ich könnte es dir beibringen«, schlug er vor.

»Echt?«

»Wir könnten jetzt gleich anfangen, wenn du möchtest.«

Danni verkündete, dass das Abendessen aufgetragen sei, und führte ihn in eine dämmrig beleuchtete Ecke des Wohnzimmers, in der nur ein paar Kerzen brannten. Die Vorspeise waren irgendwelche Meeresfrüchte, die sich noch in ihrer Schale befanden. Er bezweifelte, dass er etwas essen konnte, was immer noch in seiner Kruste steckte, aber er versuchte es. Danni war so damit beschäftigt, ihm von ihrer Reise zu erzählen, dass sie nicht zu bemerken schien, dass er nur die Sauce gegessen und das Fleisch größtenteils in den Schalen gelassen hatte.

Der Hauptgang stellte ein echtes Problem dar – Lammfleisch, das so rosa war, dass man es im Grunde als roh bezeichnen musste.

»Ich hoffe, das Fleisch ist nicht ganz durchgebraten«, sagte sie. »Die Teilnehmer in diesen Kochshows kriegen immer solchen Ärger, wenn ihnen das passiert.«

Beim ersten Bissen musste er beinahe würgen, kaute aber tapfer weiter. Es kam ihm vor, als würde er minutenlang auf dem Fleisch herumbeißen. Irgendwann wurde ihm klar, dass er es jetzt einfach mal hinunterschlucken musste. Glücklicherweise hatte sie ihm nur eine winzige Portion aufgelegt, nicht wie bei der Lammkeule seiner Mutter, die sich auf dem Teller auftürmte und in Sauce ertrank. Der Unterschied war nur der, dass seine Mutter das Lamm immer gegart hatte, bis es braun war. Er aß so viel er konnte und schob den Rest unter einen Haufen Spinatblätter.

Das Dessert war viel besser als der Rest der Mahlzeit: cremige Schokoladenmousse, serviert mit Himbeeren und Sahne in einem Weinglas. Er aß alles auf.

»Männer lieben Schokodesserts.« Lächelnd blickte sie auf sein leeres Glas. »Und, wie wär's mit einem Kaffee auf dem Sofa?«

Während sie ihren Kaffee tranken, sagte Danni: »Du bist so ein geheimnisvoller Mann, Kevin. Du lässt dir überhaupt nicht in die Karten schauen. Wer *ist* Kevin Dwyer eigentlich?«

Die Frage verblüffte ihn. »Ich weiß es auch nicht«, antwortete er schließlich.

»Ich glaube, du bist ein Mann mit vielen Geheimnissen. Vielleicht erzählst du den Leuten ja bloß, dass du fürs Finanzamt arbeitest, und in Wirklichkeit bist du beim MI6 oder wie sich das nennt.«

»In Australien wäre das der ASIS. Es sei denn, ich würde für den nationalen Nachrichtendienst arbeiten, dann wäre das die ASIO. In Großbritannien entspräche das dem MI5.«

»Du bist also echt ein Spion?«

»Nein, natürlich nicht.

»Na, aber woher weißt du das denn dann alles?«

»Das ist Allgemeinwissen.«

Einen Moment runzelte sie die Stirn. Dann schien sie das Interesse an diesem Thema zu verlieren und bot ihm einen Likör an.

»Nein danke, Danni. Ich muss los. Ich hab morgen einen großen Tag.«

»Aber es ist erst neun. Du kannst doch jetzt noch nicht gehen.«

»Okay, vielleicht. Aber ich trinke nur einen.«

»Gut«, sagte sie und goss ihm eine irisierende grüne Flüssigkeit in ein Schnapsglas. »Du bist so klug, Kevin. Hast du schon mal überlegt, bei so einem Fernsehquiz mitzumachen?«

»Nein, ich möchte nicht so gern ins Fernsehen.« Erinnerungen an seine Teilnahme beim Auswahlverfahren mit Frank Fortune stiegen in ihm auf.

»Ich schätze, sie würden dich sowieso nicht lassen, oder?«

»Wer?«

»Na ja, die Leute von CSI. Die würden doch nicht wollen, dass dein Gesicht im Fernsehen erscheint, sonst wär dein Cover ja beim Teufel.«

Das Bumm-Bumm von Dannis Musik verursachte ihm Kopfschmerzen, aber er versuchte zu lächeln. Sie hatte wohl grade einen kleinen Scherz versucht.

»Wie nennen sie die Spione in Russland noch mal? Mir fallen die Buchstaben grade nicht mehr ein.«

»Früher war's der KGB. Aber seit dem neuen Jahrtausend sind sie als FSB bekannt.«

»Und du bist ganz sicher nicht bei der ASIO?«

»Tut mir leid, wenn ich dich enttäuschen muss«, sagte er müde. »Ich bin bloß beim ATO.«

»Na, aber irgendwas verbirgst du doch.« Sie machte eine Pause, als hätte sie gerade eine bestürzende Entdeckung gemacht. »Du bist aber nicht schwul, oder?«

»Ich glaube nicht.«

»In deinem Alter solltest du das sicher wissen.« Sie starrte ihn eine Weile an, als sähe sie ihn gerade zum ersten Mal. »Ich weiß, was dein Geheimnis ist. Du bist bi!«, verkündete sie triumphierend. »Aber das wäre kein Problem für mich, solange du die Sicherheitsvorkehrungen beachtest.«

Diese Unterhaltung wurde langsam viel zu komplex und befremdlich für ihn.

»Ich bin weder gay noch bi«, erklärte er.

»Warum bist du dann so distanziert?«

»So bin ich eben.«

»Schüchtern?«

»Ich schätze schon.«

»Na, das Problem lässt sich lösen.« Sie beugte sich vor und küsste ihn, bis sein Herz so schnell raste, dass er befürchtete, jeden Moment einen Infarkt zu bekommen.

In Coverdale hatten sie eine gewisse Routine entwickelt, was Kevin sehr zusagte, insbesondere in einem Haus, in dem ansonsten ein bedauerlicher Mangel an Routine herrschte. Zweimal die Woche hielt er eine Nachhilfestunde in seinem Zimmer ab. Marlena brachte immer eine Flasche Rotwein mit, und dann setzten sie sich auf den indischen Teppich, den ein Vormieter zurückgelassen hatte, und aßen dazu ein chinesisches Takeaway-Gericht oder Pizza. Marlena tat so, als wäre es ein Picknick. Am Ende der Nachhilfestunde bat sie ihn meistens, ihr eines seiner Notizbücher zu zeigen.

»Welches?«, fragte er dann.

»Überrasch mich einfach«, lautete ihre Antwort jedes Mal.

Nach ein paar Wochen hielt der Statistikdozent einen Test ab, und Marlena erzielte die volle Punktzahl. An dem Abend lud sie Kevin zu einem Essen beim Italiener um die Ecke ein.

Die Prüfungen zum Semesterende waren die nächste Hürde. Kevin vertiefte sich in Marlenas Statistiklehrbücher, schrieb Zusammenfassungen für sie und dachte sich Testaufgaben aus, wie sie in der Abschlussprüfung zu erwarten waren. Er wünschte sich sehnlichst, dass sie gut abschnitt. Das wurde für ihn genauso wichtig wie seine eigenen Noten. Am Abend vor der Prüfung stellte er seinen Wecker und überreichte ihn ihr im Flur.

»Du willst schließlich nicht verschlafen und deine Prüfung verpassen«, meinte er.

»Ich bin mir sicher, dann würdest du an meine Tür klopfen und mich dran erinnern«, erwiderte sie, stellte sich auf Zehenspitzen und gab ihm einen Kuss auf die Wange, dass ihm Schauer über den Körper liefen.

»Ich hab dir Frühstück auf den Tisch gestellt«, sagte er. »Eine Packung Cornflakes und ein bisschen Obst. Die Forschung hat gezeigt, dass ein gutes Frühstück das Konzentrationsvermögen verbessern kann.«

»Danke«, sagte sie und schenkte ihm ein wunderschönes Lächeln.

Von ihm aus hätte das Gespräch noch weitergehen können, aber es schien hiermit beendet zu sein.

»Also dann, gute Nacht. Schlaf gut«, sagte er. Das hatte seine Mutter immer gesagt, wenn sie ihn abends zudeckte.

»Und träum was Schönes«, ergänzte Marlena und wandte sich zu ihrer Tür. Einen Moment zögerte sie, als wollte sie noch etwas sagen, aber dann ging sie in ihr Zimmer und machte leise die Tür hinter sich zu, und er tapste auch zurück zu seinem Zimmer.

Obwohl er am nächsten Tag selbst eine Prüfung in Buchführung hatte, wanderten seine Gedanken immer wieder zu Marlena und ihrer Statistikklausur. Würde sie sich an den Unterschied zwischen normbezogener und kriterienbezogener Leistungsmessung erinnern? Würde sie noch wissen, wie man eine Gauß'sche Kurve zeichnete? Würde sie in der Lage sein, eine Abweichung zu berechnen, ganz zu schweigen von einer Standardabweichung? Als sie am Nachmittag nach Hause kam, schien sie nicht ganz sicher zu sein, ob sie gut abgeschnitten hatte oder nicht. Obwohl sie eine Kopie der Testfragen dabeihatte, weigerte sie sich, Kevin den Zettel zu zeigen. Seiner Meinung nach war das kein gutes Zeichen. Wer nicht über seine Prüfungsfragen sprechen wollte, war höchstwahrscheinlich durchgefallen.

Drei Wochen später saß Kevin in seinem Zimmer und machte Aufgaben, als es an der Tür klopfte und eine lächelnde Marlena mit einer Flasche Sekt eintrat.

»Ich hab ein ›Sehr gut‹ in Statistik bekommen«, sagte sie und drehte eine Pirouette, als sie eintrat. »Und das hab ich alles nur dir zu verdanken.«

Überschwängliches Lob war Kevin nicht gewohnt, im Grunde überhaupt kein Lob. Außer wenn ihm ein Dozent »Gut gemacht« unter einen Essay geschrieben hatte. Ein schönes Mädchen, das ihm lächelnd erklärte: »Das hab ich alles nur dir zu verdanken« – so etwas hatte er noch nie erlebt. Ebenso wenig hatte er in seinen zweiundzwanzig Lebensjahren eine Sektflasche geöffnet, aber er stellte sich geschickt an und hielt die Flasche in die andere Richtung, damit es keine Augenverletzungen gab. Dann goss er die perlende Flüssigkeit in die Gläser, die Marlena mitgebracht hatte.

Sie saßen auf dem indischen Teppich und lehnten sich ans Bett, nippten Sekt und unterhielten sich über den Nutzen der Statistik in der modernen Welt. Na ja, hauptsächlich wurde dieses

Gespräch von Kevin bestritten, doch das schien Marlena nicht zu stören.

»Trink aus, Kevin«, sagte sie und goss ihm ein zweites Glas ein. »Morgen ist er nicht mehr gut.«

Beim dritten Glas wurde ihm leicht schwindlig. Marlena wirkte ebenfalls ein bisschen beschwipst. Sie verschüttete Sekt auf den Teppich und kicherte darüber.

»Ich glaube, wir haben etwas zu viel von dem Zeug erwischt«, sagte sie. »Du wirst die Situation doch nicht etwa ausnutzen, Kevin?«

»Natürlich nicht«, antwortete er. Dabei bemühte er sich um eine saubere Aussprache, aber sie geriet ihm doch ein wenig undeutlich.

»Schade«, sagte sie, beugte sich zu ihm und küsste ihn auf den Mund.

Auf einmal merkte er, wie er sie zurückküsste. Als er die Arme um sie legte, drückte sie sich an ihn. Konnte das sein? Passierte ihm das gerade wirklich? Dieses wunderbare Mädchen schien ihn tatsächlich zu mögen. Dann begann sich das Zimmer um ihn zu drehen, und eine Welle der Übelkeit schwappte durch seinen Magen.

»Ich glaub, ich muss brechen«, sagte er, rappelte sich mühsam hoch und stolperte hinaus in Richtung Bad. Er schaffte es in letzter Sekunde, kniete sich vor die Porzellanschüssel und übergab sich geräuschvoll. Anschließend blieb er auf dem Boden liegen und ignorierte den Schmutz in den Fugen zwischen den Fliesen. So hatte er sich das letzte Mal gefühlt, als er auf einer Hafenrundfahrt seekrank geworden war. Den Großteil der Fahrt hatte er damals auf der Toilette zugebracht.

Irgendwann hievte er sich wieder hoch und stützte sich dabei aufs Waschbecken. Nie wieder Sekt, beschloss er, während er sein blasses Spiegelbild begutachtete. Er wusch sich gründlich Hände und Gesicht und putzte sich die Zähne. Die Wände bewegten sich immer noch, also ging er ganz vorsichtig hinaus, durch den Flur und zurück in sein Zimmer. Er wollte sich unbedingt bei Marlena für sein Benehmen entschuldigen. Vielleicht konnten sie sogar dort weitermachen, wo sie aufgehört hatten. Doch als er sein Zimmer betrat, war es leer. Nur eine leere Flasche und zwei halb volle Gläser, die sie ordentlich auf seinen Schreibtisch gestellt hatte, zeugten noch von ihrer Anwesenheit. Die Wände hatten jetzt Fahrt aufgenommen und drehten sich heftig um ihn wie die Karussells im Vergnügungspark. Er konnte nur noch in sein Bett plumpsen und fiel sofort in tiefen Schlaf.

Als Kevin am nächsten Morgen aufwachte, blendete ihn das Sonnenlicht. Er beschattete die Augen mit der Hand und warf einen Blick auf seine Armbanduhr. Im ersten Moment dachte er, dass er seine Vorlesung verpasst hatte. Doch dann ging ihm auf, dass heute Samstag war, und er entspannte sich. Sein Kopf tat so schrecklich weh wie damals, als ihn ein Stürmer der gegnerischen Mannschaft bei einem Footballspiel in der Schule hochgehoben und zu Boden geworfen hatte. Er war nicht schnell genug gerannt, und einer der Gegner hatte seine Beine gepackt, während der andere ihn hochhob. Eine Sekunde flog er durch die Luft, dann bohrte er sich wie ein Torpedo in die festgetretene Erde des Spielfelds.

Nachdem er geduscht und sich angezogen hatte, warf er einen Blick in Marlenas Zimmer. Die Tür stand offen, und das Bett war gemacht, doch von ihr war keine Spur zu sehen. Als er die Treppe hinunterging, konnte er Stimmen in der Küche hören. Vom Flur aus erblickte er Marlena, die ihren Kopf zu John geneigt hatte und ihm etwas ins Ohr flüsterte. Erzählte sie ihm gerade, dass Kevin keinen Alkohol vertrug und das ganze Bad vollgekotzt hatte? Er wollte gerade umdrehen und wieder hochgehen, da schaute Marlena auf.

»Hallo«, sagte sie leise.

»Hallo«, erwiderte er und betrat die Küche.

»Magst du auch einen Schluck Milch?«, fragte John, nahm einen Schluck aus der Tüte und hielt sie dann Kevin hin.

»Nein, danke.«

Beim Frühstück erwähnte niemand den peinlichen Vorfall vom Vorabend, aber er lag in der Luft und lastete bleischwer auf Kevin. Danach ging er hoch und machte seine Zimmertür zu. Wenige Minuten später hörte er ein Klopfen und Marlenas Stimme: »Könntest du mir bitte aufmachen? Ich muss mit dir reden.«

Vorsichtig drehte er den Türknauf und ließ sie herein.

»Wie geht's dir?«, fragte sie.

»Besser als gestern Abend.«

»Tut mir leid wegen des Sekts, Kevin.«

»Das muss dir doch nicht leidtun. Ist ja meine Schuld, dass ich zu viel getrunken habe.«

»Wahrscheinlich war es besser so. Dass wir nicht ... du weißt schon ... eine Liebschaft zwischen uns beiden kommt ja sowieso nicht in Frage, oder? Wir sind einfach nur gute Freunde.«

Auf einmal kam ihm, dass sie ihn nur geküsst hatte, weil sie beschwipst gewesen war.

»Es ist ja nicht so, dass wir uns nicht mögen würden«, fügte sie hinzu. »Aber es ist doch eher so ein Bruder-Schwester-Ding.«

Ein Bruder-Schwester-Ding! Für Kevin war ein Geschwisterverhältnis gleichbedeutend mit Feindschaft, bestenfalls Gleichgültigkeit.

»Ich muss dir was sagen«, fuhr sie fort. »Sobald die Prüfungen vorbei sind, gehe ich mit Freunden nach London. Ich glaube, ich werd eine Weile dort bleiben. Außer ich bin irgendwo durchgefallen, klar. Dann müsste ich zurückkommen und die Prüfung wiederholen.«

»Du wirst nirgendwo durchfallen«, sagte er.

»Obwohl ich fast alle Vorlesungen am Morgen schwänze und meine Seminararbeiten immer zu spät abgebe?«

»Trotzdem.«

»Danke, dass du mir geholfen hast, Kevin. Ohne dich hätte ich das nicht geschafft.«

Sie gab ihm einen keuschen Kuss. Drei Wochen später fuhr sie nach London, und er sah sie nie wieder.

Danni zu küssen war das Angenehmste, was er seit Langem getan hatte. Aber irgendetwas nagte in seinem Hinterkopf. Und das war nicht nur der stampfende Beat ihrer Technomusik, sondern alles, was sie als Paar betraf. Das Problem war – sie waren keine Freunde. Wenn sie nicht immer dieses komisch nervöse Gefühl bei ihm auslösen würde, sobald sie sich näherkamen, hätte er überhaupt keine Zeit mit ihr verbringen wollen. Sie waren so verschieden wie die Gezeiten – wenn bei ihr Flut war, war bei ihm Ebbe. Und das beunruhigende Gefühl, das er Maggie beschrieben hatte, war vielleicht gar kein Zeichen von Liebe, sondern einfach nur eine Regung seiner Lust. Er war sich nie ganz sicher gewesen, worin der Unterschied bestand, aber er schätzte, dass Letzteres für eine dauerhafte Beziehung nicht ausreichte. Zumindest nicht, wenn ein Mann schon auf die fünfzig zuging.

Wenn er denn überhaupt eine Beziehung mit einer Frau hatte, wollte er, dass sich das Zusammensein angenehm anfühlte und nicht beunruhigend. Seit der Sache mit Marlena hatte er sich nach etwas in dieser Art gesehnt, aber zugleich daran gezweifelt, dass es für jemanden wie ihn eine passende Partnerin geben könnte. Ihm fiel auch nur eine Frau ein, in deren Gesellschaft er wirklich er selbst sein konnte. Und das war Maggie.

»Was ist denn los, Kevin? Du kommst mir so zerstreut vor«, sagte Danni und spielte an seinem Haar herum.

Kevin schob ihre Hand weg.

»Sag mal, bist du dir sicher, dass du nicht schwul bist?«, fragte sie ungeduldig.

»Ich bin nicht schwul. Ich muss jetzt bloß nach Hause.«

»Ich versteh dich nicht, Kevin. Einen Moment ermutigst du mich, im nächsten Moment bist du kalt wie ein Fisch. Hast du die ganze Zeit bloß ein gestörtes Spiel mit mir gespielt?« Als er schwieg, sagte sie: »Weißt du, ich möchte echt nicht noch mehr von meiner Zeit auf jemanden wie dich verschwenden.«

»Daraus kann dir keiner einen Vorwurf machen«, sagte Kevin zaghaft.

Sie stand auf und deutete auf die Tür. »Ich glaube, du gehst jetzt besser.«

»Vielen Dank für das Abendessen«, sagte er.

»Du bist echt gestört, Kevin Dwyer. Ich wünschte, ich hätte dich nie kennengelernt.« Sie marschierte zur Wohnungstür und hielt sie ihm auf.

»Tut mir leid, dass ich deine Zeit verschwendet habe«, sagte er und griff sich sein Jackett von der Sofalehne.

Danni stand einfach nur da und starrte ihn wütend an. Diesen Gesichtsausdruck kannte er aus seiner Schulzeit – auf den Gesichtern seiner Mitspieler, wenn er den Ball verfehlte oder verschoss.

»Tut mir wirklich leid«, waren seine letzten Worte, als er aus der Tür ging. Er war kaum draußen, als er hörte, wie sie hinter ihm zugeknallt wurde.

Quizabend

Maggie

Maggie kam als Erste an. Vorher hatte sie überlegt, ob sie nicht noch eine Woche wegbleiben sollte, aber was brachte es, wenn sie trübselig zu Hause rumschlich und sich nach Josh Houghton verzehrte? Er war nie der Mann gewesen, für den sie ihn gehalten hatte. Sie hatte nur ein halbes Leben gebraucht, um dahinterzukommen. Trotzdem war es ihr noch nicht ganz gelungen, ihn loszulassen. Und jedes Mal, wenn ihr Handy klingelte, war sie argwöhnisch und aufgeregt zugleich.

Um Viertel vor acht kam Kevin. Er wirkte nervös. Oder besser gesagt, noch nervöser als sonst.

»Alles in Ordnung, Kevin?«, fragte sie.

»Ja«, antwortete er mit seiner charakteristischen monotonen Stimme. Trotzdem merkte sie ihm an, dass etwas nicht stimmte.

»Möchtest du reden?«

»Reden?«

»Über das, was dir auf der Seele liegt.«

»Nein.«

»Na gut.« Sie begann zu befürchten, dass es irgendwas mit der jungen Frau zu tun hatte. Wahrscheinlich ein kleiner Streit unter Liebenden. Besser gar nicht weiter nachfragen.

Auf einmal piepte ihr Handy, und sie fuhr zusammen. Es war eine SMS von Duweißtschonwem.

Es ist jetzt eine Woche her, Mags, und du fehlst mir. Es gibt doch bestimmt noch einen Weg, wie wir uns sehen können.

Uns sehen können! Welchen Teil des Wortes »Wichser« hatte er eigentlich nicht verstanden? Mit zitternder Hand löschte sie die Nachricht.

Die anderen aus ihrem Team trafen wenig später ein. Edward benahm sich, als hätte er wieder etwas von seinem alten Selbstbewusstsein zurückgewonnen. Vielleicht weil er sich jetzt als Romanautor sah.

»Guten Abend zusammen.« Der Professor machte eine Pause, damit die Menge ihm antworten konnte. Einige erwiderten seinen Gruß. »Heute Abend dreht sich bei unseren Fragen alles um Superlative. Der Größte. Der Kleinste. Der Kürzeste. Der Längste. Holen Sie Ihre Stifte raus für die erste Runde.«

»Wer schreibt heute?«, fragte Maggie.

»Ich«, sagte Edward.

»Dann hoffen wir mal, dass die Fragen heute Abend weniger kontrovers sind als die nach dem längsten von Menschenhand geschaffenen Bauwerk«, sagte Ash. »Da dachte ich ja schon, wir brauchen einen Schiedsrichter.«

»Erste Frage des Abends«, begann der Professor. »*Wie heißt das größte Beuteltier der Welt?*«

»Das ist einfach«, sagte Edward. »Das Känguru.«

»Das ist zu allgemein«, bemerkte Kevin. »Das rote Riesenkänguru.«

»Okay«, erwiderte Edward freundlich. »Stimmen alle zu?«

»Ja«, sagte Maggie.

Frage zwei: Welches ist die größte Echse der Welt?

»Ist das nicht der Waran?«, fragte Mei Zhen.

»Die Bezeichnung ›Waran‹ wurde von dem arabischen Wort ›waral‹ abgeleitet«, erklärte Kevin.

»Wirklich?«, fragte Maggie. »Ich dachte immer, das ist ein Wort aus der Aborigine-Sprache.«

»Das meinen viele«, erwiderte Kevin. »Aber in Wirklichkeit ist es die allgemeine arabische Bezeichnung für Warane und die altägyptische für den Nilwaran.«

»Das ist ja interessant«, sagte Maggie, mehr zu sich selbst.

»Kann ich nicht finden«, meinte Edward. »Und könntet ihr zwei euch bitte einfach auf die Antworten konzentrieren, statt euch in Nebensächlichkeiten zu verlieren?«

Während Kevin von Edward mit einem finsteren Blick bedacht wurde, stupste Maggie ihn leicht an. »Welches ist denn nun die größte Echse der Welt, Kevin?«

»Der Komodowaran. Der wird bis zu drei Meter lang.«

Welches ist das größte fleischfressende Beuteltier?

»Das weiß ich«, sagte Carole. »Weißt du noch, wie wir die in Tasmanien gesehen haben, Edward? Ist schon ganz lang her, das war Jahre, bevor sie diese schreckliche Krankheit gekriegt haben.«

»Beutelteufel«, schrieb Edward.

Welches ist die größte Insel der Welt?

Edward begann fast schon zu schreiben, ehe der Professor die Frage zu Ende gebracht hatte.

»Das stimmt nicht, Edward«, sagte Maggie, die einen Blick auf den Antwortbogen geworfen hatte.

»Aber ja.«

»Australien ist ein Kontinent«, beharrte Maggie, »keine Insel.«

»Es ist komplett von Wasser umgeben«, widersprach Edward. »Das kommt sogar in der Nationalhymne vor.«

»Die Antwort lautet Grönland«, erklärte Ash selbstbewusst.

»Das ist doch lächerlich. Meinst du nicht, Carole?«, fragte Edward, auf der Suche nach Unterstützung.

»Ich weiß nicht. Grönland kommt mir kleiner vor. Andererseits gelten Kontinente vielleicht wirklich nicht als Inseln. Können sie denn beides sein?«

»Wenn das der Fall wäre, dann würde die Antwort ›Antarktis‹ lauten«, bemerkte Ash. »Die Antarktis ist giga.«

»Aber die Antarktis ist aus Eis. Das gilt nicht als Insel«, sagte Edward triumphierend.

»Können wir uns bitte auf eine Antwort einigen?«, bat Maggie.

»Ich schreib jetzt ›Australien‹«, sagte Edward in einem Ton, der jede weitere Diskussion unterband.

»Ash hatte recht, es ist Grönland«, flüsterte Kevin Maggie ins Ohr.

»Ich weiß.«

Frage fünf: Welches ist die größte Stadt der Welt?

»Einwohnerzahl oder Fläche?«, fragte Kevin.

»Da ist bestimmt die Einwohnerzahl gemeint, oder?«, meinte Maggie.

»Tokyo«, sagte Kevin.

Frage sechs: Welches ist der größte See der Welt?

»Weiter geht's«, meinte Kevin zu Maggie.

»Lake Eyre«, schlug Ash vor.

»Aber das ist doch eine Salztonebene«, sagte Mei Zhen.

»Lake heißt aber See«, beharrte Ash. »Wie groß ist er, Kevin?«

»Das ganze System ist über eine Million Quadratmeter groß. Aber streng genommen ist es ein Entwässerungsgebiet.«

»Dann eben das Kaspische Meer«, meinte Edward.

»Das ist aber ein Meer«, entgegnete Mei Zhen.

»Der Obere See«, sagte Maggie selbstbewusst. »Wenn wir von Seen in dem Sinne sprechen, wie ihn die meisten von uns begreifen.«

»Ich wünschte, der Professor würde nicht immer so vage

formulierte Fragen stellen«, sagte Kevin zu niemand Bestimmtem. »So was verwandelt jedes Quiz in ein Ratespiel.«

»Was soll ich hinschreiben?«, fragte Edward. Auf einmal war er unter die Demokraten gegangen.

»Schreib Kaspisches Meer«, sagte Maggie. »Aber nur, weil ich das Gefühl habe, dass das die Antwort ist, die der Professor haben will.«

Welches Land hat die meisten Einwohner?

»China«, sagte Mei Zhen. »Ich muss das schließlich wissen.«

In welchem Land findet man die größte Kartoffel der Welt?

»Meint er eine richtige Kartoffel oder eine Touristenattraktion wie den Big Pineapple?«, fragte Kevin.

»Ich schätze, er meint eine Touristenattraktion«, antwortete Maggie lächelnd.

»Das müsste dann Irland sein, oder?«, schlug Carole vor.

»Oder Idaho in Amerika«, meinte Ash.

»Es gibt auch eine in Australien«, sagte Maggie. »Bei Robertson.«

»Dann nehmen wir doch Australien«, sagte Carole.

Das heftigste Erdbeben seit Beginn der Aufzeichnungen ereignete sich 1960 in Chile. Wie viele Punkte hatte es auf der Richterskala? a) 8,8, b) 9,0, c) 9,2 oder d) 9,5?

»Weiß es jemand?«, fragte Edward.

Die anderen schüttelten reihum den Kopf.

»In diesem Fall setzen wir doch einfach auf Kevins Theorie zur Multiple-Choice-Frage und nehmen b.«

»Ich glaube nicht«, sagte Kevin. »Schaut euch doch mal an, wie die Liste aufgebaut ist. Das sind immer Schritte von 0,2. Nur d fällt aus der Reihe.«

»Dann schreib d«, sagte Ash.

»Und jetzt zur letzten Frage in dieser Runde«, sagte der Professor. »*Welches ist die größte Kirche der Welt?*«

»Der Petersdom in Rom«, sagte Maggie.

Alle stimmten zu.

»Ich mag diese Superlativfragen nicht, Maggie«, seufzte Kevin. »Die lassen viel zu viel Raum für Interpretationen.«

Als der Karaoke-Wettbewerb angekündigt wurde, gingen Maggie und Kevin wie immer zum Ausgang am hinteren Treppenhaus. Nach mehreren lauen Dienstagabenden wurden sie jetzt von kühler Herbstluft überrascht. Maggie schauderte leicht.

»Ich hätte einen Mantel mitnehmen sollen«, meinte sie.

»Möchtest du meine Jacke?«, bot Kevin an.

Sie war so schockiert über sein chevalereskes Verhalten, dass sie das Angebot wortlos annahm, sich seine Anzugjacke um die Schultern legte und sie sich fest um den Körper zog.

Sie hatten bestimmt fünf Minuten einfach nur dagesessen und den Wellen gelauscht, die auf den Strand brandeten, bis das Geräusch so vertraut war wie Hintergrundmusik. Da brach Kevin das Schweigen mit einer seltsamen Frage: »Maggie, was heißt eigentlich Kju?«

Maggie wandte sich zu ihm. »Das heißt nicht Kju. Du musst die Buchstaben einzeln lesen – das ist einfach die Kurzform von ›see you‹.«

»Würdest du das benutzen?«

Maggie lachte auf. »Ich weiß nur, was es bedeutet, weil meine Schüler das benutzen. ›CU‹ – so was würde jemand in meinem Alter nicht schreiben. Das ist was für Jugendliche. Genauso wie dieses ›lol‹ immer in den SMS. Ich muss gestehen, ich hab eine ganze Weile gedacht, lol heißt ›lots of love‹.«

»Und, was heißt es wirklich?«, wollte Kevin wissen.

Sie musterte ihn, um festzustellen, ob er seine Frage ernst meinte. Natürlich meinte er sie ernst.

»Das ist eine Abkürzung für ›laughing out loud‹. Ich hab

mich total geschämt, als ich dahinterkam, weil ich unter meine SMS nämlich immer ›lol‹ geschrieben hab. Meine Freunde müssen gedacht haben, ich hab sie nicht mehr alle.«

Kevin stieß einen tiefen Seufzer aus. »Manchmal kommt es mir vor, als würde die ganze Welt eine Sprache benutzen, die ich nicht verstehe.«

Das war so ein intimes Geständnis, dass Maggie die Luft anhielt, weil sie dachte, dass er es noch weiter ausführen würde. Aber es kamen keine Worte mehr nach, nur eine weitere ausgedehnte Schweigepause.

»Ist wirklich alles in Ordnung, Kevin? Du bist gar nicht du selbst heute Abend.«

»Mir geht's gut«, sagte er angespannt und schaute auf seine Armbanduhr. »So, Tisch zehn ist bestimmt schon dran gewesen. Wird Zeit, dass wir wieder reingehen.«

ZEHNTE WOCHE

Patrick

Als Patricks Mutter ihn von der Schule abholte, gab sie ihm einen Kuss und sprach während der restlichen Autofahrt kaum ein Wort. Er verstand nicht, warum. Heute war der Tag, an dem seine Mutter wieder bei Peter gewesen war. Warum hatte sie ihm überhaupt nichts von seinen Testergebnissen erzählt? Vielleicht hatte er ja schlecht abgeschnitten. Aber wie war das möglich? Beim Allgemeinwissen hatte er abgeräumt, ganz zu schweigen von den Matheaufgaben und den Klötzchen. Und auch bei diesen ganzen Puzzles.

Als sein Vater nach Hause kam, hörte Patrick, wie sich seine Eltern mit gedämpften Stimmen in der Küche unterhielten. Das bedeutete meistens, dass sie über ihn redeten. Er schlich sich zur Küchentür und lauschte. Es dauerte nicht lange, bis er begriff, warum seine Mutter im Auto so schweigsam gewesen war.

»Du sagst das, als wäre es eine Krankheit, Lizzie«, hörte er seinen Vater sagen.

»Es wäre besser, wenn es eine wäre. Nichts Ernstes, meine ich natürlich, aber irgendeine behandelbare Krankheit.«

»Gibt es irgendwelche Medikamente, die er nehmen kann?«

»Nein. Wenn es ADHS wäre, könnte ich ihm einfach jeden Tag eine Tablette geben. Aber gegen das hier gibt es keine Tabletten. Keine Medikamente. Keine Heilung.«

Patricks Herz raste. Keine Heilung. Das klang ja schrecklich. Hatte er irgendeine schreckliche Krankheit? Würde er sterben wie der kleine Junge, den er im Fernsehen gesehen hatte, den mit dem Hirntumor? War seine Mutter deswegen so still gewesen heute im Auto?

»Wie ernst ist es denn?«, fragte sein Vater.

Patrick hielt den Atem an.

»Der Arzt sagt, dass seine Werte sich an der Grenze bewegen.«

»Aber das ist doch was Positives.«

»An der Grenze! An der Grenze zum Normalen? An der Grenze zu wer weiß was? Ich glaube nicht, dass das was Positives ist.«

»Aber bewegen wir uns denn nicht alle an der Grenze zu irgendwas, Lizzie? Jeder hat doch seine Macke. Wo hört normal auf, und wo fängt problematisch an? Gibt es da nicht auch eine Grauzone? Wenn Patrick bei einem anderen Psychologen gewesen wäre, hätte der vielleicht eine ganz andere Meinung geäußert.«

»Schlägst du vor, dass wir eine zweite Meinung einholen?«

»Nicht unbedingt. Ich wollte damit nur sagen, dass das subjektiv ist. An der Grenze heißt einfach an der Grenze. Es gibt gewisse Zweifel. Das ist nicht so, als wenn man sein Blut im Labor untersucht und jetzt ein eindeutiges Ergebnis vorliegen hätte. Ich hatte als Kind zum Beispiel Asthma, und nach der Pubertät war es einfach vorbei. Ich habe seit dreißig Jahren keinen Anfall mehr gehabt. Vielleicht läuft es bei Patrick genauso.«

»So was verwächst sich nicht einfach, Steve. Das ist ein lebenslängliches Urteil. Sie können nur versuchen, irgendwie zu intervenieren. Der Psychologe hat mir einen Prospekt mitgegeben, über Selbsthilfegruppen für Eltern und Kurse, die er am Wochenende gibt. Und noch was: Er hat gesagt, so was liegt manchmal in der Familie.«

»Du meinst, es ist erblich?« Er hielt einen Augenblick inne, bevor er fortfuhr: »Also, ich weiß, dass du ein bisschen zur

Pedanterie neigst, Lizzie, aber es gibt viele Leute, die so sind. Ich würde das nicht als Problem bezeichnen.«

»Ich hab doch nicht *mich* gemeint«, konterte sie wütend. »Ich bin Perfektionistin, aber nicht besessen. Ich meine Kevin. Er war schon immer so seltsam. Ein Exzentriker. Ein komischer Kauz. Jetzt wird mir klar, dass er schon immer gestört gewesen ist. Und niemand hat es gewusst. Damals kannte man nicht mal einen Begriff für eine solche Störung.«

Eine ganze Weile sagte keiner was, dann hörte Patrick Schluchzen.

»Das wird schon, Lizzie. Unterm Strich heißt es doch nur, dass wir einen klugen gesunden Sohn haben, egal, was für ein Etikett der Psychologe ihm aufkleben will.«

Nach einer Weile verebbten die Schluchzer, und Patricks Mutter putzte sich die Nase.

»Ich hab Angst, dass er am Ende so wird wie Kevin.«

»Kevin ist doch gar nicht so schlimm.«

»Du musstest ja nicht mit ihm als Bruder aufwachsen. Er war so ein Trottel. Und als Teenager war er ganz schön jähzornig.«

»Ich gehe davon aus, dass du nichts getan hast, um ihn zu provozieren, oder?«

»Nie! Trotzdem, ich werd ihm das hier erzählen müssen. Er muss zum Arzt gehen und sich auch eine Diagnose stellen lassen. Und es wäre mir am liebsten, wenn er Patrick eine Weile nicht sieht. Er ist kein guter Einfluss. Patrick braucht jetzt gute Vorbilder in seinem Leben. Und dazu zählt ganz bestimmt niemand, dessen einzige Interessen im Leben Listen und Quizabende sind.«

»Schlaf eine Nacht drüber, Liz. Ich bin sicher, morgen früh wirst du die Dinge ein bisschen anders sehen.«

»Nein, ich geh jetzt gleich zu ihm. Er muss das wissen.«

Patrick hörte Schritte und das Klirren von Autoschlüsseln.

»Bitte, mach es nicht heute Abend«, bat sein Vater. »Ich geb dir recht, dass wir Kevin davon erzählen müssen, aber warte doch, bis du dich ein bisschen beruhigt hast.«

»Ich bin absolut ruhig.«

»Gut, dann komm ich mit.«

»Das geht nicht, Steve. Du musst auf Patrick aufpassen.«

Patrick schlich sich auf Zehenspitzen wieder in sein Zimmer, schloss die Tür und nahm sein Wetterbeobachtungsbuch aus dem Regal. Er blätterte es durch, und als er die regelmäßigen Zahlenreihen betrachtete, die er säuberlich in die Spalten eingetragen hatte, gelang es ihm, die Übelkeit zurückzudrängen, die in ihm aufsteigen wollte.

Kevin

Kevin aß gerade das letzte Stück von der Pizza, die er sich auf dem Heimweg von der Arbeit mitgenommen hatte, da hörte er ein Klopfen. War es nicht schon ein bisschen spät für die Zeugen Jehovas? Er spähte durch den Spion. Es war seine Schwester. Du liebe Güte. Hatte sie irgendwas von seinem Besuch bei Danni erfahren? War sie gekommen, um ihn auszuschimpfen? Sein Gesicht war schon schamrot, als er langsam die Tür aufmachte.

»Hallo, Beth.«

»Hallo.«

»Willst du reinkommen?«

»Warum sollte ich sonst an deiner Tür klopfen?«

»Es geht um Danni, oder?«, fragte Kevin.

»Warum sollte ich wegen Danni hier sein? Du hast sie doch nicht sauer gemacht, oder?«

Er blieb ihr die Antwort schuldig.

»Ich weiß sowieso nicht, was ein attraktives Mädchen wie sie an jemandem wie dir finden kann«, fuhr sie seufzend fort.

Kevin spürte eine Welle der Erleichterung – offenbar hatte Danni ihr nichts vom katastrophalen Ende des Abendessens letzte Woche erzählt. Noch nicht. »Möchtest du eine Tasse Tee, Beth?«

»Nein, danke.« Sie ging ans Bücherregal und ließ die Finger über seine ledergebundenen Notizbücher gleiten. »Ich hab heute etwas über Patrick erfahren.«

Panik krallte sich in Kevins Brustkorb fest. »Es ist ihm doch nichts passiert, oder? Er ist doch nicht etwa krank?«

»Nein, krank ist er nicht. Er ist gerade mit seinem Vater zu Hause.« Sie zog eins von Kevins Notizbüchern aus dem Regal, schlug es aufs Geratewohl auf und überflog die Seite.

»Warum sollte sich jemand für die Namen von anglo-indischen Musikern interessieren, die vor 1945 geboren wurden?«, fragte sie. »Ist das die Sorte von blöden Fragen, wie sie bei diesen Quizabenden gestellt werden?«

»Diese Liste war mir tatsächlich schon von Nutzen.«

Elizabeth schüttelte den Kopf. »Hör mal, Kevin, ich muss dir was sagen. Patrick hat ein Problem. Eine ganze Palette von Problemen sogar. Ein Syndrom. Eine Störung.«

Dann erzählte sie ihm, was der Psychologe gesagt hatte.

Einen Moment konnte Kevin sich nicht rühren. Er hatte den Ausdruck schon mal gehört, aber er wusste nur wenig darüber – wie bei den meisten medizinischen Angelegenheiten wurde ihm beim Gedanken an solche Dinge unwohl. »Bist du dir ganz sicher?«, fragte er zögernd. »Mir war noch nie aufgefallen, dass mit Patrick was nicht stimmt.«

Elizabeth ging hoch. »Natürlich nicht! Weil du Scheuklappen aufhast!«

Kevin schluckte schwer. »Aber Patrick ist doch gut in der Schule.«

Elizabeth verdrehte die Augen. »Was seine Leistungen betrifft, vielleicht. Doch was seine sozialen Fähigkeiten angeht, ist er genau wie du. Linkisch, introvertiert, hat keine Freunde …«

»Und die vielen Kinder auf seiner Geburtstagsfeier?«

»Ich lade jedes Mal seine ganze Schulklasse ein. Das sind nicht seine Freunde. Die kommen nur wegen der Hüpfburg und des Zauberers.«

Tränen rannen ihr übers Gesicht. Kevin zupfte ein Papiertaschentuch aus der Schachtel, die er immer auf dem Wohnzimmertisch stehen hatte, und reichte es ihr.

»Wein doch nicht, Beth.«

Hilflos stand er vor ihr und trat von einem Fuß auf den anderen, während sie laut schluchzte.

Schließlich schnäuzte sie sich und schaute zu ihm auf. »Es ist nicht zu übersehen, dass es einen familiären Hintergrund gibt – oder sollte ich sagen ›einen Familienfluch‹? Kannst du dich noch an Großvater Dwyer erinnern? Der starb, als ich noch klein war, aber Oma hat immer erzählt, dass es wirklich schwierig war, mit ihm zusammenzuleben.«

»Ich weiß nicht mehr viel von ihm«, sagte Kevin heiser, »außer dass er im Schuppen Modellautos gebaut hat. Er war immer da draußen und hat gebastelt. Er wusste alles über diese Autos. Er hatte sogar Notizbücher, in denen er die ganzen technischen Daten festgehalten hat.«

»Genauso wie du mit deinen Notizbüchern, Kevin. Und jetzt musst du dieses obsessive Verhalten bei Patrick auch noch fördern.«

»Ich hab das noch nie für obsessiv gehalten.«

Elizabeth zeigte auf sein Regal voller Notizbücher. »Und, wie würdest du das da nennen?«

»Ein Hobby«, flüsterte er.

»Deswegen finde ich, es wäre das Beste, wenn du Patrick eine Weile nicht siehst. Ich möchte, dass sein Leben so normal wie möglich ist. Ich hoffe, du verstehst das.«

»Normal?« Kevin ließ sich aufs Sofa fallen.

»Es tut mir leid, dass ausgerechnet ich dir davon erzählen muss. An deiner Stelle würde ich zum Arzt gehen und entsprechende Tests machen lassen. Ich denke zwar nicht, dass es irgendwelche Zweifel gibt, aber vielleicht ist es noch nicht zu spät, und sie können was für dich tun.«

Sie wandte sich zum Gehen. Seine Beine waren wie taub – er konnte nicht mal aufstehen, um sie zur Tür zu begleiten.

Beth drehte sich noch einmal um und zog etwas aus ihrer Handtasche.

»Ach, das hätte ich fast vergessen. Hier ist eine Broschüre für dich.« Sie ließ sie auf sein Flurtischchen fallen. »Auf der Rückseite steht eine Telefonnummer, für den Fall, dass du irgendwelche Fragen hast.«

Nachdem Beth gegangen war, blieb Kevin eine ganze Weile auf seinem Stuhl sitzen. Dann nahm er die Broschüre vom Tisch und las sie mit tränennassen Augen. Ihm fiel auf, dass er seit Jahren nicht mehr geweint hatte.

Immer wieder las er die Liste der Symptome durch, die sich ihm unauslöschlich einbrannten. Er erwog jeden einzelnen Punkt und versuchte, ihn zu widerlegen. Doch je mehr er sich bemühte, umso mehr schien das Muster auf ihn zu passen.

Nach einer Weile ging er in die Küche, wischte sich das Gesicht mit einem Papiertuch ab und zog einen Stapel schwarze Plastikmülltüten aus der Schublade. Dann ging er wieder ins Wohnzimmer und begann die Notizbücher und Ordner aus dem Regal zu nehmen und in die Tüten zu stapeln. Die Pokale und Medaillen legte er in einen Karton. Als die Regale leer waren, trug er die Tüten in die Garage. Er musste vier Mal gehen, aber am Ende waren sie alle unten und warteten auf die nächste Sperrmüllabfuhr. Mit den Trophäen hatte er jedoch ein Problem – auf denen stand sein Name, und er wollte sie nicht im Hausmüll entsorgen. Schließlich beschloss er, den Karton ganz unten in den Schrank zu stellen, zu seiner Bettwäsche und den Handtüchern.

Beim Anblick der leeren Regale fühlte er sich schon ruhiger. Gott sei Dank waren die Beweise seiner sogenannten Obsession jetzt verschwunden. Und wenn er diese Regale nun mit Bestsellern und Familienfotos füllte, würde seine Wohnung aussehen, als würde sie einem ganz normalen Menschen gehören und nicht jemandem, den man schon unzählige Male Idiot, Freak, Spinner, Nerd, Hirni oder komischer Kauz genannt hatte, ganz zu schweigen vom allerneuesten Etikett, das seine Schwester ihm heute Abend verpasst hatte.

Mittlerweile war es fast Mitternacht. Kevin lag auf seinem Bett, aber er konnte nicht einschlafen. Als die Uhr halb eins schlug, stand er auf, zog einen Mantel an und ging zum Strand hinunter, wo er den Wellen zusah, die unermüdlich ans Ufer brandeten. Ein kalter Wind kam von Süden, deswegen blieb er nicht lang. Stattdessen spazierte er zur Einkaufsstraße und drückte sich auf der leeren Promenade herum. Der Boden war übersät mit weggeworfenen Verpackungen und Styroporbechern. Ein Polizeiauto fuhr langsam vorüber und kam ein paar Minuten später wieder vorbei. Das Fenster auf der Fahrerseite wurde heruntergelassen.

»Haben Sie auch ein Zuhause?«, fragte der Polizist.

Kevin nickte.

»Na, dann gehen Sie mal schleunigst heim. Sie wollen doch nicht wegen Landstreicherei festgenommen werden.«

»Sie meinen nach dem Polizeigesetz von 2002, Paragraph 197?«

»Sind Sie Anwalt?« Der andere Polizist lehnte sich vom Beifahrersitz herüber.

Kevin nickte stumm. Denn was würden sie von ihm denken, wenn er ihnen erklärte, dass er Experte für Quizfragen war?

»Entschuldigen Sie die Störung, Sir. Gute Nacht«, sagte der Polizist auf der Fahrerseite, ließ das Fenster wieder hoch und fuhr weiter.

Der Morgen dämmerte, als Kevin über den gepflasterten Weg zu seiner Wohnanlage zurückkehrte und die Treppen zu seiner Wohnung hochging. Noch nie war er so müde gewesen. Er schickte eine SMS ans Büro, um Bescheid zu geben, dass er heute nicht kommen würde – seine erste Krankmeldung in fünf Jahren. Dann legte er sich aufs Sofa und starrte an die Decke mit dem unregelmäßigen Strukturputz. Die Oberflächenstruktur war ihm noch nie richtig aufgefallen. Wenn man lange genug draufschaute, erinnerte sie fast an eine Mondlandschaft.

Er musste den ganzen Tag geschlafen haben, denn als er aufwachte, war es dunkel. Er roch etwas Muffiges, Säuerliches und überlegte, ob der unangenehme Geruch am Ende von seinem eigenen Körper ausgedünstet wurde. Doch er konnte sich einfach nicht aufraffen, unter die Dusche zu gehen. Im Kühlschrank standen sicher auch Lebensmittel, doch es kam ihm schrecklich mühsam vor, etwas zu essen. Und so döste er wieder weg, in einen nervösen Schlaf voller Träume, in denen ihn Polizisten jagten und er sich in einer Mülltonne versteckte.

Ein einmaliger Klingelton riss ihn aus seinem Alptraum, genau in dem Moment, in dem die Polizisten die Abfalltonne umzingelt hatten. Das Zimmer war vollkommen dunkel. Bis auf sein Handy, das auf dem Wohnzimmertisch lag und mit leuchtendem Display signalisierte, dass er eine Nachricht bekommen hatte:

Kevin, geht es dir gut? Ruf mich an, sonst mach ich mir Sorgen. Maggie

Verdammt, heute war Quizabend.

Quizabend

Maggie

»Nur noch zwei Runden bis zur großen Preisverleihung«, verkündete der Professor von der Bühne. »Alle Teilnehmer haben noch eine Chance. Vergessen Sie nicht die Bonuspunkte für die Anwesenheit. Die könnten am Ende entscheidend sein.«

»Apropos«, sagte Edward, »wo zum Teufel steckt Kevin eigentlich?«

»Er geht nicht ans Telefon«, sagte Maggie. »Ich hab ihm schon eine SMS geschrieben.«

»Und seine Festnetznummer?«, fragte Carole.

»Die hab ich nicht. Außerdem müssen wir unsere Handys jetzt sowieso ausschalten«, erklärte Maggie.

»Das sieht ihm überhaupt nicht ähnlich«, meinte Mei Zhen. »Sonst ist er doch immer so früh da. Du glaubst doch nicht etwa, dass er einen Unfall hatte?«

»Langsam mache ich mir Sorgen«, murmelte Maggie.

»Vielleicht hat er beschlossen, seinen Status als One-Man-Show wieder aufzunehmen, indem er zu einem anderen Quiz geht«, sagte Edward. »Da muss er seinen Preis nicht mit anderen teilen.«

»Kevin würde uns nie so im Stich lassen«, widersprach Maggie.

»Der Schlaubischlumpf war noch nie der große Teamspieler«, gab Edward zurück.

Der Professor hatte seinen einleitenden Sermon beendet, und Miss Kitty sang *Food, Glorious Food*, was zufällig auch Thema dieses Abends war.

»Von wem ist der Song eigentlich?«, fragte Edward. »Gilbert und Sullivan?«

»Nein, von Lionel Bart«, antwortete Mei Zhen.

»Das ist der Eröffnungssong von *Oliver*!«, fügte Ash hinzu.

»Gott sei Dank hat der Professor nicht verlangt, dass wir uns kostümieren«, kicherte Mei Zhen.

»Man denke an Lady Gaga mit ihrem Fleischkleid«, bemerkte Ash.

»Oder Carmen Miranda mit ihrem Obsthut«, fiel Maggie ein.

Die anderen schauten sie verständnislos an. In solchen Momenten vermisste sie Kevin. Er hätte gewusst, wer Carmen Miranda war. Kevin wusste alles über alles, außer bei Musik nach 1990. Das war seine Schwachstelle.

In der Pause ging Maggie nach draußen und schaltete ihr Handy ein. Nichts. Sie wählte noch einmal seine Nummer und landete auf der Mailbox. »Kevin, tut mir leid, wenn ich so penetrant bin«, sagte sie, »aber ich mach mir Sorgen um dich. Könntest du mich bitte zurückrufen, damit ich weiß, dass es dir gut geht? Ich bin beim Quizabend, deswegen wird mein Handy gleich wieder ausgeschaltet sein, aber danach schau ich sofort wieder drauf. Danke.«

»Immer noch nichts?«, fragte Carole, als Maggie zur sechsten Runde an den Tisch zurückkehrte.

Sie schüttelte den Kopf.

»Ich bin sicher, es geht ihm gut, Maggie. Wahrscheinlich ist er in die Stadt gegangen und hat den Quizabend total vergessen.«

Kevin? In die Stadt gehen? Sehr unwahrscheinlich. Außerdem würde er niemals einen Quizabend vergessen.

Als die Veranstaltung vorbei war und der Professor und Miss Kitty zusammenpackten, ging Maggie zu ihnen und fragte sie, ob sie irgendwo Kevins Adresse gespeichert hätten.

»Ich mach mir Sorgen, weil er heute Abend nicht aufgetaucht ist.«

»Haben Sie ihn angerufen?«, fragte Miss Kitty.

»Er geht nicht ran.«

»Tja, normalerweise würden wir solche Informationen nicht rausgeben, aber da Sie zu seinem Team gehören, schätze ich, geht das schon in Ordnung.«

»Ich dachte, Sie hätten seine Adresse«, sagte der Professor. »Auf Grund der Umstände.«

»Was für Umstände?«, fragte Maggie.

»Na ja, auf Grund der Tatsache, dass Sie …«

»Ich weiß nicht, wovon Sie reden.«

»Wir dachten, dass Sie beide eine kleine Liebschaft haben«, erklärte Miss Kitty.

»Wie kommen Sie denn darauf?«

»Weil die One-Man-Show sich Ihrem Team angeschlossen hat und weil Sie jede Woche beim Karaoke zusammen verschwinden«, fügte der Professor hinzu.

Maggie wurde rot. Dachten das am Ende alle?

»Ich kann Ihnen versichern«, sagte sie hochmütig, »dass Kevin und ich nur Teamkollegen sind, weiter nichts. Du liebe Güte, ich weiß nicht mal, wo der Mann wohnt.«

Miss Kitty lächelte. »Schade. Am Abend mit dem Filmthema sahen Sie so toll zusammen aus – Jean Harlow und Eliot Ness.«

Maggie machte sich nicht die Mühe, sie zu korrigieren. »Also, Miss Kitty, würde es Ihnen was ausmachen, die Adresse für mich nachzuschauen? Oder vielleicht haben Sie eine Festnetznummer, auf der ich ihn anrufen könnte?«

Miss Kitty setzte sich an ihren Laptop.

»Wie schreibt sich sein Nachname?«

»D-W-Y-E-R.«

Mit den Spitzen ihrer perfekt manikürten Fingernägel tippte Miss Kitty die Buchstaben ein.

»Tut mir leid, er hat uns nur seine Handynummer gegeben. Und keine Adresse.«

Maggie seufzte. »Gut, danke trotzdem.«

Dann musste sie ihn wohl im Telefonbuch nachschlagen. Wie viele »K. Dwyers« konnten da schon drinstehen?

Sowie sie im Auto saß, klickte Maggie auf ihrem Smartphone das Online-Telefonbuch an. Darin war aber kein K. Dwyer verzeichnet, jedenfalls keiner, der weniger als eine Autostunde von Clifton Heights entfernt gewohnt hätte. Verdammt. Dann versuchte sie sich einzureden, dass Carole recht hatte. Vielleicht hatte Kevin etwas anderes vor. Vielleicht mit dieser jungen Frau, mit der er sich getroffen hatte. Vielleicht machten sie sich einen romantischen Wiedersehensabend nach ihrer Rückkehr aus dem Urlaub. Das wäre eine Erklärung. Doch sosehr sie auch glauben wollte, dass es ihm gut ging, machte sich Maggie in ihrem tiefsten Inneren weiter Sorgen.

ELFTE WOCHE

Maggie

Am Mittwoch hatte Maggie in der Schule so viel zu tun, dass sie kaum Zeit hatte, an Kevin zu denken, geschweige denn, ihn anzurufen. In der Mittagspause ging sie auf die Damentoilette und traf Mei Zhen, die sich gerade die Hände wusch.

»Hast du was von Kevin gehört?«, fragte sie.

»Noch nicht. Ich ruf ihn heute Abend noch mal an.«

»Du magst ihn richtig gern, stimmt's?«

Jetzt nicht auch noch Mei Zhen! Was war denn bloß los mit den Leuten? Wie kamen sie nur auf den Gedanken, sie könnte eine romantische Neigung für Kevin haben? Als Maggie keine Antwort gab, sagte Mei Zhen: »Ich hoffe, du nimmst mir das nicht übel, Maggie, aber Ash und ich finden, ihr zwei würdet ein tolles Paar abgeben.«

»Das ist doch lächerlich. Außerdem hat Kevin eine Freundin. Und ich … na ja, ich hab grade erst mit jemandem Schluss gemacht.«

»Oh, tut mir leid, Maggie. Entschuldige, dass ich das Thema angeschnitten hab.«

»Ach was, du hast es ja nett gemeint. Übrigens – wie läuft es denn bei dir?« Sie senkte die Stimme, obwohl alle Kabinen leer waren. »Schon Glück gehabt mit …«

»Noch nicht. Langsam glaub ich, mit mir stimmt was nicht.«

»Vielleicht liegt es ja gar nicht an dir. Das Problem könnte ja auch auf der anderen Seite liegen.«

»Das glaub ich nicht. Der hat schon drei Kinder.«

»Oh.«

»Wenn sich in den nächsten ein, zwei Monaten immer noch nichts rührt, schickt mich mein Arzt zu einem Kinderwunschspezialisten.«

»Na, gib die Hoffnung nicht auf. Ich bin auch schwanger geworden, nachdem ich es zwei Jahre vergeblich versucht hatte.«

»Wirklich?«

»Das ist schon lange her, da war ich vierzig. Und ich hab das Baby auch verloren. Vielleicht hatte das sogar was mit meinem Alter zu tun, wer weiß? Aber ich hab Jahre gebraucht, um darüber hinwegzukommen. Ich hab mir so sehr ein Kind gewünscht.«

»Das tut mir leid, Maggie.«

»Danke.« Sie spürte, wie ihr Tränen in die Augen stiegen. »Aber bei dir wird es anders laufen, Mei Zhen. Ihr seid jung und habt noch jede Menge Zeit.«

In diesem Moment ging die Tür auf und Carole kam herein.

»Jede Menge Zeit wofür?«

»Um einen Kaffee zu holen, bevor es zum Unterricht gongt«, sagte Maggie.

»Bis später«, sagte Mei Zhen und zwinkerte Maggie im Vorübergehen zu.

»Hat Kevin dich schon zurückgerufen?«, erkundigte sich Carole.

»Noch nicht.«

»Das wundert mich. Ich glaube ja, er ist ein bisschen verknallt in dich, Maggie.«

»Ja, ja, ganz bestimmt. Wie läuft es eigentlich mit Edwards Projekt?«

»Er hat es schon an einen Verlag geschickt«, flüsterte Carole.

»Jetzt schon? Aber es kann doch noch nicht fertig sein, er sitzt doch erst ein paar Wochen dran.«

»Er hat die ersten drei Kapitel und ein Exposé hingeschickt. Wenn er in seinem jetzigen Tempo weitermacht, ist er fertig, bevor sie sich bei ihm melden und den Rest sehen wollen.«

»Du klingst, als wärst du sehr zuversichtlich, dass es ihnen gefallen wird.«

»Ich hab das Exposé gelesen, es ist wirklich gut.« Carole senkte die Stimme. »Würdest du es gerne mal sehen? Ich hab eine Kopie hier.« Als wäre sie eine Spionin, die ein hochgeheimes Paket zu übergeben hat, schaute Carole sich um, und nachdem sie sich vergewissert hatte, dass alle Kabinen leer waren, griff sie in ihre Handtasche, zog einen zusammengefalteten Zettel heraus und reichte ihn Maggie.

DIE PEST
von Dr. med. Edward Clarke

Als die Welt sich einer Pandemie gegenübersieht, die höchstwahrscheinlich die Bevölkerung dezimieren wird, kommen Experten aus aller Herren Länder in New York zusammen, um ein Heilmittel zu finden. Schließlich rufen sie den einen Mann an, der ihnen helfen kann – Teddy Carpenter, ein auf herbe Art gutaussehender australischer Arzt, der in dieser fast hoffnungslosen Ausgangslage ein Heilmittel finden muss, bevor die tödliche Krankheit seine Heimat erreicht.

Nachdem Maggie die Zusammenfassung zu Ende gelesen hatte, musste sie sich bemühen, das Lachen zu unterdrücken, das in ihr aufstieg. Edwards Story klang wie ein Mischmasch aus sämtlichen Apokalypse-Filmen, die sie je gesehen hatte, mit einem Schuss von Nevil Shutes *Das letzte Ufer*. Vorsichtig warf sie einen Blick auf Carole, deren Gesichtsausdruck so ernst war, dass Maggie sich sofort jedes Lächeln verkniff und einen ernsthaften Ton anschlug.

»Klingt faszinierend. Ich kann es gar nicht erwarten, es zu lesen. Mit dem Titel könnte es allerdings Probleme geben. Ist Edward bewusst, dass es schon ein Buch namens *Die Pest* gibt – von Albert Camus?«

»Aber das ist doch garantiert nicht so gut wie das von Edward, oder?«

»Natürlich nicht«, sagte Maggie und kreuzte hinter dem Rücken die Finger.

Kevin

Die Arbeit war Kevin so wichtig, dass er nur deshalb freinahm, weil die Personalabteilung darauf beharrte, dass er seine Urlaubstage nicht endlos anhäufen konnte. Jetzt war er schon den zweiten Tag krankgemeldet, und der Gedanke, nicht in der Arbeit zu sein, verursachte ihm Schuldgefühle. Er definierte sich durch seinen Job. Und natürlich durch die Quizabende. Kevin Dwyer, gerichtlicher Steuersachverständiger und Quizchampion. Doch nachdem er seine Notizbücher in Plastiktüten gestopft und zur Sperrmüllabholung bereitgestellt hatte, war sein Job alles, woran er sich noch klammern konnte.

Er wusste, er sollte Maggie anrufen. Seit Dienstagabend war auf seinem Handy eine Serie von SMS aufgelaufen, genau wie seine ungenutzten Urlaubstage. Aber wie sollte er ihr erklären, dass er nicht mehr im Clifton Heights Sports Club erscheinen würde? Dass er vorhatte, seine Quizabende zu streichen und stattdessen mit Golfspielen anzufangen? Wenn er einmal die Woche Golf spielte und lernte, wie man Witze erzählte und über die Witze anderer Leute lachte, könnte er vielleicht als normal durchgehen. Und dann würde seine Schwester ihm vielleicht auch wieder erlauben, Patrick zu sehen.

Maggie

Donnerstag war Maggies freier Tag. Sie witzelte oft, dass ein Teilzeitjob mit achtzig Prozent im Grunde wie ein Vollzeitjob sei, weil man an seinem freien Tag ja doch wieder Arbeit mache, die mit der Schule zu tun habe. Heute jedoch würde sie keine Arbeit machen, die mit der Schule zu tun hatte. Vielmehr hatte sie sich fest vorgenommen, Kevin zu finden. Sie wusste zwar, dass er fürs Finanzamt tätig war, doch sie hatte keine Ahnung, wo genau er arbeitete.

Also schaute sie auf die Website des Finanzamts, doch die Liste der verschiedenen Abteilungen an den verschiedenen Adressen verriet ihr nicht, wo die fürs Gericht tätigen Angestellten untergebracht sein könnten. Gab es eine eigene Abteilung, oder waren sie über die ganze Stadt verteilt? Sie rief die Zentralnummer an, die auf der Website angegeben war, doch sie geriet nur an eine Computerstimme, die ihr eine Reihe von Optionen anbot, von denen jedoch keine einzige einem Anrufer weiterhalf, der mit einem bestimmten Finanzbeamten verbunden werden wollte.

»Scheiße«, sagte sie laut und legte auf. Sie würde also persönlich hingehen müssen. Aber wohin? Sie beschloss, mit dem Central Business District anzufangen, einfach weil es am leichtesten zu erreichen war. Was genau sie sagen wollte, wenn sie dort war, hatte sie sich noch nicht überlegt.

Als sie im städtischen Büro war, musste Maggie sich in eine Schlange einreihen. Das kam ihr ganz gelegen, denn sie hatte ja noch gar keinen Plan. Wie sollte sie feststellen, ob Kevin lebte und gesund war, wenn sie nicht mal sicher war, dass er hier arbeitete? Allmählich wurde die Schlange kürzer, und irgendwann stand sie am Tresen vor einem Mann Mitte zwanzig mit glattem schwarzem Haar.

»Guten Morgen«, sagte Maggie. »Mein Name ist Maggie Taylor. Ich habe einen Termin mit Mr. Kevin Dwyer von der forensischen Buchhaltung.«

»Wie war der Name noch mal?«

»Dwyer, Kevin. Das schreibt sich D-W-Y-E-R.«

Maggie hielt den Atem an, während der Mann die Buchstaben eingab und den Bildschirm herunterscrollte.

»Ich kann bei Herrn Dwyer heute aber keinen Termin sehen, Miss …?«

»Taylor.« Na, immerhin war sie schon mal im richtigen Gebäude.

»Es war aber ganz sicher heute«, beharrte Maggie und gab sich alle Mühe, überzeugend zu klingen. »Um zwölf Uhr mittags.«

»Ich ruf mal kurz seine Nummer an und überprüf das für Sie.«

Maggie versuchte, ganz lässig auszusehen, während sie auf die Auskunft wartete, ob Kevin in der Arbeit war oder nicht. Nach einer Weile sagte der Mann: »Tut mir leid, Miss Taylor. Ich bin auf seinem Anrufbeantworter gelandet.«

»Kein Problem«, sagte Maggie. »Vielleicht hab ich mich doch im Datum getäuscht. Tut mir leid, dass ich Sie belästigt habe.« Damit drehte sie sich um und ging direkt auf den Ausgang zu. Als sie draußen war, versuchte sie, ihr Herzklopfen durch tiefe, lange Atemzüge in den Griff zu kriegen. Dieses Detektivspielen machte ihr überhaupt keinen Spaß. Und sie war der Lösung des Rätsels von Kevins Verschwinden keinen

Schritt näher gekommen. Sie entdeckte einen Imbissstand, an dem sie sich ein Sandwich und eine Tasse Kaffee kaufte. Dann setzte sie sich auf einen Stuhl an einem der Tische, die vor der Bude aufgestellt waren. Sie war gerade bei den letzten Bissen ihres Sandwichs angekommen, als sie Kevin erblickte, der die Straße entlangging. Sie riss ihre Handtasche an sich, rannte ihm nach und holte ihn an der Ecke ein.

»Kevin!«, rief sie atemlos.

Er drehte sich um wie in Trance. Sie hatte ihn noch nie bei Tageslicht gesehen, nur unter dem Neonlicht im Sports Club. Trotzdem war sie sicher, dass seine Haut noch nie diesen seltsamen Grauton gehabt hatte, den sie jetzt sah.

»Ich hab mir Sorgen um dich gemacht. Du hast mich nicht zurückgerufen.« Maggie war klar, dass sie sich anhörte wie eine penetrante Mutter, doch sie konnte nicht aus ihrer Haut.

»Tut mir leid.«

»Ich hab schon gedacht, du hättest einen Unfall gehabt oder so. Und alles, was du dazu sagen kannst, ist: ›Tut mir leid‹?«

»Tut mir leid«, sagte er nochmals, ganz eingeschüchtert von ihrer Schelte.

»Na, zumindest bist du noch am Leben. Auch wenn du wirklich aussiehst wie ein Geist. Hast du schon zu Mittag gegessen?«

»Ich wollte mir grade einen Kaffee kaufen.«

»Du musst was essen. Komm mit.« Sie hakte sich bei ihm unter und steuerte den Imbissstand an. »So, setz dich mal hier hin«, sagte sie, deutete auf den Tisch, von dem sie gerade aufgesprungen war und auf dem noch immer ihr halb ausgetrunkener Kaffee stand. »Ich hol dir ein Sandwich.«

Er sah aus, als wollte er protestieren, doch sie schlug ihren Lehrerinnenton an: »Tu jetzt, was ich dir sage, Kevin Dwyer. Und trau dich nicht noch einmal, einfach zu verschwinden.«

Nach ein paar Minuten war Maggie mit einem Tablett wieder da.

»Ich hab dir auch einen Schokoladennmuffin mitgebracht«, sagte sie, stellte das Essen vor ihn auf den Tisch und schüttete ihm sogar noch ein Tütchen Zucker in den Kaffee, bevor sie energisch mit dem Plastiklöffel umrührte.

»Danke«, sagte er und starrte in die Tasse.

»Gern geschehen.« Irgendwie sah er so niedergeschlagen aus, dass sie ihn am liebsten in den Arm genommen und gedrückt hätte. Sie versuchte, sich vorzustellen, was passiert sein konnte, dass er so deprimiert war. Lag es an dieser Frau, mit der er sich getroffen hatte? Hatten sie sich getrennt? Die ganze Sache war ihr nicht besonders ernsthaft vorgekommen, doch bei Kevin konnte man nie wissen. Da kam ihr auf einmal ein schrecklicher Gedanke.

»Deinem Neffen geht es aber gut, oder?«

Er blickte von seinem Kaffee auf, vermied aber immer noch jeden Augenkontakt.

»Nicht wirklich.«

Was sollte das heißen?, überlegte Maggie. Angst stieg in ihr auf. Lieber Gott, bitte, lass es keine tödliche Krankheit sein. Die Worte »Krebs« und »Leukämie« blitzten in ihrem Kopf auf wie Zeitungsschlagzeilen. Sie tat, als würde sie an ihrem Kaffee nippen, obwohl der mittlerweile eiskalt war, und wartete darauf, dass er weiterredete. Schließlich, als sie die Hoffnung auf eine Erklärung schon fast aufgegeben hatte, flüsterte er: »Es stimmt was nicht mit ihm. Meine Schwester möchte, dass ich auch zum Arzt gehe und mich testen lasse. Sie glaubt, dass ich dasselbe habe.«

Dann verstummte Kevin. Nach einer Weile nahm sie einen erneuten Anlauf: »Was ist es denn, Kevin? Was stimmt nicht mit deinem Neffen?«

Als die Antwort kam, war sie so anders als das, was sie erwartet hatte, dass Maggie vor Erleichterung anfing zu lachen.

»Was ist daran so komisch?«

»Das ist überhaupt nicht komisch. Ich bin nur erleichtert, dass er nicht ernsthaft krank ist.«

Kevin überlegte einen Moment, dann sagte er: »Meinst du, ich könnte das auch haben, Maggie?«

»Ich muss dir was gestehen, Kevin. Wenn zu Anfang des Schuljahres die neuen Schüler kommen, schickt die Schulpsychologin jedem Mitglied des Lehrkörpers eine Liste von Kindern, die irgendwelche Probleme haben. Lernschwierigkeiten, Angststörungen, Entwicklungsstörungen. Und weißt du, was ich mit dieser Liste mache?«

Er schüttelte den Kopf.

»Ich pack sie in meine digitale Schreibtischschublade. Ich schau nicht einmal drauf, bevor ich die Kinder selbst gesehen habe. Ich versuche, jedes davon als Individuum kennenzulernen, nicht als Problem oder als Störung. Nach einer Woche nehm ich mir die Liste dann noch mal vor. Man kann das natürlich nicht ignorieren, aber gleichzeitig kann man ein Kind nicht über so ein Etikett definieren.«

»Dann glaubst du also, dass mit ihm alles gut werden wird?«

»Er hat die Diagnose früh bekommen, das ist schon mal sehr gut. Patrick wird ein bisschen Hilfe brauchen, ein bisschen Anleitung, wie man mit anderen Leuten umgeht. Das ist ein längerer Prozess, aber es ist kein Weltuntergang. Ich könnte mir vorstellen, dass er auch viele sehr positive Eigenschaften hat. Oder etwa nicht?«

»Ja. Er ist klug. Sehr klug. Und neugierig auf die Welt.«

»Na, so was kannst du doch fördern, Kevin. Du als sein Onkel bist in der perfekten Position, um ihm zu helfen und seine Stärken auszubauen.«

»Meine Schwester möchte nicht, dass ich noch Umgang mit ihm habe. Sie meint, ich sei ein schlechter Einfluss.«

Maggie sprach ganz ruhig und leise. »Eltern brauchen oft jemanden, dem sie die Schuld geben können, auch wenn niemand schuld ist. Aber wenn sie die Neuigkeit erst mal verdaut haben, beruhigen sie sich meistens auch wieder.«

»Glaubst du wirklich, sie ändert da noch ihre Meinung?«

»Ja, das glaube ich.«

Nach einer Weile sagte er: »Ich glaub das nicht, Maggie. Nicht, wenn sie mich auch für seltsam hält.«

»Du bist anders, aber nicht seltsam.«

»Ich bin mir schon immer vorgekommen wie ein Alien.« Er zupfte einen Krümel von seinem Schokoladenmuffin.

»So hab ich mich auch schon gefühlt, Kevin. Vielleicht nicht wie ein Alien, aber wie ein Außenseiter.« Sie dachte daran zurück, wie man sie eine »chronische Einzelgängerin« genannt und sie bei Joshs Hochzeit an den Tisch zu den Leuten gesetzt hatte, »die nirgendwo richtig dazupassen«. Und dann die ganzen Jahre als alleinstehende Frau unter verheirateten Freundinnen, kinderlos in einer Welt voller Mütter.

»Du?«, fragte er ungläubig.

»Ja, ich.«

»Das glaub ich dir nicht. Du bist der normalste Mensch, den ich kenne.«

»Ich schätze, das soll ein Kompliment sein. Aber je älter ich werde, desto mehr frag ich mich, was ›normal‹ eigentlich bedeutet. Heißt das, man ist verheiratet, hat zwei-Komma-drei Kinder und eine Hypothek? Wenn das stimmt, dann passt eine alte Jungfer, die mit einem Hund in ihrem eigenen Haus wohnt, natürlich nicht rein.«

Sie schaute zu Kevin, der mechanisch in seinem Kaffee rührte.

»Kevin – trink deinen Kaffee, bevor er kalt wird.«

Gehorsam leerte er seine Tasse in einem Zug.

»Und jetzt iss dein Sandwich«, sagte sie und schob ihm die Plastikpackung hin. »Schinken und Emmentaler mit süßem Senf.«

»Du bist ein guter Mensch, Maggie«, sagte er, während er sein Sandwich auspackte und hineinbiss.

»Da wäre ich mir nicht so sicher, Kevin. Ich hab in meinem Leben auch ein paar wirklich schlechte Entscheidungen getroffen. Aber es gibt kein Etikett für mein Benehmen. Außer vielleicht ›Trottel‹ oder ›Idiotin‹.« Ihrer Kehle entrang sich ein Schluchzer.

Kevin blickte von seinem Brot auf. »So schlimm kann es doch nicht sein.«

Sie seufzte laut. »Ich soll doch *dich* trösten, und nicht umgekehrt.«

»Es kommt mir bloß immer so vor, als wärst du total beliebt.«

»Beliebt! Bei meinem Hund bin ich beliebt! Und bei den meisten meiner Schüler. Aber nicht bei dem Mann, in den ich ein Leben lang verliebt gewesen bin. Der schert sich einen Dreck um mich. Und obwohl er mich schon zweimal verlassen hat, bin ich jedes Mal wieder zu ihm zurückgedackelt. Ich bin ein serielle Idiotin, so könnte man das nennen.« Als sie diese Worte ausgesprochen hatte, dämmerte ihr auf einmal etwas.

»Nein, ich *war* eine. Jetzt bin ich's nicht mehr.«

Sie hatte eigentlich erwartet, dass er bei ihrer Tirade peinlich berührt zusammenzucken würde. Doch er schaute sie eher verdutzt an.

»Wie heißt dieser Mann, der dich verlassen hat?«

»Josh.«

»Okay. Josh ist der Idiot, nicht du.«

»Danke«, sagte sie.

»Ich hab das ernst gemeint.«

»Ich weiß.«

Kevin meinte immer, was er sagte. Er sagte nichts einfach nur, um irgendwas zu sagen. Falsche Beteuerungen kamen in seinem Wortschatz nicht vor.

Quizabend

Es war fünf vor acht, und bis auf Kevin waren alle anwesend. Maggie hatte das Gefühl, dass sie ihn nicht wiedersehen würden. Er hatte jetzt wichtigere Dinge im Kopf – zum Beispiel, wie er einen Weg zurück ins Leben seines Neffen finden konnte. Was ihre eigene Rolle bei den Dreamers anging, hatte sie sich auch entschieden: In der nächsten Saison würde sie nicht wieder mitmachen. Nicht, wenn Kevin nicht dabei war.

»Wo zum Teufel steckt Kevin?«, fragte Edward, als der Professor startklar an sein Mikrofon trat.

Maggie schaute zur Tür und betete, dass Kevin doch noch in letzter Minute erscheinen würde.

»Dann müssen wir eben ohne ihn klarkommen, so gut es geht«, sagte Carole.

»Der fand doch sowieso, dass er besser ist als wir«, meinte Edward. »Ich weiß gar nicht, warum er sich uns überhaupt angeschlossen hat.«

Als Maggie Edward einen finsteren Blick zuwarf, klopfte der Professor aufs Mikro.

»Willkommen zu unserem letzten Quizabend vor der großen Preisverleihung nächste Woche«, sagte er. »Da unsere Topteams sich ein Kopf-an-Kopf-Rennen liefern, wird der heutige Abend entscheiden, wer den Hauptgewinn davonträgt. In dieser Saison können Sie wählen zwischen einem Wochenende für sechs Personen im Hunter Valley und einem tollen 64-Zoll-Plasmafernseher.«

Lauter Applaus im Saal.

»Ich will diesen Urlaub«, sagte Mei Zhen.

»Ich auch«, sagte Maggie.

»Heute Abend sind wir zu ganz allgemeinen Fragen zurückgekehrt, zu einer ganzen Palette von Themen. Keine Spezialistenrunden, bei denen einzelne Teams einen Vorteil haben könnten. So, und jetzt rede ich nicht mehr länger rum, sondern fange an mit Runde eins, Frage eins. Haben alle ihr Schreibzeug parat?«

Wer war als der fünfte Beatle bekannt?

Maggie stöhnte. Das war wieder so eine Frage ohne eindeutige Antwort. Kevin wäre ziemlich genervt gewesen.

»Brian Epstein«, schlug Carole vor. »Das war ihr Manager.«

»Sir George Martin«, sagte Mei Zhen. »Der hat ihre Musik arrangiert.«

»Pete Best«, meinte Edward. »Das war ihr Drummer vor Ringo.«

»Das ist eine wirklich blöde Frage«, sagte Maggie, die heute Abend die Antworten aufschrieb. »Es gibt einfach zu viele Möglichkeiten. Inklusive Jimmie Nicol. Das war der Typ, der Ringo auf der Australientournee von 1964 vertreten hat. Die australischen Fans waren bitter enttäuscht.«

»Daran kannst du dich bestimmt nicht persönlich erinnern, Maggie May. Dann wärst du ja …« Edward begann an den Fingern nachzurechnen.

»Natürlich kann ich mich nicht persönlich daran erinnern! Das hab ich in einem Artikel über das fünfzigjährige Jubiläum ihrer Tournee gelesen.« Doch die vierjährige Maggie hatte sich tatsächlich die Ankunft der vier Pilzköpfe im Fernsehen angeschaut und verzweifelt geweint, weil ihr Lieblingsbeatle nicht dabei war. Ihre Mutter hatte ihr die Geschichte später immer wieder erzählt.

»Ja, und was schreiben wir nun hin?«, fragte Mei Zhen.

»Alles«, sagte Ash. »Mit einer Erklärung neben jeden Namen.«

Maggie schrieb noch immer wie verrückt, als der Professor die nächste Frage verlas.

Welche europäische Stadt ist als das Venedig des Nordens bekannt?

»Nicht schon wieder!«, sagte Maggie zu sich selbst.

»Stockholm«, sagte Edward.

»Nein, Brügge«, widersprach Carole. »Ich war als Studentin dort.«

»Es ist definitiv Amsterdam«, meinte Ash, »wegen der ganzen Kanäle.«

»In all diesen Städten gibt es Kanäle«, sagte Edward.

»Wie wär's mit Manchester?«, fragte Mei Zhen.

»Können wir uns bitte einigen?«, bat Maggie. »Die Zeit ist gleich um, und ich muss irgendwas hinschreiben. Und ich schreib nicht noch mal eine Liste.«

»Stockholm«, entschied Edward.

Maggie bemerkte die verdrossenen Mienen der anderen Frauen, schrieb seine Antwort aber trotzdem hin. Heute Abend machte ihr das alles keinen Spaß. Sie hatten nicht mal die Hälfte der ersten Runde überstanden, und sie wollte bloß noch nach Hause.

In der Pause ging Maggie hinaus und setzte sich auf die Ziegelmauer zwischen den Orangenrauten-Hecken. Es war eine kühle Nacht, in der sogar die Raucher – die normalerweise draußen zusammenstanden und ihre Zigaretten pafften – in den geheizten Innenräumen geblieben waren. Nach einer Weile schrieb sie eine SMS an Kevin.

Hoffe, es geht dir besser. Ruf mich an, wenn du mich brauchst. Und bitte überleg dir, ob du nächste Woche nicht doch kommen willst. Allein komm ich mit Edward nicht klar!

Als sie die Nachricht vor dem Absenden noch einmal durchlas, wurde ihr klar, dass der letzte Satz nicht nur so dahingesagt war. Sie meinte es wirklich so. Kevins sanfte Gegenwart nahm Edwards verbalen Ergüssen die Schärfe. Ohne ihn war es einfach nicht dasselbe.

ZWÖLFTE WOCHE

Patrick

Einmal pro Woche ging Patrick in eine Turnhalle in der Nähe von Peters Praxis, wo sich eine Gruppe von Kindern, größtenteils Jungen in seinem Alter, zu zweistündigen gemeinsamen Aktivitäten trafen. Obwohl seine Mutter es »Theaterkurs« nannte, hatte Patrick gehört, wie sie seinem Vater zuflüsterte, dass die Veranstaltung zu seinem Interventionsprogramm gehörte. Er hatte alles im Internet nachgeschaut. Seine Eltern hatten einen Filter für Schimpfwörter und schmutzige Bilder eingebaut, aber Seiten über Syndrome, Störungen und besondere Bedürfnisse wurden nicht zensiert. Und wenn er denn irgendwas haben musste – dann war das hier doch gar nicht mal so schlecht. »Besondere Bedürfnisse«. Das bedeutete, dass man besonders war. Und geheime Codenamen gab es dafür auch, die waren so geheim, dass Peter sie ihm gleich gar nicht verraten hatte. Patrick hatte sie gesehen, als er an Peters Schreibtisch trat, um sich auf der Anwesenheitsliste abhaken zu lassen. Patrick konnte gut über Kopf lesen und noch besser auswendig lernen. Neben jedem Namen stand eine Buchstabenkombination. Die meisten schienen mit einem »A« zu beginnen – AAS, ASD, ADHS und AS. Aber er sah auch GAS und einmal OCD. Er kam sich vor, als würde er einer richtig coolen Gang angehören.

Patrick hatte erwartet, dass die Theatergruppe langweilig werden würde, aber das war sie überhaupt nicht. Beim Rollenspiel übten sie die »Interaktion« mit anderen Menschen. Sie spielten Spiele, bei denen sie ein Gespräch so lang wie möglich ausdehnen mussten, indem sie ihrem Gesprächspartner Fragen stellten. Manchmal spielten sie auch Ballspiele. Aber keine von der demütigenden Sorte, bei denen einen die anderen »Spast« oder »Vollpfosten« nannten. Wie es aussah, konnte niemand in dieser Gruppe fangen oder werfen, also war es auch nicht weiter schlimm, wenn man den Ball fallen ließ oder in die falsche Richtung warf. Aber was ihm in Peters Gruppe am besten gefiel, war die Tatsache, dass die anderen Kinder einen hier nicht mobbten. Im Gegenteil, wenn Peter sie nicht aufforderte, mit einem zu sprechen oder Ball zu spielen, ließen sie einen ganz einfach in Ruhe.

Das Einzige, was Patrick Kummer machte, war das Kontaktverbot mit Onkel Kevin. Wie kam seine Mutter nur auf die Idee, dass er schlechten Einfluss auf ihn haben könnte? Er war doch so ein toller Mensch. Es war ihm einfach unbegreiflich. Und wenn es stimmte, was sie sagten, dass nämlich Onkel Kevin dasselbe hatte wie er, dann waren sie sozusagen in derselben Gang. Wie cool war das denn!

Elizabeth

Peter hatte Elizabeth gewarnt, dass die Fortschritte sich nur langsam zeigen würden. Sie würde nicht gleich nach der ersten Sitzung Ergebnisse sehen, wie wenn man sich zum Beispiel die Haare färben ließ und auf einen Schlag anders aussah. Die Verbesserungen würden sich in winzigen, kaum wahrnehmbaren Schritten vollziehen. Und dabei war eben Geduld nötig. Eine Tugend, die Elizabeth gänzlich fehlte, wie sie sich selbst eingestehen musste.

Nach dem ersten Termin beobachtete sie Patrick, wie er aufs

Auto zuging. Er ließ den Kopf hängen und machte schlurfende Schritte. Dabei sah er genauso ernst, introvertiert und tollpatschig aus wie immer, obwohl er dazu das Gesicht eines Engels hatte.

»Na, wie war der Theaterkurs, Patrick?«, fragte sie, als er sich anschnallte.

»Sehr schön, danke. Und wie war dein Nachmittag, Mum?«

»Prima, danke.« Sie warf einen raschen Seitenblick auf ihn. Er saß kerzengerade auf dem Beifahrersitz und starrte auf seine Armbanduhr. Soviel sie sich erinnern konnte, war dies gerade das erste Mal gewesen, dass Patrick sich konkret nach ihr erkundigte. Vielleicht war ja doch ein Wunder geschehen.

»Schön, Mum. Was hast du gemacht, nachdem du mich hier abgesetzt hattest?«, fuhr er fort.

Sie war fast erschrocken, als sich noch eine Frage anschloss. »Ich hab Zeitung gelesen, und dann war die Zeit auch schon wieder um, und ich musste los, um dich abzuholen«, antwortete sie.

»Und was machst du, wenn wir nach Hause kommen?«

»Abendessen kochen, würd ich sagen.«

»Oh.« Er warf einen Blick auf seine Uhr. »Das waren nur 55 Sekunden, aber ich bin trotzdem schon k.o. Kannst du mir nachher meinen Zettel unterschreiben?«

»Was für einen Zettel?«

»Mein Arbeitsblatt mit den Hausaufgaben.« Er zog einen Zettel aus dem Rucksack, den er in den Fußraum gestellt hatte, und las laut vor: »Führe ein zweiminütiges Gespräch mit deiner Mutter, deinem Vater oder deinem Betreuer. Vergiss nicht, ihnen Fragen zu stellen. Beantworte ihre Fragen in ganzen Sätzen. Vergiss nicht, zu lächeln und ihre Namen zu benutzen.«

»Das war also gerade eine Hausaufgabe.«

»Ich hab vergessen zu lächeln«, sagte er und setzte schnell

ein falsches Lächeln auf, bei dem er zwei Zahnlücken präsentierte. »Zählt das so auch noch?«

Elizabeth musste trotz allem loslachen. »Ja, du hast ein wunderschönes Lächeln. Aber besser ist es, wenn es ganz natürlich kommt. Freust du dich schon auf nächste Woche?«

»Denk schon. So schlimm ist das gar nicht, wenn man so ein Syndrom hat.«

»Benutz dieses Wort nicht«, ermahnte sie ihn.

»Es gefällt mir aber, Mum. Und Peter hat gesagt, das ist nichts, wofür wir uns schämen müssten. Wir haben besondere Talente, wie die Superhelden, aber wir haben auch Schwächen. Wie bei Superman, wenn er mit Kryptonit in Berührung kommt, weißt du? Er hat gesagt, wir müssen an unseren Schwächen arbeiten und unsere Stärken ausbauen.«

»Trotzdem, Patrick, ich fände es schön, wenn du das Wort nicht in der Öffentlichkeit benutzen würdest.«

Maggie

Phillip Brown saß immer allein in der ersten Reihe, rechts vor Maggies Pult. Jedes Mal wenn er in seinem feierlichen Ton eine Frage beantwortete, erklang ein kaum hörbares Kichern von seinen Klassenkameraden. Maggie war sich ganz sicher, dass ihm seine Stimme und seine Sprechweise in der Zukunft Respekt einbringen würden und keinen Spott, aber das konnte noch Jahre dauern.

In der Zwischenzeit verfolgte Maggie die Strategie, rasch im Stoff voranzuschreiten, damit die Schüler viel zu beschäftigt waren, um gegen Phillip zu sticheln. Er selbst schien die Reaktionen der anderen gar nicht zu bemerken. Es hatte den Anschein, als säße er unter einer Glasglocke, die ihn vom Rest der Klasse isolierte. So als umgäbe ihn ein Kraftfeld, das die Spötteleien von ihm abprallen ließ, subtil oder weniger subtil.

Am Ende der sechsten Unterrichtsstunde wartete er vor dem Lateinzimmer.

»Musst du nicht zur Mathestunde?«, fragte Maggie.

»Doch, aber ich wollte Ihnen erst noch was erzählen. Wegen des Chors.«

»Oje. Du machst immer noch stumme Mundbewegungen, oder?«

»Nein. Ich bin nicht mehr dabei.«

»Du liebe Güte, haben sie dich rausgeworfen?«

Er bedachte sie mit einem Blick, den man nur als verächtlich bezeichnen konnte. »Nein, der Lehrer hat mir einen Job im Technikteam angeboten. Ich bin jetzt für die Tontechnik verantwortlich.«

»Und, wie gefällt dir das?!«

»Gut.«

Maggie konnte ihre Freude kaum verbergen. »Schön für dich, Phillip!«

Und als er sich dann in seine Mathestunde trollte, sah sie ihm nach und dachte sich, was für eine schlaue Lösung sich Mei Zhen da hatte einfallen lassen.

Als am Freitagnachmittag Maggies Handy klingelte, war sie überrascht, Kevins Nummer auf dem Display zu lesen. Bestimmt hatte er wieder eine Telly-Savalas-Frage für sie.

»Hallo, Kevin. Wie geht's?«

»Ganz gut.«

»Prima.«

In der folgenden Schweigepause fragte sie sich schon, ob die Leitung tot war. Dann hörte sie: »Ich muss dir was sagen.«

»Nur zu.«

»Ich hab mich psychologisch untersuchen lassen.«

»Und, was hat er gesagt?«, erkundigte sie sich vorsichtig.

»Es war eine Frau.«

»Okay, sorry. Was hat sie gesagt?«

»Dass ich einige der typischen Verhaltensweisen zeige, aber längst nicht alle. Sie meinte, ich sei einfach nur einzigartig.«

»Das hätte ich ihr auch erzählen können«, meinte Maggie. »Du hast deine Macken. Aber ich mag Leute mit Macken. Die sind interessant.«

»Aber ich möchte einfach nur normal sein.«

»Also, ich wäre ja lieber interessant.«

»Findest du mich wirklich interessant?«

»Allerdings. Schau dir doch mal an, wie du in den letzten drei Monaten aufgeblüht bist.«

»Aufgeblüht?«

»Ja, du bist irgendwie aus dir rausgekommen. Du trittst mehr in Kontakt mit anderen Leuten.«

»Sie hat mir gesagt, dass ich daran arbeiten soll. Mich mehr in andere reindenken.«

»Auf die Umgebung achten, statt sich immer nur auf sich selbst zu konzentrieren. Das ist ein guter Rat.«

»Aber ich mach das ja nicht mit Absicht, Maggie.«

»Das weiß ich, Kevin. Du bist nicht wie mein Ex. Der gehört zu den egoistischsten Leuten, die ich je getroffen habe, dabei sollte er es wirklich besser wissen. Immerhin ist er ein sogenannter Experte, der anderen Leuten Tipps gibt, wie sie ihr Leben führen sollten.«

»Du meinst Josh?«

»Er nennt sich gerne Dr. Josh, aber abgesehen von seinem Titel fehlt es ihm an allen Ecken und Enden. Ich bin nur leider erst vor Kurzem draufgekommen.« Dann fielen Maggie wieder die letzten Worte ein, die sie Josh an den Kopf geworfen hatte. »Tatsächlich hab ich ihm bei unserem letzten Treffen einen anderen Titel verpasst, aber das war wirklich ziemlich unhöflich.«

»Du kannst es mir ruhig erzählen, ich bin kein Kind.«

»Ich hab ihn Wichser genannt.«

Es gab eine lange Schweigepause, in der Maggie schon befürchtete, zu derb gewesen zu sein. Dann hörte sie: »Das hat er verdient.«

Maggie fing an zu lachen. Und meinte, am anderen Ende der Leitung ein unterdrücktes Kichern zu hören. Lachte Kevin? Auf einmal fiel ihr auf, dass sie ihn noch nie richtig hatte lachen hören.

»Du hast große Fortschritte gemacht, seit wir uns zum letzten Mal gesehen haben, Kevin. Ich bin stolz auf dich.«

»Du warst es, die mir geholfen hat.«

»Nein, du hast dir selbst geholfen«, widersprach Maggie, aber in ihrem tiefsten Inneren gefielen ihr seine Worte doch. »Und das Treibhausklima im Quizteam hat vielleicht auch noch was dazu beigetragen. Das scheint ja die besten *und* schlechtesten Seiten in einem Menschen hervorzubringen.«

»Meinst du damit Edward?«

»Wir sollten nicht zu streng mit ihm sein. Er macht im Moment eine schwierige Phase durch.«

»Ich habe Edward nie als Menschen gesehen, der Probleme haben könnte. Er ist immer so …«

»Ein Kontrollfreak? Oder versucht zumindest, alles unter Kontrolle zu haben? Na ja, jetzt ist eben was passiert, was sich seiner Kontrolle entzieht.« Nachdem sie es ausgesprochen hatte, wurde ihr klar, dass sie um ein Haar ein Geheimnis verraten hätte.

»Ist er krank?«

»Nein, nichts in der Richtung. Und er arbeitet an etwas, was ihm helfen könnte. Aber jetzt erzähl doch mal, hat die Psychologin sonst noch was gesagt?«

»Sie hat Workshops erwähnt. Sie meinte, mir fehlt noch ein bisschen der Feinschliff.«

»Feinschliff – das gefällt mir. Wir könnten alle ein bisschen Feinschliff brauchen.«

»Ich geh morgen in meinen ersten Workshop.«

»Und, worum geht's da?«

»Um das Herstellen von Augenkontakt.«

»Das musst du nächstes Mal gleich üben, wenn wir uns wiedersehen«, sagte Maggie und war froh, dass er ihr Lächeln nicht sehen konnte. »Ich finde, deine Psychologin hört sich echt gut an. Sie behandelt dich auf Augenhöhe und arbeitet an konkreten Schwierigkeiten. Trotzdem würde ich es nicht gern sehen, wenn sie dich in eins von diesen dekonstruierten Desserts verwandelt, die ich in Kochsendungen schon gesehen habe – wo der Teig zerbricht oder die Füllung raustropft, und dann zerreißt der Kandidat das Ganze und zerdrückt die Kruste, bis sie völlig zerkrümelt ist und die Füllung in Nocken verwandelt. Danach ist so ein Dessert einfach nicht mehr dasselbe.«

»Dazu kann ich nichts sagen, ich koch nicht so viel.«

»Hast du es deiner Schwester schon erzählt?«

»Nein, ich wollte zuerst dich anrufen.«

»Möchtest du, dass ich für dich mit ihr rede?«

»Würdest du das wirklich tun?«

»Wenn du willst.«

Nach einer langen Pause sagte er: »Ich glaube, das muss ich selbst machen.«

»Gut. Erzähl ihr einfach, was du mir erzählt hast.«

»Glaubst du, sie wird ihre Entscheidung revidieren, und ich darf Patrick wieder sehen?«

»Man kann nie wissen.«

»Ach, Maggie, noch was: An dem Abend, an dem ich das von Patrick erfahren habe, hab ich meine ganzen Notizbücher in Abfalltüten gesteckt.«

»Du hast sie doch nicht etwa weggeworfen, oder?«, fragte sie panisch nach.

»Nein, dafür waren es einfach zu viele. Also hab ich sie in die Garage gestellt, für die vierteljährliche Sperrmüllabholung. Die ist am Montag. Aber ich dachte mir, vielleicht warte ich noch mal bis zum nächsten Quartal. So viel Platz nehmen sie auch wieder nicht weg.«

»Gute Idee. Bis dahin denkst du vielleicht schon anders drüber. Kommst du am Dienstag zum Quizabend? Da werden die Preise verliehen.«

»Ich weiß nicht. Ich würde Beth gern sagen können, dass ich die Quizwettbewerbe aufgegeben habe. Sie fand das schon immer so seltsam.«

»Kevin – Tausende von Leuten gehen jede Woche zu Quizabenden. Ein Quiz an sich ist nicht seltsam. Es lag nur daran, dass du immer die One-Man-Show warst. Ein Eigenbrötler. Aber jetzt bist du doch nicht mehr allein, du gehörst zu einem Team. Und du hast Freunde gefunden.«

Elizabeth

Elizabeth brachte es nicht über sich, irgendjemandem außerhalb der Familie von Patricks Diagnose zu erzählen. Wie hätte sie der Welt auch eröffnen können, dass ihr wunderbarer kleiner Junge eine Entwicklungsstörung hatte? Doch Patrick selbst hatte da keine Hemmungen. Im Gegenteil, er schien fast stolz auf seinen neu entdeckten Zustand zu sein. Peter hatte ihm ein Buch über berühmte Menschen gegeben, die dasselbe

Problem hatten wie er, und er trug es mit sich herum, als wäre es seine Bibel.

»Wusstest Du schon, dass General Gordon von Khartum es vielleicht auch hatte?«, fragte er sie. »Und Lewis Carroll auch. Natürlich hatten sie damals noch keinen Namen dafür. Weil sie damals nämlich auch noch keine Psychologen hatten. Kannst du ›Psychologe‹ buchstabieren, Mum?«

»Ich bin mir nicht sicher. Du?«

»Natürlich. P-S-Y-C-H-O-L-O-G-E. Es kommt aus dem Altgriechischen, deswegen ist es so schwierig.«

Oh Gott. Patrick hörte sich immer mehr wie Kevin an.

Maggie

Am Montagnachmittag stand Maggie gerade in der Damentoilette und bürstete sich die Haare, als Ash hereinkam. Sie war gekommen, um Mei Zhen bei den Proben fürs Schulkonzert zu helfen, die nach Unterrichtsschluss stattfanden.

»Hattest du ein schönes Wochenende?«, fragte Maggie, um eine höfliche Unterhaltung zu beginnen.

»Allerdings. Und ich hab Neuigkeiten, Maggie. Wir wollten es dir die letzten Tage schon unbedingt erzählen, aber wir haben erst noch den Ultraschall abgewartet.«

»Ultraschall? Soll das etwa heißen …?«

»Ja, wir sind schwanger.«

»Oh, Ash, das ist ja großartig. Ich freu mich so für euch«, sagte Maggie und umarmte sie.

»Willst du die Bilder sehen?«

»Natürlich. Aber ist es nicht ein bisschen zu früh für den Ultraschall?«

»Mei Zhen hatte letzte Woche eine leichte Blutung und ging

davon aus, dass sie ihre Tage bekommt. Sie war total fertig und hat schon davon gesprochen, einen Kinderwunschexperten aufzusuchen.«

Maggie konnte sich noch an ihr Gespräch in der Toilette erinnern.

»Da hab ich vorgeschlagen, sie soll einen Schwangerschaftstest machen, nur zur Sicherheit, und der war prompt positiv. Also hat sie den Arzt angerufen, und der hat sie heute Morgen zum Ultraschall geschickt, um nachzuschauen, ob alles in Ordnung ist.«

»Und?«

»Ja, man hört einen kräftigen Herzschlag, und die Größe passt auch.«

Ash zog einen Umschlag aus der Tasche und entnahm ein paar Schwarz-Weiß-Bilder, die Maggie gründlich musterte.

»Schau dir bloß die kleinen Füße an«, sagte Ash. »Sind die nicht süß?«

»Ja, richtig süß«, sagte Maggie und versuchte angestrengt, irgendwo Füße auszumachen. Doch sie konnte nicht mehr erkennen als einen winzigen grauen Fleck. »Wissen schon alle Bescheid, Ash?«

»Nein, du bist der einzige Mensch an der Schule, der es weiß. Der Arzt hat gemeint, wir sollen es in den ersten Monaten keinem sagen, aber wir sind so aufgeregt, dass ich glaube, lange können wir das Geheimnis nicht hüten.«

»Dann erzählt es doch einfach nur euren Familien und ein paar engen Freunden.«

»Das hab ich mir auch gedacht. Aber irgendwann müssen wir es ja auch dem Direktor erzählen. Es geht nicht, dass er das per Flurfunk erfährt.«

Maggie runzelte die Stirn. Der Direktor von Brookford war ultrakonservativ. »Das wird nicht leicht werden.«

»Ich weiß. Doppelter Schlag. Lesbisch und dann auch noch schwanger. Mei Zhens Familie haben wir es gestern erzählt.«

»Wie haben die es aufgenommen?«

»Die kommen nicht damit klar, dass wir ein Paar sind, ganz zu schweigen davon, dass wir ein Kind kriegen.« Ash lächelte traurig. »Ich bin ihr schlimmster Alptraum – eine Frau und dann auch noch eine Nicht-Asiatin.«

»Wenn das Baby erst mal da ist, werden sie schon noch umschwenken.«

»Ich hoffe es.«

Elizabeth

Als Elizabeth Patrick am Montag von der Schule abholte, stand jemand neben ihm, ein ungefähr gleichaltriger Junge mit rotblondem Haar und Sommersprossen. Er trug eine Sonnenbrille.

»Das ist mein Freund Josh«, verkündete Patrick. »Er ist neu an der Schule.«

Patrick hatte einen Freund! Elizabeth wollte ihren Ohren kaum trauen.

»Kann Josh heute mit zu uns kommen?«

»Da muss er aber erst seine Eltern fragen.«

»Meine Mama steht da drüben«, sagte Josh und deutete auf eine große Frau mit kastanienbraunem Bob. »Sie heißt Jessica.« Josh stellte die beiden einander vor, und die Mütter machten etwas Smalltalk, bis Jessica auf einmal sagte: »Ich muss Ihnen über Josh etwas sagen: An seiner alten Schule hatte er eine Menge Ärger, weil er ständig den Unterricht gestört hat. Lesen hat er gehasst, und er konnte sich nie richtig konzentrieren. Dann haben wir irgendwann entdeckt, dass er ein Problem hat – SSS heißt es, das bedeutet, dass er überempfindlich auf

Licht reagiert. Es tut ihm tatsächlich weh, auf eine weiße Tafel zu schauen oder in einem Klassenzimmer mit Neonlicht zu sitzen. Deswegen trägt er eine spezielle Brille.«

»Und er darf buntes Papier benutzen statt weißem«, warf Patrick ein. »Ist doch cool, oder?«

»Dann konnten Sie Joshs Problem also lösen?«, fragte Elizabeth.

»Eine Heilung in dem Sinne ist es nicht, aber mit dem bunten Papier und der Brille sind wir einfach einen Riesenschritt weiter. Außerdem hilft es, wenn die Leute von seinem Problem wissen. Deswegen erzähl ich es allen.«

Elizabeth schluckte. Sie hatte Patricks Problem die ganze Zeit krampfhaft als schlimmes, dunkles Geheimnis behandelt.

»Ich muss zugeben«, sagte Elizabeth, »dass ich von diesem SOS-Syndrom auch noch nie gehört habe.«

»SSS«, korrigierte Patrick. »Das kommt häufiger vor, als man denken würde. Viele Leute mit Lernschwierigkeiten leiden an SSS.«

Elizabeth schaute ihn scharf an. Er hörte sich schon wieder an wie Kevin.

»Es ist schwierig für ein neues Kind, Anschluss zu finden«, fuhr Jessica fort, »vor allem, wenn es ein bisschen … na ja, ein bisschen anders ist. Aber Patrick hat Josh wirklich ganz toll geholfen.« Sie schenkte Patrick ein strahlendes Lächeln.

Zum zweiten Mal an diesem Nachmittag war Elizabeth perplex. Sie hätte sich nie vorstellen können, dass Patrick einen Freund hatte – geschweige denn, dass jemand anders ihn als Freund betrachten könnte. Es kam ihr vor, als würde Jessica von einem anderen Kind sprechen.

Sie verabredeten, dass Jessica Josh um fünf Uhr bei ihnen abholen würde. Dann fuhr Elizabeth mit den beiden Jungs nach Mosswood, wo sie etwas aßen und mit Patricks Wetterbeobachtungsstation spielten. Josh schien davon genauso fasziniert zu sein wie Patrick.

Unterdessen dachte Elizabeth über diese neue Seite an ihrem Sohn nach. War das auf Peters Einfluss zurückzuführen? Hatte der »Theaterkurs« so eine wundersame Veränderung bewirkt? Sicher nicht, denn Peter hatte ihr ja schon gesagt, dass die Fortschritte sich nur langsam zeigen würden. Sie beschloss, ihn anzurufen und die Neuigkeiten von Patrick zu erzählen.

»Das ist toll«, meinte Peter, »aber das ist sicherlich nicht auf meinen Einfluss zurückzuführen. Ich erinnere mich gerade, dass Patrick mal gesagt hat, sein Onkel sei sein bester Freund. Für ihn ist diese Beziehung ein Beispiel dafür, was Freundschaft sein kann.«

»Sein Onkel ist ein bisschen komisch«, sagte Elizabeth zögernd. »Nicht pervers oder so, aber … einfach ziemlich exzentrisch. Ich hab ihm gesagt, dass er sich auch testen lassen soll, weil er mit ziemlicher Sicherheit dasselbe hat wie Patrick.«

»Vielleicht, vielleicht auch nicht. Aber offensichtlich ist er für Patrick ein gutes Vorbild. Ich würde Ihnen raten, diese Beziehung zu fördern.«

Und wer schickte ihr prompt am nächsten Tag eine SMS? Kevin. Seit dem Abend, an dem sie bei ihm gewesen war, um ihm die Neuigkeiten von Patrick zu berichten, hatten sie nicht mehr miteinander gesprochen.

Liebe Beth,
würde es dir passen, wenn ich dich heute um halb sechs anrufe?
Ich habe Informationen, die dich vielleicht interessieren könnten.
Kevin

Quizabend

Maggie

Es war der letzte Abend des Quizwettbewerbs, und niemand musste mehr irgendwelche Fragen beantworten. Dieser Teil der Veranstaltung war vorbei, und nachdem man die Bonuspunkte für Karaoke-Siege und regelmäßige Teilnahme verteilt hatte, stand die endgültige Rangliste fest. Obwohl die genauen Zahlen noch geheim gehalten wurden, wussten alle, dass der erste Preis entweder an Teddy and the Dreamers, die Üblichen Verdächtigen oder die Amazonen gehen würde.

Der Professor und Miss Kitty hatten die Preise auf der Bühne aufgebaut. Maggie musterte die Gegenstände, aber nur einer interessierte sie. Der kleinste von allen. Ein Umschlag mit einem Gutschein über ein Wochenende für sechs Leute. Und obwohl der Gedanke, zwei Tage mit Edward zu verbringen, alles andere als attraktiv war, verspürte sie ein aufgeregtes Kribbeln, wenn sie sich einen Kurzurlaub auf dem Land mit Kevin vorstellte. Er war nicht umwerfend in der Art eines Josh Houghton, trotzdem hatte er etwas seltsam Anziehendes. Und wenn sie ganz ehrlich sein sollte, musste sie zugeben, dass ihr das Bild von Kevin mit seinem Filzhut und dem Dreiteiler seit dem Kino-Themenabend nicht mehr aus dem Kopf gegangen war.

In diesem Moment erschien er höchstpersönlich, und Maggie merkte, wie sie wegen ihrer kleinen Phantasie eben rot anlief. Nachdem er die Drinks an der Bar gekauft hatte – einen

LLB für sich, einen Chardonnay für sie –, setzten sie sich an Tisch zehn. Maggie merkte, dass sein Teint wieder Farbe hatte und der verzweifelte Gesichtsausdruck verschwunden war.

»Was war mit deiner Schwester?«, fragte sie, denn sie wusste, dass er höchstwahrscheinlich nicht freiwillig davon erzählen würde.

»Patricks Psychologe hat ihr gesagt, dass ich dem Jungen guttue, weil ich derjenige bin, dem er am meisten vertraut. Also darf ich ihn wieder treffen.«

»Das sind ja wunderbare Neuigkeiten, Kevin.« Maggie erwog kurz, ob sie seine Hand drücken sollte, nahm dann aber doch Abstand davon. »Hast du deiner Schwester auch erzählt, was deine eigene Psychologin gesagt hat?«

»Ja, aber Beth hätte gern, dass ich eine zweite Meinung einhole. Sie meint, ich bin der absolut klassische Fall. Das würde ein Blinder sehen. Ich hab Beth gesagt, dass dich die Diagnose nicht überrascht hat und dass du findest, ich hätte zwar meine Macken, sei aber interessant.«

»Und, wie hat sie reagiert?«

»Sie hat eine Menge Fragen zu dir gestellt.«

»Zum Beispiel?«

»Was für einen Beruf du hast, ob du verheiratet bist, wie alt du bist.«

»Wie alt ich bin? Das hab ich dir doch nie gesagt.«

»Bist du nicht um die fünfundvierzig?«

Maggie verschluckte sich fast an ihrem Chardonnay. »Sechsundvierzig«, sagte sie und betete, dass nicht gleich ein Blitz aus dem Himmel herniederschlug.

»Und ich hab gesagt, dass du Filmexpertin bist und beim Filme-Themenabend als Jean Harlow gekommen bist. Das Problem ist nur, dass sie dann gleich Schlussfolgerungen gezogen hat.«

»Schlussfolgerungen?«

»Falsche Schlussfolgerungen.«

»Und was wären das für welche?«

»Dass du meine Freundin bist.«

»Oh.«

»Ich hab versucht, diesen Eindruck zu korrigieren, aber sie hat mir gar nicht zugehört. Sie meinte, jemand wie du würde viel besser zu mir passen als Danni.«

»Danni?«

»Das war das Mädchen, von dem ich dir erzählt habe.«

»Triffst du dich denn nicht mehr mit ihr?«

»Das ist vorbei.«

»Tut mir leid.« Natürlich tat es Maggie kein bisschen leid.

»Bist du denn böse, dass Beth meint, wir wären …« Er verstummte.

»Nein. Du bist schließlich ein attraktiver Mann. Eine Frau könnte es weiß Gott schlechter treffen.« Als sie sah, wie er rot wurde, fügte sie hinzu: »War nur ein Witz. Im Übrigen scheinen auch andere uns für ein Paar zu halten. Unsere Teamkollegen zum Beispiel. Und der Professor und Miss Kitty ebenfalls.«

Kevins Augen weiteten sich. »Aber wie kommen sie denn darauf?«

»Ich hab nicht die geringste Ahnung«, sagte Maggie grinsend.

In diesem Moment erschien Carole mit Edward im Schlepptau.

»Sind wir uns eigentlich einig mit diesem Wochenendtrip?«, fragte Carole, als sie sich hinsetzten.

»Noch haben wir nicht gewonnen«, sagte Maggie.

»Das ist doch schon vollendete Tatsache«, meinte Edward und machte sich auf den Weg zur Bar.

Carole flüsterte Maggie ins Ohr: »Er ist heute Abend schlecht gelaunt.«

Maggie konnte sich nicht entsinnen, Edward jemals gut gelaunt erlebt zu haben, doch sie reagierte, als wäre es eine Abweichung vom Normalfall. »Oh, tut mir leid, das zu hören.«

»Es ist wegen des Buchs«, fuhr Carole fort.

»Schreibblockade?«, fragte Maggie.

»Nein, viel schlimmer. Er hat heute ein Ablehnungsschreiben bekommen. Sie haben gemeint, im Moment hätten sie keinen Bedarf für diese Art von Buch.«

»Ist das nicht die Standardantwort?«

»Ich glaube schon. Trotzdem, er ist am Boden zerstört. Er ist nur zum Quizabend mitgekommen, weil heute die Preise verteilt werden.«

»Aber er versucht es doch sicher weiter, oder? Es muss doch jede Menge andere Verlage geben.«

»Ich weiß nicht, Maggie. Er hat wohl erwartet, dass sie sich drauf stürzen werden, und jetzt ist er eingeschnappt.«

»Das fühlt sich jetzt wahrscheinlich an wie eine doppelte Zurückweisung – wo doch schon seine Stelle gestrichen wurde.«

»Wir nennen das nicht so, Maggie – er hat nur einen ›längeren Urlaub‹ genommen.«

»Entschuldigung, hab ich ganz vergessen.«

»Pscht. Er kommt gerade zurück.«

Ash und Mei Zhen trafen spät ein, kicherten und flüsterten. Maggie kannte den Grund und überlegte, ob Carole wohl auch Bescheid wusste.

»Kommen dir Ash und Mei Zhen heute Abend auch ein bisschen komisch vor, oder bilde ich mir das nur ein?«, flüsterte Carole Maggie zu. »Glaubst du, dass sie was getrunken haben?«

Carole wusste also nicht Bescheid.

In der Zwischenzeit hatte Kevin, der Caroles Frage gehört hatte, sich zu den Neuankömmlingen umgedreht und starrte sie an, als wären sie Tiere im Zoo.

»Nein, ich glaube nicht, dass sie was getrunken haben«, flüsterte Maggie zurück. »Und starr die beiden nicht so an, Kevin.« Als sie seinen gekränkten Gesichtsausdruck sah, fügte sie hinzu: »Wusstest du, dass das periphere Sehen bei Frauen viel besser ausgeprägt ist? Das bedeutet, dass wir einen gutaussehenden Mann anschauen können, ohne dass wir auffällig hingaffen müssen.«

»Gaffen. Genau das machen Männer bei Frauen«, sagte Ash, die den letzten Satz ihrer Unterhaltung aufgeschnappt hatte.

»Diese Theorie über Geschlechterunterschiede beim peripheren Sehen muss ich mal nachrecherchieren«, meinte Kevin.

Mei Zhen räusperte sich. »Wir haben euch was mitzuteilen«, sagte sie, ans ganze Team gewandt. »Vorläufig ist es aber noch streng geheim.«

»Du lässt dich doch nicht etwa an eine andere Schule versetzen, oder?«, fragte Carole erschrocken. »Du bist die beste Musiklehrerin, die wir je gehabt haben!«

»Es hat nichts mit der Schule zu tun.« Sie holte tief Luft, bevor sie verkündete: »Wir kriegen ein Baby.«

Es folgte eine Schweigepause, in der Edward, Carole und Kevin die unerwartete Enthüllung zu verarbeiten schienen. Da Maggie die Einzige war, für die es nichts Neues war, brach sie das Schweigen und versuchte so, den anderen eine positive Reaktion zu entlocken. »Ein Baby! Das ist ja toll – findet ihr nicht?«

»Ja, das sind wunderbare Neuigkeiten«, sagte Carole. »Ich fühle mich wie die stolze Großmutter.«

»Glückwunsch«, sagte Kevin. Er stand auf, ging zu den Frauen und gab jeder ein Wangenküsschen.

Maggie war so stolz auf ihn, dass sie hätte platzen können. Sie hatte tatsächlich noch nie gesehen, dass er jemand in einer freundschaftlichen Geste berührt hätte, geschweige denn geküsst. Aber ihre Freude währte nicht lang.

»Das ist ja widerlich«, sagte eine schneidende Stimme neben ihr.

»Wie bitte?«, sagte Ash.

»Du hast gehört, was ich gesagt habe. Das ist abnormal. Pervers. Unnatürlich.«

»Du bist Arzt, Edward. Ich hätte erwartet, dass du da offener bist«, sagte Ash mit angespannter Stimme.

»Es gibt einfach Dinge, die sind nicht akzeptabel.«

»Das meint er nicht so, Ash«, sagte Carole. »Das ist jetzt bloß der Schock.«

»Ich habe es ganz genau so gemeint, Carole.« Er wandte sich zu Ash und Mei Zhen. »Welche von euch beiden ist die werdende Mutter?«

»Ich«, antwortete Mei Zhen eingeschüchtert.

»Und, wie wird das Kind *dich* nennen, Ash? *Daddy*?«

»Warum kannst du dich nicht einfach für sie freuen?«, fragte Carole. »Und wenn du das nicht kannst, dann sag doch einfach gar nichts.«

»Pscht, alle mal leise sein«, sagte Maggie. Sie war dankbar, dass der Professor in diesem Augenblick das Mikrofon ergriffen hatte. »Er verkündet jetzt die Rangliste.«

Währenddessen starrte Ash Edward zornig an. Er reagierte mit Todesverachtung.

»Das ist der Abend, auf den alle gewartet haben«, sagte der Professor, »der Höhepunkt nach drei Monaten Wettkampf. Ich will nicht lange herumreden. Voller Stolz darf ich verkünden, dass wir auf dem dritten Platz die wunderbaren Amazonen haben. Könnte die Teamsprecherin bitte auf die Bühne kommen und den Preis abholen?«

Eine große Frau mit langen dunklen Haaren sprang geschmeidig auf die Bühne und bekam einen Gutschein für ein Porzellanservice.

»Das ist die, die mich in der ersten Woche anwerben wollte«, flüsterte Kevin in Maggies Ohr.

»Wirklich? Wie konntest du der bloß einen Korb geben? Die sieht doch so toll aus.«

»Und furchterregend.«

»Auf dem zweiten Platz haben wir die Üblichen Verdächtigen«, sagte der Professor.

Eine schöne Blonde trat neben den Professor und erhielt einen Gutschein für Elektrogeräte.

»Die hat auch versucht, mich anzuwerben«, sagte Kevin leise.

»Und was hat dich dann veranlasst, dich unserem Team anzuschließen?«, fragte Maggie. »Wenn du zwölf Wochen in so attraktiver Gesellschaft hättest verbringen können?«

»Es hat mir gefallen, was du über Buchhalter gesagt hast.« Dann fügte er so leise hinzu, dass nur sie es hören konnte: »Und ich mochte dich.«

Maggies Wangen färbten sich dunkelrosa, was am Tisch aber keinem aufzufallen schien, denn der Professor schickte sich jetzt an, die Sieger zu verkünden. .

»Es wird euch nicht überraschen«, sagte er, »dass unser erster Preis an ein Team geht, das konstant gut gespielt hat. Und das ist natürlich Tisch zehn – Teddy and the Dreamers. Ich fordere den Teamsprecher auf, auf die Bühne zu kommen und den Preis abzuholen.«

Als Edward breitschultrig und selbstbewusst auf die Bühne ging, fühlte Maggie sich an den Kapitän einer siegreichen Footballmannschaft erinnert, der den Pokal abholen geht.

»Gut gemacht, Teddy«, sagte der Professor und schüttelte ihm die Hand. »Na, wofür haben Sie sich entschieden? Den Urlaub oder den Plasmafernseher?« Er hielt Edward das Mikro hin.

Es gab eine Pause von ein, zwei Sekunden, dann sagte Edward: »Wir nehmen den Fernseher.«

Maggie fiel fast vom Stuhl, Carole schaute verwirrt drein, und Ash und Mei Zhen tauschten verdutzte Blicke. Selbst Kevin, an dessen Gesicht man selten eine emotionale Reaktion ablesen konnte, wirkte völlig entgeistert.

»Sind Sie sicher, Teddy? Wenn Sie sich entschieden haben, ist es fix, dann gibt es kein Zurück mehr.«

Maggie wollte aufstehen und rufen: »Was machst du denn da, Edward? Wir hatten uns doch auf den Urlaub geeinigt!« Doch da sagte Edward schon: »Wir sind uns absolut sicher.«

»In diesem Fall werden wir veranlassen, dass der Fernseher an eine Adresse Ihrer Wahl geliefert wird. Und noch einmal meinen Glückwunsch, Dreamers. Sie waren wirklich außergewöhnliche Teilnehmer.« Er überreichte Edward eine silberne Trophäe. »Möchten Sie noch etwas sagen, Edward?«

»Nur, dass ich den Preis ausgesucht habe, den man zu Geld machen kann, denn das lässt sich unter den Spielern des Teams aufteilen. Ich hab das Gefühl, das ist in Anbetracht der Umstände das Beste.«

Nach dieser kryptischen Bemerkung verließ er die Bühne und setzte die Trophäe geräuschvoll auf Tisch zehn ab.

»Warum hast du denn jetzt den Scheißfernseher genommen?«, fragte Maggie, die nur selten öffentlich fluchte. »Wir hatten uns doch auf den Wochenendtrip geeinigt.«

»Das wäre jetzt ja wohl kaum angebracht, oder?«, sagte er,

und sein Gesicht verfärbte sich violett. »Ich hab keine Lust, ein Wochenende mit *denen da* zu verbringen.«

Obwohl er Ash und Mei Zhen nicht direkt anschaute, wusste jeder, wen er meinte.

»Keine Sorge«, sagte Edward. »Ich verkauf das Ding online und teil den Betrag auf. Ihr kriegt alle euer Geld.«

»Es geht doch gar nicht ums Geld«, sagte Maggie.

Ash und Mei Zhen standen auf.

»Wir gehen«, verkündete Ash. »Danke für deine guten Wünsche, Maggie. Dir auch, Carole.« Sie beugte sich vor und küsste Kevin auf die Stirn. »Du bist ein guter Mann, Kevin.«

»Bis morgen«, rief Maggie ihnen traurig nach, aber sie verließen bereits den Saal. Dann wandte sie sich Kevin zu, der immer noch verblüfft dreinsah. Ob das jetzt von dem Kuss kam oder von den Ereignissen der letzten Minuten, wusste sie nicht.

»Edward Clarke!«, sagte Carole in einem erbitterten Ton, wie Maggie ihn von ihr noch nie gehört hatte, nicht mal gegenüber dem aufsässigsten Schüler. »Ich weiß, dass du in letzter Zeit einen ziemlichen Kummer gehabt hast, aber du hast kein Recht, so mit den beiden zu reden.« Sie stand auf und warf sich ihre Handtasche über die Schulter. »Ich geh jetzt nach Hause. Du kannst ein Taxi nehmen. Und glaub nicht, dass du heute Abend oben schlafen kannst.«

Jetzt saß nur noch die Hälfte des Teams am Tisch zehn, ein seltsames Trio mit einem Silberpokal.

»Das ist doch ein freies Land hier, oder?«, sagte Edward, als Maggie ihn wütend anfunkelte. »Ich hab nur meine Meinung gesagt. Und ich bin sicher, die meisten Leute in diesem Raum würden sich mir anschließen.«

»*Ich* nicht«, sagte Maggie.

»Ich auch nicht«, sagte Kevin.

Eine Sekunde trafen sich Maggies und Kevins Blicke, dann schaute er weg.

»Ach, ihr zwei überhaupt«, schimpfte Edward weiter, »mit euren Seduktionszonen und eurem geheimen Geflüster. Ihr führt euch auf wie zwei liebeskranke Teenies.«

Maggie wollte gerade eine gepfefferte Antwort geben, da fiel ihr ein, dass man Edward gerade jegliche berufliche Perspektive genommen hatte. Vielleicht erklärte dies das extrem rüpelhafte Benehmen, das er heute an den Tag gelegt hatte.

»Wir gehen auch«, erklärte Maggie und stupste Kevin an.

Edward war ebenfalls aufgestanden. »Warum bleibt ihr beiden nicht noch? Dann habt ihr Gelegenheit, unter euch zu sein. Deswegen kommt ihr doch überhaupt hierher, oder?« Bevor er sich zum Gehen wandte, fügte er noch hinzu: »Ich bitte Carole, euch eine Mail zu schreiben, sobald der Fernseher verkauft ist.«

Epilog

Sobald Edward gegangen war, betastete Maggie geistesabwesend den Silberpokal, der vor ihnen auf dem Tisch stand. Es war zwar kein Silber, sondern nur ein billiges Imitat, aber trotzdem sah der Pokal beeindruckend aus. Sie konnte sich nicht entsinnen, jemals eine Trophäe gewonnen zu haben. In Sport war sie nie gut gewesen, und für akademische Leistungen wurden keine Preise verliehen – jedenfalls nicht in den Sechzigern und Siebzigern. Auf der Vorderseite war eingraviert:

Clifton Heights Sports Club
Sieger in der Quizstaffel Herbst/Winter
Teddy and the Dreamers

Immerhin hatten sie einen greifbaren Preis. Sie wagte es nicht, Kevin anzusehen, der den Kopf gesenkt hielt und sein Gesicht versteckte. Was hielt er von diesem ganzen Aufstand? Dann hörte sie: »Es geht nicht um die Preise, Maggie.«

»Das weiß ich, Kevin. Quizveranstaltungen sind viel mehr als bloß Wettbewerbe.«

»Was machen wir denn jetzt?«, fragte er niedergeschlagen.

»Keine Ahnung.«

»Ich glaube ja nicht, dass sie zurückkommen.«

»Mmm, ich befürchte auch, dass die das letzte Mal bei einem Quiz mitgemacht haben.«

Nach einer langen Pause sagte er: »Und wie wär's mit dir und mir?«

Aus dem Munde jedes anderen hätte sich das angehört wie ein Antrag.

»Wir? Als Team?«

»Wir waren doch sowieso die besten Spieler.«

In Kevins Worten lag keine Spur von Arroganz. Er sprach immer nur von Fakten. Bedeutungsschattierungen oder Humor waren ihm fremd – zumindest würde er nie absichtlich eine ironische Bemerkung machen.

»Das ist wahr«, antwortete sie. Es bestand keine Veranlassung zu falscher Bescheidenheit, wenn man mit jemandem redete, der immer nur die Wahrheit sagte.

»Miss Kitty notiert sich schon die Namen für die nächste Quizstaffel«, sagte Kevin. »In einem Monat geht es los. Vielleicht könnten wir uns Tisch acht reservieren, der ist in der Nähe des Ausgangs.«

Maggie zögerte keine Sekunde. »Dann machen wir das doch. Aber wie wollen wir uns nennen?«

»Zwei auf gleichem Weg?«, schlug er vor.

»Nein, das war ein Film aus dem Jahr 1967«, erwiderte Maggie. »Mit Audrey Hepburn und Albert Finney. Komm, wir denken uns was richtig Originelles aus. Ohne irgendwelche Popkultur-Anspielungen.«

»Wie wäre es denn mit: The Two of Us?«

Maggie schüttelte den Kopf. »Das war ein Lied von Jackie Trent und Tony Hatch. Mitte der Sechziger.«

»Weißt du das genaue Jahr nicht mehr, Maggie?«

Hätte sie es nicht besser gewusst, dann hätte sie gedacht, dass er sie aufzog. »Ich werde gleich nachschauen, wenn ich nach Hause komme, Kevin.«

Aber er hörte gar nicht zu, denn er war ganz in Gedanken

versunken. Er hatte die Stirn so stark gerunzelt, dass sie sich fragte, ob er schon bereute, die Gründung ihres Zweierteams vorgeschlagen zu haben. Sie wollte gerade anbieten, die Idee wieder fallen zu lassen, als er mit ganz uncharakteristischem Enthusiasmus sagte: »Wie wär's mit Doppelte Buchführung? Das ist ein Ausdruck aus dem Rechnungswesen – und das bedeutet, dass man bei jeder Buchung ein Konto im Soll und ein Konto im Haben belasten muss, so dass am Ende immer ein Gleichgewicht zwischen Aktiv- und Passivseite besteht.«

»Doppelte Buchführung. Klingt fast zwielichtig.«

»Finde ich gar nicht«, antwortete er mit dem verlegenen Gesichtsausdruck, den sie so bezaubernd fand.

»Und einfach Zweifach?«, schlug er vor. »Hat das auch zwei Bedeutungen?« Erst, als er es ausgesprochen hatte, wurde ihm klar, dass er einen Scherz gemacht hatte, und er suchte in ihrem Gesicht nach einem Zeichen der Anerkennung.

»Oder Double Trouble«, meinte sie. »Weißt du was – nennen wir uns doch einfach ›Name wird nachgeliefert‹. Wir haben noch vier Wochen, uns einen richtigen Namen auszudenken.«

Als sie auf die Bühne gingen, um sich für den nächsten Wettbewerb einzutragen, war Miss Kitty so klug, keine Fragen zum Verschwinden von Teddy und den anderen Dreamers zu stellen. Hinterher gingen Maggie und Kevin die Treppen hinunter ins Foyer mit dem kobaltblauen Teppich.

»Wir haben eine Schwachstelle, Maggie«, sagte er, während er die schwere Glastür aufdrückte, die auf den Parkplatz führte.

Einen Moment war Maggie verblüfft. Dann wurde ihr klar, dass er über ihr Quizwissen und nicht über ihre Freundschaft sprach. »Ich weiß«, sagte sie. »Musik nach 1990.«

»Da müssen wir wirklich pauken.«

»Ich wüsste nicht wie.«

»Die Top 40 studieren. Die Titel und Interpreten auswendig lernen. Musikvideos im Internet anschauen. Wir könnten die Jahrzehnte ja untereinander aufteilen.«

Maggie seufzte. »Ich hab keine Zeit für so was, Kevin. Beziehungsweise keine Motivation.«

»Wir könnten uns doch zum Lernen treffen. Die nächsten vier Dienstage.«

»Hier?«

»Nein, wir bräuchten schon einen Ort, wo wir uns konzentrieren können. Du könntest doch zu mir kommen. Dann kann ich dir auch meine Notizbücher zeigen.«

Manchmal war Kevin Dwyer so komisch, dass es Maggie große Mühe kostete, nicht laut loszulachen.

»Okay. Wie wär's gleich mit nächstem Dienstag?«

»Gut. Wir können es uns nicht leisten, eine Woche ungenutzt verstreichen zu lassen. Ich schreib dir gleich meine Adresse auf.«

Obwohl sie ihn seit drei Monaten kannte, hatte Maggie keine Ahnung, wo Kevin wohnte. Er zog einen Stift und einen kleinen Notizblock aus der Tasche und schrieb die Angaben in Blockbuchstaben auf.

»Soll ich uns was zu essen mitbringen? Ich könnte unterwegs was besorgen«, schlug sie vor, als sie den Zettel in die Reißverschlusstasche ihrer Handtasche schob.

»Nein, danke. Das kann ich schon organisieren.«

Vielleicht lag es an der dämmrigen Parkplatzbeleuchtung, aber Maggie fand, dass er fröhlich aussah. Sie sah Kevin nicht oft lächeln, doch jetzt schienen seine Mundwinkel leicht nach oben zu zeigen. Und wenn sie nicht irrte, waren da auch wieder diese bezaubernden Grübchen aufgetaucht.

»Dann bis nächsten Dienstag«, sagte sie, als sie bei ihrem Auto angekommen waren.

»Sechs Uhr«, bestätigte er.

»Ich werde da sein«, erwiderte Maggie. Sie würde Kevins extremes Verständnis von Pünktlichkeit sicher nicht auf die leichte Schulter nehmen. »Ich bring den Nachtisch mit.«

»Und deinen Laptop«, fügte er hinzu.

Maggie musste ein Lächeln verbergen. Wollte er sie daran erinnern, dass es ein geschäftliches und kein privates Treffen war? Gerade als sie ihr Auto aufschließen wollte, fiel ihr etwas ein – der Pokal, den sie sich unter den Arm geklemmt hatte.

»Hier, Kevin, der ist für dich. Du verdienst ihn mehr als jeder andere.«

Er nahm ihn entgegen, als würde sie ihm einen Academy Award überreichen. Fast rechnete sie mit einer Dankesrede. Im Grunde war seine Antwort auch eine Dankesrede – nach Kevins Maßstäben zumindest: »Danke.«

Er umklammerte die Trophäe fest und machte ein paar Schritte zu seinem eigenen Auto, doch dann blieb er noch einmal jäh stehen und kehrte um.

»Maggie?«

»Ja?«

»Eine Woche bis zu unserem Lernabend, das ist eine ganz schön lange Wartezeit.«

Es entstand eine verlegene Pause, in der Maggie ermutigend lächelte, ihn aber stumm anflehte weiterzusprechen. Aber das tat er nicht, deswegen soufflierte sie: »Hast du überlegt, ob wir uns zweimal die Woche treffen sollten?«

»Irgendwie schon. Hättest du denn diesen Sonntag Zeit?«

»Ich muss am Wochenende ein paar Tests korrigieren, aber das könnte ich ja am Samstag erledigen.«

Noch eine Pause, dann sagte er so leise, dass sie ihn kaum

hören konnte: »Fändest du es komisch, wenn ich dir ein Picknick vorschlagen würde?«

»Nein, Kevin, überhaupt nicht.«

»Dann würdest du also kommen?«

»Natürlich.«

»Mir ist bloß grade ein Tag eingefallen, den ich als Junge mal in Avonley verbracht habe. Wir hatten Schulferien, und meine Mutter hat Beth und mich zu einem Picknick mitgenommen. Wir haben ein Ruderboot gemietet und sind den Fluss hochgefahren. Das Wasser war so klar, dass man bis zum Grund schauen konnte. Ich konnte nicht so gut alleine rudern, ich hab uns immer im Kreis gefahren, aber dann hat meine Mutter das zweite Ruder genommen, und so konnten wir dann Kurs halten. Das war einer der glücklichsten Tage meines Lebens. Meinst du, wir könnten am Sonntag nach Avonley fahren und uns für den Tag ein Boot mieten?«

Maggie war so gerührt von seiner Geschichte, dass sie kaum antworten konnte. Abgesehen von seinen Ausführungen über den Buchhalter von Eliot Ness hatte sie noch nie eine so lange Rede von ihm gehört, vor allem nichts derart Persönliches. Sie räusperte sich. »Natürlich. Ich bring einen Picknickkorb mit.«

Aber was für ein Lerntreffen war das eigentlich, wenn man den ganzen Tag auf dem Fluss ruderte? Und wenn dieses Picknick kein Lerntreffen war, was genau war es dann? Es klang fast nach … einem Date. Sie errötete, und die Hitze stieg ihr ins Gesicht wie das Quecksilber im Thermometer. Sie hoffte, dass es im schlechten Licht auf dem Parkplatz nicht zu sehen war. Als sie zu Kevin blickte, wurde ihr sofort klar, dass man ein rotes Gesicht hier ganz bestimmt nicht verstecken konnte. Sein Gesicht sah genauso rot aus, wie sich ihres anfühlte.

»Darf ich Rufus mitbringen?«, fragte sie.

Die Andeutung eines Runzelns lief über seine Stirn. »Rufus?«

»Meinen Hund.«

»Natürlich.« Er klang erleichtert. »Und Ruderbootfahren macht ihm nichts aus?«

»Er ist einfach glücklich, wenn er da ist, wo ich bin.«

»Ich schreib dir noch eine SMS mit der Uhrzeit«, sagte Kevin. »Und dann komm ich dich abholen. Wär das okay?«

»Absolut okay.«

»Dann meld ich mich.«

»Gut.« Sie schluckte nervös, wie ein junges Mädchen, das zum ersten Mal um ein Date gebeten wird. Sie stellte sich ihren Tag auf dem Fluss schon vor. Wie eine Szene aus einem romantischen Film breitete es sich vor ihrem inneren Auge aus.

Unter einem wolkenlosen Himmel schlängelt sich ein Fluss durch einen Eukalyptuswald. Das Licht fällt durch das Laubwerk und zeichnet ein Fleckenmuster auf die Wasseroberfläche. Eine Frau mit dunklen Haaren und einer Figur, die manche als kurvig bezeichnen würden, sitzt im Heck eines alten Holzruderboots. Ihr Gesicht wird von einem breitkrempigen Strohhut beschattet. Eine Hand lässt sie träge ins Wasser hängen, mit der anderen streichelt sie ihren dreifarbigen Schäferhund. Ihr gegenüber sitzt ein hemdsärmeliger Mann mit windzerzaustem blondem Haar und legt sich in die Ruder, um sie stromaufwärts zu fahren. Aber, Moment – sie bewegen sich ja gar nicht vorwärts. Sie fahren die ganze Zeit im Kreis. Taktvoll bietet sie ihm an, die Hälfte der Arbeit zu übernehmen. Sie steht auf, und ganz kurz sieht es so aus, als würde sie das Gleichgewicht verlieren, doch dann reicht er ihr die Hand und stützt sie. Als sie sich neben ihn setzt, hält sie sich an seinen Schultern fest, um nicht hinzufallen. Meine Güte, ist der stark, denkt sie, und ihr Herz klopft heftig …

Kevin riss sie aus ihrer Träumerei. »Gute Nacht, Maggie.«

»Gute Nacht, Kevin«, antwortete sie. Ihr war ein klein wenig schwindlig.

Als er ihr die Autotür aufhielt, sprachen sie kein Wort, doch einen Moment lang hatten sie Augenkontakt, und er schaute nicht weg. Sie setzte sich hinters Lenkrad. Dann machte er die Tür sanft zu und winkte ihr noch einmal kurz, bevor er zu seinem eigenen Auto ging. Sie sah ihm durchs Seitenfenster nach. Vielleicht bildete sie es sich nur ein, aber sein Gang schien auf einmal etwas Federndes zu haben, was ihr vorher nicht aufgefallen war. Und seine Schultern wirkten straffer, nicht so zusammengesackt. Bevor sie sichs versah, hatte er sein Auto gestartet, setzte rückwärts aus seiner Parklücke und fuhr davon.

Sie blieb noch eine Weile sitzen, wartete, bis sich ihr Herzklopfen beruhigt hatte, und versuchte, sich einen Reim auf das zu machen, was gerade passiert war. Kevin Dwyer und Maggie Taylor hatten ein Date! Vor drei Monaten wäre ihr die Vorstellung lächerlich vorgekommen. Jetzt fühlte sich alles ganz richtig an. Kevin Dwyer und sie bildeten ein Team, eine Partnerschaft, eine Allianz. Kein süßes Pärchen, ganz im Gegenteil. Eher ein seltsames Gespann. Extrem unterschiedlich, aber letztlich doch harmonisch. Wie zwei Komplementärfarben, wie Gelb und Violett – so verschieden, dass man im ersten Moment dachte, sie könnten zu zweit gar nicht funktionieren … bis man die Kombination sah und ganz zweifelsfrei wusste, dass die beiden einfach zusammengehörten.

Maggie drehte den Zündschlüssel und schaltete das Licht an. Nur eines störte sie ein wenig – die Lüge, was ihr Alter anging. Sollte sie ihm die Wahrheit sagen? Vielleicht … vielleicht aber auch nicht. Eine Frau durfte doch zumindest ein Geheimnis haben, oder? Schließlich war Kevin selbst ein Mann voller

Rätsel, versteckter Untiefen und ungeahnter Seiten, und sie hätte ihn um nichts in der Welt anders haben wollen.

Es kam Maggie so vor, als hätten die Leute immer nur versucht, Kevin zu ändern, ihm ihre eigenen Verhaltensmuster aufzuzwingen, ihn umzupolen und zu zerlegen. Seine Schwester hatte ihn mit dem Etikett eines Syndroms versehen, das nach einem österreichischen Arzt benannt war, und wenig später hatte eine Psychologin dieses Etikett wieder entfernt. Als würde man einen Aufkleber mit der Warnung »Beschädigte Ware« wieder abnehmen. Auf einmal hatte er also doch kein Syndrom mehr. Aber er sehnte sich immer noch danach, normal zu sein – was auch immer »normal« bedeuten mochte. Als könnte man eine komplexe Persönlichkeit in ein einzelnes Wort pressen. Maggie brauchte viele Worte, um Kevin zu beschreiben: chronisch pünktlich, ungewollt komisch, etwas zu sehr mit sich selbst beschäftigt, unerschütterlich prosaisch, erfrischend aufrichtig, ungeschickt im gesellschaftlichen Umgang, unglaublich klug und wirklich liebenswert.

Statt ihn also in eine Schublade zu stecken, sollte man lieber seiner Welt einen Besuch abstatten und sich gut umschauen. Zugegeben, man würde auf Stundenpläne und Tabellen, Listen und Verzeichnisse stoßen, aber es würde auch saubere, glänzende Flächen geben, frei von Heuchelei und vorgetäuschten Tatsachen. Und mochte sein Leben auch auf den Maximen Routine, Berechenbarkeit und einer gewissen Introvertiertheit basieren – Maggie war überzeugt, dass man das Beste aus ihm herauskitzeln konnte, ohne gleich seine ganze Welt einreißen zu müssen.

Wenn man sein Benehmen nur als pedantisch und lieblos interpretierte, hatte man nicht genau genug hingeschaut. Wenn man ihn so akzeptierte, wie er war, wenn man eher nach seinen Stärken als nach seinen Fehlern suchte, konnte man Welten und Wunder entdecken, die man noch in keinem anderen gefunden hatte.

Was für eine faszinierende Aussicht!

Nachwort

Genauso wenig, wie dies ein Roman über Quizabende ist, ist es als Roman über bestimmte Störungen oder Syndrome gedacht. Wenn überhaupt, erzählt dieses Buch vom Bedürfnis, einer Welt anzugehören, die Konformismus liebt und mit allzu individuellen Abweichungen nicht umgehen kann. Menschen wie Kevin, die ein bisschen anders sind, fühlen sich ständig außen vor. Es ist schwer für sie, eine Nische zu finden, aber es ist nicht unmöglich. Wir alle können ihnen helfen, indem wir unter die Etiketten und Stereotypen schauen und das Individuum darunter suchen, mit all seinen Talenten und Schwächen.

In meiner Laufbahn als Lehrerin habe ich mich immer sehr bemüht, einen Schüler mit »besonderen Bedürfnissen« nicht durch seine »Krankheit« zu definieren. Ich habe Menschen so oft sagen hören: »Er hat ADHS« oder: »Sie hat eine Zwangsstörung«, und ich wollte jedes Mal ausrufen: »Aber das ist doch nicht alles, was diese Person ausmacht!«

Der Romancharakter Phillip ist eine Kombination von vielen solchen interessanten und besonderen jungen Menschen, die ich im Laufe der Jahre unterrichtet habe, und die Szenen, in denen er auftritt, sind von meinen eigenen Erlebnissen inspiriert.

Das Internet ist voller Informationen über verschiedenste Störungen bei Kindern und Erwachsenen. Obwohl manches davon ganz exzellent ist, findet man auch jede Menge grob vereinfachendes Material, darunter Schnell-Fragebögen, mit denen man scheinbar sofort eine Diagnose stellen kann. Zwar basieren auch Fachleute ihre Diagnosestellung auf Fragebögen und Gespräche, aber immer in Verbindung mit einer Reihe anderer diagnostischer Werkzeuge.

Die Charaktere in diesem Buch sind fiktiv, und die Schilderung ist völlig subjektiv. Für eine Einschätzung Ihrer eigenen Situation sollten Sie immer die Hilfe eines Arztes oder eines Psychologen in Anspruch nehmen.

Bei der Zusammenstellung der Fragen und Antworten für die Quizabende im Roman hat mir die Internet Movie Database (www.imdb.com) ganz besonders geholfen, das war meine bevorzugte Quelle. Auch ohne die Quelle des Allgemeinwissens schlechthin, Wikipedia, wäre ich nicht ausgekommen. In vielen Fällen habe ich mich jedoch auf mein eigenes Gedächtnis verlassen – eventuelle Ungenauigkeiten gehen deswegen auch auf mein Konto.

Bitte vergessen Sie nicht, dass die Antworten, auf die sich das Team von Maggie und Kevin geeinigt hat, nicht unbedingt die richtigen sein müssen! Wenn Sie vorhaben, irgendwelche von diesen Fragen in einem eigenen Quizwettbewerb zu verwenden, recherchieren Sie die Antworten bitte selbst.

Danksagung

Angesichts der Tatsache, dass ich mit der Arbeit an diesem Roman bereits Anfang 2011 begonnen habe, war der Entstehungsprozess wirklich lang. Ich musste das Manuskript mehrmals beiseitelegen, um an anderen Projekten zu arbeiten, darunter auch *Amy's Geheimnis*. Eine Weile existierten Charles Chen und Kevin Dwyer nebeneinander auf meinem Schreibtisch, so dass ich beim Wechsel vom einen zum anderen gewisse Loyalitätskonflikte durchlebte. Irgendwann verbannte ich meinen »Quizmann« in ein digitales Nebenzimmer, so dass ich mich ganz auf Charles konzentrieren konnte, doch ich besuchte Kevin, so oft ich konnte. Nach all den Jahren unserer On-Off-Beziehung habe ich ihm endlich den Abschluss geben können, den er verdient.

Danke an die Freunde aus nah und fern, die mich auf diesem langen Weg ermuntert haben, vor allem Judy Allen, Pelagia Billiris, Gilly Burke, Sandy Coleman, Michelle Endersby, Robyn Goodwin, Jo und Mark Hill, Kerrie James, Suzanne Kelly, Judy MacGraw, Marilyn McCann, Jan Norris, Margareta Osborn, Joyce Spencer, Mary Stevenson und Chrissie Whipper.

Mein besonderer Dank gilt Carrolline Rhodes, deren frühes Feedback mir den Mut und die Motivation gab, an dieser Story weiterzuarbeiten, obwohl ich mir noch nicht sicher war, worauf sie hinauslaufen würde. Ich bin auch Sean Doyle zu Dank verpflichtet für seine Klugheit und Großzügigkeit, Chris McGuigan für ihre Freundschaft und ihre Unterstützung und

Mary Anne Bunn, die mir nicht nur großartige Ideen geliefert hat, um der Geschichte noch mehr psychologische Tiefe zu verleihen, sondern mich außerdem daran erinnert hat, dass die arme Maggie ein glückliches Ende verdient.

Ich bin Richard und Angelika Roper, eifrigen Lesern und langjährigen Quizteilnehmern, extrem dankbar für ihr umfassendes und kluges Feedback zu meinem fiktiven Quizwettbewerb – eine Unterhaltung zu diesem Thema hat die Idee für dieses Buch geliefert. Ein dickes Dankeschön geht an Alan Staples, einen ehemaligen Kollegen, der ebenfalls Fremdsprachen unterrichtete (darunter auch Latein) und netterweise die Stellen mit den fiktiven Lateinstunden überprüfte. Vielen Dank an meine liebe Freundin Jan Dawkins für ihr aufrichtiges Feedback und ihren unerschütterlichen Glauben an dieses Buch.

Mein herzlicher Dank geht an meine wunderbare Literaturagentin Sheila Drummond, die sich für meine Bücher, vor allem dieses etwas eigenwilligere Exemplar, mit solcher Hingabe und solchem Enthusiasmus einsetzt, und an meine großartige Verlegerin Beverley Cousins. Die Zusammenarbeit mit ihr ist immer wieder ausgesprochen inspirierend. Ich habe das Glück, in Kirsty Noffke eine umwerfende Pressefrau zu haben, mit Elena Gomez und Tricia Dearborn zwei bemerkenswerte Lektorinnen sowie Sarah Fletcher als übergenaue Korrekturleserin. Danke auch an alle im Vertrieb und Marketing bei Random House für ihre herausragende Arbeit hinter den Kulissen. Herzlichen Dank an das gesamte Team des Goldmann Verlags und an Wibke Kuhn für die bezaubernde deutsche Übersetzung.

Ein großes Dankeschön geht an Sie, meine geneigten Leserinnen und Leser. Sie haben mir über meine Website oder Facebook geschrieben und mir verraten, was Sie über meine

Romane denken. Sie alle helfen mir bei meiner schriftstellerischen Tätigkeit, Sie bringen Ihre eigenen Perspektiven in meine Geschichten und fügen eine einzigartige Dimension hinzu, die nicht da war, bevor Sie das Buch aufgeschlagen haben.

Und zu guter Letzt möchte ich mich noch einmal bei meiner Familie bedanken, für eure Liebe und Geduld – ohne euch hätte ich das alles nicht geschafft.